ROBERT WALSER

罗伯特·瓦尔泽作品系列

唐纳兄妹

GESCHWISTER TANNER

〔瑞士〕罗伯特·瓦尔泽 著

叶辉 译

人民文学出版社
PEOPLE'S LITERATURE PUBLISHING HOUSE

Robert Walser
Geschwister Tanner

Simplified Chinese edition copyright © 2024 by Shanghai 99 Readers' Culture Co., Ltd.
All rights reserved.

图书在版编目(CIP)数据

唐纳兄妹/(瑞士)罗伯特·瓦尔泽著;叶辉译
.—北京:人民文学出版社,2024
(罗伯特·瓦尔泽作品系列)
ISBN 978-7-02-018520-7

Ⅰ.①唐… Ⅱ.①罗…②叶… Ⅲ.①长篇小说-瑞士-现代 Ⅳ.①I522.45

中国国家版本馆CIP数据核字(2024)第009975号

责任编辑	卜艳冰　骆玉龙
封面设计	钱　珺

出版发行	人民文学出版社
社　　址	北京市朝内大街166号
邮政编码	100705
印　　制	杭州钱江彩色印务有限公司
经　　销	全国新华书店等
字　　数	231千字
开　　本	787毫米×1092毫米　1/32
印　　张	13.75
版　　次	2024年3月北京第1版
印　　次	2024年3月第1次印刷
书　　号	978-7-02-018520-7
定　　价	59.00元

如有印装质量问题,请与本社图书销售中心调换。电话:010-65233595

目　录

第一章
西蒙找工作。克劳斯来信。罗萨。①......001

第二章
初识克拉拉。致信卡斯帕尔。春天和大型交易所。卡斯帕尔初到。......021

第三章
偶遇阿贾帕伊尔。剧院之夜。克拉拉论"自然"。忆埃尔温。黑夜主题。......039

第四章
湖面泛舟。人民食堂。克劳斯的来访。克拉拉与卡斯帕尔。论意大利。......061

---

① 小说各章节标题为译者所加。

第五章

诗人塞巴斯蒂安。论爱情。克拉拉致信海德薇。克拉拉晕倒事件。上帝与树林。……081

第六章

西蒙畅想冬日。机械制造厂。克拉拉财破家散。西蒙夜间漫游。西蒙造访卡斯帕尔。……107

第七章

随笔：回忆童年；小学轶闻；童年与母亲。幻想小城生活。塞巴斯蒂安之死。……125

第八章

乡村女教师。一次幻想。"乡村生活"。……149

第九章

克劳斯来访。春天与林中空地。西蒙与海德薇。……171

第十章

海德薇论教师工作。海德薇的求职信。夜间畅言。最后的时光。西蒙离别。……185

第十一章

重返大城市。陌生女士。仆人工作：日常家务；照顾小主

人；采购。......207

第十二章
厨房与办公室。朗读者。碎盘事件。夜间外出。致信卡斯帕尔。西蒙的"朋友"。......229

第十三章
背阴房间。巴黎梦境。......247

第十四章
埃米尔·唐纳。家庭还是不幸？酒馆谈话或论不幸。深夜小巷。......265

第十五章
魏斯太太。周日场景。与护理员的谈话。护理员海因里希。论宗教。海因里希与西蒙。......287

第十六章
写字间与失业人员。论同行之人。运河。"外面"的工作。......313

第十七章
夏天。借钱。陌生女人。重逢克拉拉。克拉拉的故事：突厥人；工作；罗萨；穷人的女王；阿图尔。歌剧剧院。夜

间趣事。……329

第十八章
秋天与克劳斯。冬天与一则童话。林中疗养院。女主管的几番搭话。唐纳一家与节日之城。……355

附录

西蒙：一则爱情故事　/罗伯特·瓦尔泽……391

西蒙·唐纳的来信　/罗伯特·瓦尔泽……400

唐纳兄妹　/罗伯特·瓦尔泽……405

《唐纳兄妹》——罗伯特·瓦尔泽的小说　/约瑟夫·维德曼……408

论罗伯特·瓦尔泽　/汉斯·贝特格……420

论罗伯特·瓦尔泽　/赫尔曼·黑塞……426

致艾斯纳经理的信　/弗朗茨·卡夫卡……435

第一章

西蒙找工作。克劳斯来信。罗萨。

某日清晨，一名稚气未脱的年轻男子走进一家书店，求人把他介绍给书店老板。他如愿以偿。书店老板看起来是一个相当德高望重的老人，他仔细地打量着这个站在他面前略显害羞的年轻人，并要求他开口说话。"我想成为售书员，"这位年轻的新手声称，"我渴望成为一名售书员。我不知道还有什么事情能够阻止我实现这一计划。我一直以来都把售书设想成一份迷人的工作，我不理解我为何还置身于这样的美好之外受尽折磨。您看，我的先生，我觉得此刻站在您跟前的我是那么适合将书从您的店里销售出去，而且销量也一定会如您所愿。我是一个天生的销售员：殷勤礼貌、反应快、彬彬有礼、动作迅速、说话干脆、决策力强、精通计算、仔细认真、老实真诚——但绝不是或许看上去的那种愚昧的诚实。我会给囊空如洗的穷学生降低价格，而富人买书时，我又会抬高价格，权当为他们效劳。因为我严重怀疑，富人有些时候并不知道怎么处理自己的钱。我觉得我还很年轻，略微懂得明辨是非与善恶，此外我以爱待人，即便人千差万别、各有姿态；但是我也绝不会利用我对人的了解行骗，也未曾多想过分关照穷学生而使贵店亏本赔钱。简而言之：我以爱待人的尺度会在销售的天平上与同等重要的业务理智保持舒适的平衡。对于生活而言，我觉得这种理智就像一颗饱含爱意的心灵一样必不可少。我做人处事会有分寸的，这一点我可以提前向您保证……"

书店老板满脸认真，好奇地注视着这个年轻人。他似乎对他面前这位巧舌如簧的年轻人是否给他留下好印象还有所疑虑。他不清楚如何作出正确的判断，他甚至有些不知所措。出于尴尬，他轻声地问道："年轻人，我可以向您打听一下，您曾经高就何处？"年轻人接过话回答道："高就何处？我不知道您所谓的何处指的是什么！如果您什么都不打听的话，我觉得比较合适。该向谁打听呢？这样做的目的又是什么呢？即便会有人告诉您关于我的一切，但是仅凭这就足够让您对我感到放心吗？即便有人告诉您我的情况，您又会了解到什么呢。比如有人告诉您：我出身不错，我的父亲受人敬仰，我的兄弟们也都是一些精明能干、前途无量之人，以及我自己也是可塑之才，只是稍微有些轻浮，可是就希望而言这并非全无道理。您可能会对我加以些许的信任，然后呢？您对我不会有任何的了解，也绝对没有任何理由放下心来，也不会现在就聘用我为售书员。不会的，先生，通常情况下，打听来的消息都毫无价值。如果我可以向您——这位在我面前的老先生提出建议的话，我会坚决地劝阻您打听关于我的任何消息。因为我知道，如果我有能力欺骗您或者骗取您在我身上寄予建立在所打听消息之上的希望时，我便会变本加厉地让那些只会说谎的消息更加动听。因为那些打探来的消息只是片面的赞美之词。不要这样，我尊敬的先生，如果您想聘用我的话，那么我请求您展示出比那些我打过交道的书店老板更大的勇气，全凭我在这儿给您留下的印象来考虑是否聘用我。再说，那些收集而来的关于我的消息为了说明真相，只会不堪入耳。"

"这样吗？究竟是为什么呢？"

"我在任何地方都只待一阵子，"年轻人继续说道，"不久之后就会继续换个地方，因为我不甘心将我的青春朝气挥霍于狭小沉闷的写字间里，即便所有人都认为写字间——比如说银行职员的写字间——是最舒适的办公场所。直到现在还没有人驱赶过我，我总是纯粹出于离开的乐趣而放弃工作，离开岗位。虽然那些工作岗位对我今后的职业生涯作出保障，可是鬼知道具体指的什么，但是倘若我继续留任那里，我一定会被折磨至死。我以前的同事经常对我的离职表示惋惜，抱怨我的所作所为，甚至诅咒我前途不顺；但是顾及颜面，他们还是会对我长远的人生致以祝福。在您这里（年轻人的声音突然变得真诚起来），老板先生，我一定会坚持工作数载之久。无论如何，很多事情都证明您有理由对我一试。"书店老板说："我喜欢您的开诚布公。我将对您在本店进行为期八天的试用。如果您感到满意并且有继续留在这里的意思，那我们之后可以讨论接下来的事宜。"老先生说话的同时拨响了电话，这些话也意味着这位年轻的求职者可以暂时离开这里。电话的那一头出现了一个身材矮小、相貌显老并且戴着眼镜的男人，他仿佛是沿着电流飘荡到了这里。

"请您给这位年轻人安排一份工作！"

戴眼镜的男人点了点头。西蒙就这样成了书店的助手。是的，他的名字叫西蒙。

在这期间，西蒙住在城内居民区并在当地小有名气的哥哥——克劳斯医生——对他弟弟的所作所为感到担心。他是一个温文尔雅、尽职尽责的好人。他希望看到他的兄弟如作为长兄的他一般在生活之中拥有一份稳定、受人尊重的工作。但是，事实并非如此，至少目前看是这样，甚至恰恰相反，以致克劳斯开始心生愧疚。比如，他对自己说："我本该成为那个必须早就拥有一切理由引领兄弟走上正轨的人。可是直到现在我一直都在玩忽职守。我怎么可以不去履行我的职责呢。"或者诸如此类自责的话。克劳斯医生了解成千上万大大小小的责任，有些时候他给人一种好像渴望肩负起更多责任的感觉。他属于那一类人，他们出于某种对履行职责的渴望全身心地投身于一座由无数繁琐义务构建而成、几近坍塌的大楼，或许也是出于被一种神秘且几乎无法察觉到的义务抛弃的恐惧。因为这些未被履行的职责，他们数小时坐立难安，他们没有想过，第一个承担义务的人会面临一项接着一项的新义务。并且他们认为，他们因这些责任而感到恐惧或不安的时候，其实就已经完成了某种类似责任的事情。如果他们不那么花费心思去思考的话，他们就容易被很多事情缠身，然而这些事情在上帝的世界里却和他们毫无瓜葛。此外，他们还想看见其他人感到同样的焦虑。他们习惯于向无拘无束、身无责任之人投以嫉妒的目光，然后斥责他们是轻浮草率的同类，因为他们那么优雅地抬着头颅过完一生。克劳斯医生常常强迫自己保持某种微不足道、知足常乐式的无忧无虑的状态，但是终归还是会退回到灰暗阴郁的义务之中，他在义务的魔障中饱受煎熬，如同身陷一座黑暗的大牢。他还年轻的时候或许有过冲破魔障的兴致，但是他身上缺少那股力量——即将那些看起来有催促功能的义务不作任何处理地抛之身后,然后面带抛弃者的嘲笑继续前进的力量。抛弃?噢,他从来不抛弃任何东西!好像有一次他想尝试着抛弃什么,但是如果他真的做了,他一定遍体鳞伤。他从不抛弃任何东西,他愿意消耗年轻的生命去钻研任何不值得研究与检验、不值得爱惜以及重视的东西。他毕竟长大了,不再是一个没有感情或者缺乏想象的人了,所以他经常对自己不履行义务甚至觉得自己有点幸福而大加指责。这又是另一种新的不履行义务的表现,这恰好也证明了尽职尽责的人永远不会成功履行他们所有的义务,是的,同时也证明了可能对他们而言最容易的莫过于对主要义务视若无睹,然后等到很迟的时候再去怀念它们。当克劳斯医生想起从他身上消失的美好幸福——与一个出身无可挑剔的年轻可爱的姑娘捆绑在一起的幸福的时候,他不止一次为自己感到悲伤。在他为自己感到悲哀期间,他给自己深爱的西蒙——那个在世界上的所作所为让他感到不安的弟弟写了一封信,信的内容大致如下:

亲爱的弟弟:

你似乎不愿意写信袒露自己的近况。或者说,你是因为过得不好,所以才不写信。你还是像往常那样没有一份稳定的工作,可令我遗憾的是,我只能从陌生人那里获知关于你的消息。好像我再也不应该期待从你身上去获取任何真心实意的信息一样。我认为这会伤害到我。现在有很多事情只会让我觉得不太舒服，难道那个我总是报以众多期许的你也偏要在我因为诸多原因本就不太愉快的心情上继续火上浇油吗？我依然希望，如果你哪怕还有一丝心爱着你的哥哥，就不要让我长久地在你身上寄予无谓的希望。但是有时也会有些东西会让别人在这个或者那个方面继续相信你。做一些可以让人有理由继续相信你的事情吧，无论是在什么方面。如我愿意去想的那样，你有天赋，头脑清醒，而且还很聪明。你所有的表现总是反映出你内心善良的本质，这一点我向来都知道。但是为什么现在熟悉社会机构的你却这么没有毅力？又为何如此迅速地移步于其他事物呢？你一点都不害怕你自己的行为吗？我不得不去猜想你的身上存在一股力量，这股力量可以让你忍受像不停换职业这种对世界毫无意义的事情。如果我是你，我会怀疑我自己。在这一点上，我实在无法理解你，但是也正是出于这个原因，我绝对不会放弃希望。我希望看到在你积累足够的经验并且明白在这个世界上没有耐心和向好的意志力终将一事无成的道理之后，你会精力充沛地重新踏上工作岗位。你也一定想干出点成绩来。但是至少我从未见识过如此没有抱负的你。我的建议是：坚持——在一份严苛的工作里坚持三四年，服从上司，向人展示你可以有所作为，但是别忘了你也是一个拥有个性的人。这样一来，康庄大道就会为你铺平，引领你穿越整个熟知的世界，但是前提在于你有兴趣远行。如果你真的有所作为，如果你对世界有所价值，那么你会以完全不一样的方式认识这个世界和世人。我认为，你或许会对生活感到满意，甚至远超困于狭小研究室里的学者，即便他再清楚不过，有关生活与事业的一切都岌岌可危。根据我的经验，我可以说，学者在研究室里并不感到舒适。你是时候可以成为一名出色能干的商人了，你还完全不知道商人拥有何种程度的机会将生活安排成完全富有生气的样子。现在的你只不过还在蹑手蹑脚地绕过生活的拐角，钻过生活的夹缝，这一切都该停止了。或许我本该早一点，甚至更早一点介入此事，我本该采取更多的行动，而非用更多苍白无力以及劝诫性的话语去帮助你，但是我不知道的是，在你无时无刻都在自己帮助自己的自尊心面前，我或许并没有真正地说服你，反而伤害了你。你现在怎么打发你的日常？告诉我。或许看在我为了你而忧心忡忡的分上，值得你对我敞开心扉。我究竟是一个怎样的人，是一个别人需要提防着不能太亲近的人吗？对你而言，我是一个可怕的人吗？我身上是有什么要去回避的吗？比如我是"长兄"这个现状，抑或是我知道的比你要多？你要知道，如果重返青春、变得不够理智以及无知的话，我也会很高兴。亲爱的弟弟，使我高兴不起来的是如何为人。我不幸福。可能对我而言，幸福已为时过晚。我现在这个年纪还没有成家，我无时无刻不痛苦渴盼地想到那些幸运之人，他们因看着家中有位年轻的妻子操劳家务而感到喜悦。兄弟，爱着一个姑娘是一件美好的事情，但是我失败了——不，你完全不需要害怕我。我是一次次寻找你的人，给你写信的人，希望能够收到你友好而不见外的回信的那个人。或许你比我过得富裕，你有更多的希望以及更多怀揣这些希望的权利。你有目标，有前途，对此我未曾有过一丝幻想。我对你了解得不够全面，可是分别数年之后我怎么可能做到这一点呢？让我重新认识你吧，我强求你给我写信。可能我还有机会亲眼目睹所有兄弟都幸福的场景；无论如何，我都乐意去了解你。卡斯帕尔在做什么？我也想知道一点关于他的消息。兄弟，别了。或许不久后，我们会再通信。

你的克劳斯

八天之后的傍晚，西蒙走进老板的办公室发表了如下言论："您让我失望了，请您不要只做出这样一副没有任何变化的好奇之态，今天我要离开您的书店并且请求您支付我的工资。请您让我把话说完。我究竟要什么我自己再清楚不过了。这八天以来，卖书这整件事都让我厌恶至极。它的主要内容无非就是，从早到晚站在桌子旁边——因为桌子于我的体型而言太小，所以我只能弯着腰——像畅销作家一样笔耕不断，完成一份与我的精神并不相符的工作，然而窗外却闪烁着冬日里最柔软的日光。比起在这里做着别人不愿意做的工作，老板先生，我完全可以做些别的事情。我本以为我可以在您这里卖书，为举止优雅的人服务、鞠躬，在顾客准备离店的时候说声'再见'。我还以为我会有机会洞察售书行业神秘的本质、在书店的运行之中看清这个世界的面貌。但是我什么也没做到。难道您认为，我的青春已经糟糕到我只能将其折磨并且扼杀于一家一无是处的书店吗？比如，如果您认为一个年轻人的背脊是用来弯曲的，那么您就错了。您为什么没有给我分配一张令人满意、体面、让我坐着合适的桌子或者站桌呢？没有气派的美式书桌吗？我认为，雇主需要知道如何把雇员安置得妥帖舒服。这一点您似乎并不知道。天知道，年轻的新手需要拥有一切可能的品性：努力、忠诚、准时、规矩、内敛、谦虚、有分寸、有明确的目标，谁知道还有些什么。谁又想过去要求老板拥有其中任何一种品质呢？我难道应该把我的力气、工作兴致、自娱自乐的精神以及做事能力突出的天分抛掷在一张陈旧狭窄的书店书桌旁吗？不，在做这件事之前，我可能先会有参军的想法，或者完全出卖我的自由，其目的也只是为了不再拥有自由。尊敬的先生，比起成为一个不完整的人，我宁愿成为一无所有之人，那样至少我的灵魂还属于我。您会认为，如此大声讲话有些不太合适，况且这儿也不是谈话的好地方。来吧，我闭嘴，您快付清我应得的工资，然后我将永远不会再出现在您的面前。"

听到这个安静内敛的年轻人——这个曾经在这里兢兢业业工作了八天的年轻人此刻正以这样的方式说话，书店老板十分吃惊。五名职员和店员挤在一起，窥视、偷听着从充满火药味的办公室里传出的这一幕。老板说："西蒙先生，我要是猜到您会这样，我便会谨慎考虑是否给您提供一份店内的工作。您实在是反复无常。就因为一张书桌不合您意，您就否定了一切。您究竟来自这个世界的什么地方？那里还有跟您性格相仿的年轻人吗？您看看您自己，您是怎么站在我——一个年长之人面前的。您自己或许都不知道，您不成熟的大脑里到底想要什么。好吧，我不会阻止您离开这里，这是您的工资，但是坦白来讲，这让我感到很不愉快。"老板付了西蒙工资，西蒙拿着钱便走了。

他回到家，看见桌子上放着哥哥的来信。他读完信后陷入沉思："他是一个好人，但是我是不会给他回信的。我不知如何描述我的现状，再说这也不值得付诸笔墨。我没有理由去抱怨，为此欢呼雀跃的理由也并不充分，只有理由保持沉默。他在信里说的都是事实，所以我也只是把它作为事实而已。他在信中说到他不幸福，但是我不相信他有那么不幸福。只是在信里听起来这样而已。人在写信的时候容易忘形，从而写出一些稍欠考虑的言语。据说，灵魂总会在信中发声，通常情况下也会出丑。于是，我不太情愿写信。"——这样的话，事情就了结了。西蒙有很多想法——美好的想法，只要他一思考就会不自觉地产生美好的想法。第二天早上太阳高照。西蒙跑去工作介绍所报到。那个坐着办公的男人站起身来。他已经很熟悉西蒙了，于是习惯以一种略带嘲笑以及美好的熟悉感和他打交道。"啊，西蒙先生！您又来了！哪阵风把您给吹来了？"

"我在找工作。"

"您已经不止一次在我们这里找工作了。但是也不得不说：您找工作的频率高得惊人。"这个男人笑了，但是很小声，因为他不能开怀大笑。"能冒昧地问一句，您上一次在哪里高就吗？"

西蒙回答道："我的上一份工作是护理员，事实也证明，我具备照顾病人的一切能力。您为什么一开始就这么惊讶？像我这个年纪的人尝试不同的职业并且尝试向不同的人证明自己是一个有用之人，这种情况难道很罕见吗？我就觉得这种行为十分美好，因为我同时也在做一件需要某种勇气的事情。我的自尊无论如何都不会受挫，相反我因自己能够解决很多生活问题、毫无畏惧地面对那些令大多数人都退缩的困难而感到自豪。有人一定会需要我，单凭这点自信足够满足我的自尊心。我要成为一个有用之人。"

"您究竟是为什么不继续当一名护理员呢？"这个男人问道。

"我没有时间在同一份工作上久留，"西蒙回答道，"我从来都想不通，那么多人是如何像待在弹簧床上一样在同一份工作上坚持那么久。不，即便到我一千岁的时候，我都做不到。我情愿去参军。"

"请您注意，不要把话题扯得那么远。"

"还有其他出路。提及参军只是我一个不走心的说话方式，我已经习惯用这样的方式结束我的讲话。像我这样的年轻人是不会有这样的出路的。夏天的时候，我可以帮助农民及时把农作物收回家，他会热烈欢迎我，也会赏识我的能力。他也会给我好吃的食物，因为农村人做饭很好吃。我离开的时候，他会把少许现金塞进我的手中。他年轻的女儿——神采奕奕、美丽如画的女儿则会微笑着，以一种当我继续漂泊时定会长久回想的方式向我作别。而令人遗憾的是，即便下雨，甚至下雪，我也要继续流浪；但是如果四肢健康，那也不必担心。身处压抑、狭小空间里面的您无法想象行走在乡村大道上是何等地美好。如果路上灰扑扑的，因为它本来就是如此，没人会去过问。随后在森林边缘处给自己找一块清凉之地躺在那里，眼睛能够欣赏到最美丽的风景，感官也会以一种自然的方式得到放松，也能根据兴致与品位天马行空。您会反驳我，其他人——比如说您自己——也能在假期的时候这么做。但是假期是什么？对此我只能置之一笑。我不想和假期有任何瓜葛。我简直太讨厌假期了。您不要设法给我一个附带假期的工作。于我而言，假期丝毫没有魅力。如果我有假期，我会死的。我要一直与生活作斗争，直到我被打败。

我既不会品尝自由，也不会品尝舒适的味道，因为我憎恨自由，我抛弃自由如同向狗扔一块骨头。但是，您有您自己的假期。如果您认为站在您面前的这个人渴望拥有假期，那么您就错了，遗憾的是，我有充足的理由去怀疑，您就是这样想我的。"

"这里有一个律师助手的工作，大概一个月。合您胃口吗？"

"当然，我的先生。"

这样一来，西蒙就在律师那里当起了助手。他在那里的收入可观，他十分高兴。他觉得这世界没有任何时候比在律师事务所工作时更加美好的了。他愉快地结交了新的朋友，白天的任务是一些简单轻松的书写工作、账单核算、口述记录，他能很好地理解口述的内容，他的行为举止出乎意料地讨人喜欢，他的上司甚至都对他关怀备至。他总是在午后喝杯茶，办公的时候则望着明亮空旷的窗外做起白日梦来。做梦归做梦，但他不会把责任置之不顾，这一点他再清楚不过了。"我赚这么多钱，"他想道，"我可以养活一个年轻的女人。"他工作的时候，月光照进窗来，他十分欢喜。

西蒙向他的朋友罗萨表达了如下看法："我的律师上司有一个大红鼻子，他是一个独断专行的人，但是我和他相处得不错。我认为他那闷闷不乐、独断专行的本质是一种幽默，我很惊讶我能承受他所有、有时并不公平的命令。这些命令严厉一点，我反而会更喜欢。这一点适合于我，它把我抬举到一定的、令人窝心的高度，然后激起我的工作兴趣。他有一个漂亮且身材苗条的妻子。如果我是画家，我想给她画一幅肖像。您要相信，她的眼睛非常大，胳膊也很好看。她时常在我们办公室里做一些自己的事情；她是如何俯瞰我这个可怜的执笔助手的呢？我害怕看见这样的女人，但是我也很高兴。您在笑吗？可惜在您面前，我无法收敛。我希望，您喜欢看见我身上这个毛病。"

罗萨确实喜欢别人对她坦诚。她是一个容易引人注意的姑娘。她的双眸有种迷人的闪光，她的嘴唇也简直是漂亮。

西蒙继续说道："如果我每天八点去上班，我就会觉得我与所有八点开工的上班族十分相似。现代生活，这简直就是一个巨大的兵营！但是这种单调却是那么美好、那么充满思想。人一直渴望某种东西——这种东西应该会靠近他，而且一定会与他相遇。人贫穷到一无所有，就是一个十足的可怜鬼，在一切教育性、规范性和精准性的世界里会感到孤独绝望。我爬了四层楼，走进办公室，祝各位早安，然后开始我的工作。亲爱的上帝，我必须做出多少成绩，被要求掌握多少知识啊。少有人知道我现在的能力是那么与众不同。但是现在我很满意我的雇主不会单方面地向我提出要求。我可以在工作的时候思考，我还有希望成为思想家。我经常想起您！"

罗萨笑着说："您真是个淘气包！但是您继续往下说啊，我对您刚说的内容十分感兴趣。"

"世界本就是美好的，"西蒙继续说道，"我可以坐在您身边，没有人会阻止我花上数小时和您闲谈。我知道您喜欢听我说话。您认为我说话不失优雅，现在我的心里一定笑开了花，因为这些话竟然从我口中说出。但我正说的这一切下意识地喷涌而出，比如说这可能正是我的自我吹嘘。我也不能这么轻易地挑自己毛病，但是如果我有这样的机会，我甚至是高兴的。人不应该表达所有的想法吗？如果要慢慢思忖，那有多少东西会稍纵即逝啊。我开口说话之前不喜欢思考过久，话无论得体与否，总归是要说出口的。如果我是一个爱慕虚荣的人，我的虚荣之心就必须公布于众；若我是个吝啬鬼，我的吝啬也会从我的言语中流露出来；如果我是正直之人，从我的嘴里毫无疑问会响起正义凛然之音，然后上帝会把我变成一个勇敢的人，我就可以称之为我常说的那种出色人物。比如说，如果我用言语侮辱、中伤、伤害或者激怒某人的时候,我可以不在接下来的言辞中去修正我留下的糟糕印象吗?如果我看见听者脸上出现令人难受的褶皱,我首先会思考我说的话,罗萨,就像现在出现在你脸上的褶皱一般。"

"这不一样……"

"您累了吗?"

"您回家吧,好吗?西蒙。我现在确实累了。您侃侃而谈的时候很帅气。我喜欢您。"

罗萨向她年轻的朋友伸出了她的小手,西蒙吻了她的手,道了晚安便离去了。西蒙走的时候,罗萨为自己默默哭了许久。她为她的爱人哭泣,一个满头鬈发、步伐优雅、双唇均匀的年轻人,但是他有着懒散的生活方式。"人总是深爱着不值得爱的东西,"她自言自语,"然而人们去爱别人,是因为想估量一个价值吗?这多可笑。有价值的东西和我有什么关系,我想拥有心爱的人。"随后,她就上床睡觉了。

第二章

初识克拉拉。致信卡斯帕尔。
春天和大型交易所。卡斯帕尔初到。

某日正午时分，西蒙站在一栋雅致的、附带花园的房屋门前，十分胆怯地按响了门铃。听着自己按响的门铃，他感觉这像是一个乞丐的所作所为。比如说，倘若现在坐在屋内的是他，他可能是正在享用午餐的房屋主人，他便会迟钝地把头转向妻子并问道，究竟是谁在按门铃，一定是个乞丐！"人都是这样想的，"等待开门的时候他心想道，"高贵的人总是坐在晚宴的长桌旁边，或者坐在马车里面，或者由仆人服侍更衣；相反，穷人则总是竖着大衣领口站在门外挨冻，就像我现在这样站在花园的大门前焦急地等待一样。通常情况下，穷人心跳速度较快，悸动不安，容易激动；富人对穷人则内心冷漠，对自己却宽厚而温暖，感到舒适而无忧无虑。啊，如果有人突然冲出门来，我又该如何舒畅地呼吸。在富人家门前的等待是一件令人窒息的事情。即便我精于世故，我的双腿也依旧发软。"——事实上，一个姑娘蹦跳着出来给这个站在外面的人开门的时候，他确实正在发抖。有人替西蒙开门并邀请他进屋的时候，他必须时刻保持微笑。这种流露在脸上的微笑看起来像是一种轻微的请求,缺少它是行不通的。这一点或许在很多人那里都能察觉得到。

"我在找一个可以下榻的房间。"

西蒙在一位漂亮的女士面前摘下帽子,而她正在仔细地打量着这位不速之客。西蒙倒是很喜欢她这样的打量,因为他觉得她有权利这么去做,也同样因为他发现她并没有因此而变得不太友好。

"您要跟来吗?从这儿沿着楼梯上去。"

西蒙礼让这位女士走在前面。这是西蒙生平第一次做这样的手势。这位女士打开房门带着这个年轻的男人看了看他的房间。

"多么漂亮的房间啊,"西蒙喊道,他确实感到意外,"对我来说,这个房间太漂亮了,可惜啊,它对我来说太精致了。您必须知道,我是配不上如此精致的房间的。但是,我非常愿意住在这里——非常非常愿意。说到底,您向我展示这个房间的做法是不够明智的。您最好还是把我从您家撵出去。我如何才能把我的目光投向这样一间舒适而又精致的房间呢,它仿佛就是为上帝创造的住所一般。这样漂亮的房子里住着的都是一些拥有一定资产的有钱人,我却一无所有,也一无是处,恐怕我要辜负父母寄予的厚望继续一无是处下去了。窗外宜人的风景、美观锃亮的家具以及可爱的窗帘，这一切都赋予了这间房少女般的气息。想必我在这里会成为温柔善良之人，如果真是这样，便会听见人们说诸如'环境可以改变人'之类的言辞。我可以在这里多停留一分钟看一看这个房间吗？"

"您当然可以。"

"感谢您。"

"冒昧地问一句，您的父母是做什么工作的？以及您之前提及的'一无所有'究竟到了何种程度？"

"我没有工作。"

"这对我而言无关紧要。凡事都要看情况的！"

"不，我的希望渺茫。虽然我说话不应该掺假，但是这一点我也大可不必说出口。我满怀希望。希望永远、永远都不会离我而去。我的父亲虽然贫穷，却是一个有着生活情趣的人。他不会陷入遥远的回忆，不会把现在清贫的生活与以往光辉的岁月作一番比较。他活得像一个二十五岁左右的年轻人，绝不会以任何方式沉湎于痛苦的处境。我钦佩他，并试图效仿他。如果他到了头发花白的年纪还依然充满精力，那么他年轻的儿子就有三十次甚至一百次的理由担起责任，抬起头颅并用闪电般的目光注视他人。我的母亲留给我的是对待世界的思想，而给到我兄弟身上的却远比我要多。我的母亲已经去世了。"

这位女士礼貌地站在一旁，忧伤地叹了一口气。

"她真心是一个好女人。我们做子女的只要聚在一起，无论何时何地都会谈论起她。我们现在分散地生活在这个滚圆、广阔的世界之上，不过这样挺好的，因为我们每个人都有想法，您要知道，它们彼此之间并不融洽。我们每个人都有一点难以相处的个性。如果我们彼此互有联系地现身人群之中，这种个性就会变成一种阻碍。幸好我们没有这样，因为我们每个人都清楚地知道我们为什么不想这样。我们理应像这样关爱彼此。我有一个哥哥是位小有名气的学者，有一个则是证券领域的专家，而另外一个除了是我哥哥之外什么也不是，因为我关爱他的程度超过兄弟。每当想起他的时候，我唯一能够想起的便是——他是我的，除此之外，他的身上没有什么可以去强调的。他就是他，别无其他。我想和这个兄弟一起住在您这里。这个房间足够睡得下我们两个人，但是肯定不太舒服。这个房间多少钱啊？"

"您的兄弟是做什么工作的？"

"他是风景画家。您这个房间会收取多少钱？——这么多？就这间房本身而言这个价格一定不算太高，但是对我们而言已经相当高了。哪怕我思考再三，哪怕我恳切地望着您——我们俩住在这里进进出出也并不太合适——好像我们打算就在这里定居了一样。我们都是粗俗之人，会让您感到失望的。我们还有一个陋习，我们不会善待床罩、家具、待洗衣物、窗帘、门把手以及走廊。您会感到吃惊，也会对我们生气，或者也许您也会原谅我们，尽量睁只眼闭只眼，但这会让我们更加无地自容。我不想把您逼迫到对我们动怒。一定会的，一定！您千万不要反驳。这一点我看得十分清楚。从长远来看，基本上我们对一切精致的事物都不会表示出尊重。和我们同样的人必须站在富人家花园的篱笆前面——那个重获自由之地，并对富人家的金碧辉煌与周到细致加以嘲讽指点。我们都是嘲讽者！再见！"

这位漂亮女士的双眼之中出现一道深邃的光泽。现在她突然开口说话："我愿意接收您以及您兄弟。至于价格问题，我会与您达成一致的。"

"不了，最好不要这样！"

西蒙已经下楼去了。他的身后传来那位女士的叫喊声："麻烦您再留一会儿吧。"她追了上去。她在楼下追到了他，请求他留下并听她把话说完："您是怎么想的，为何这么快就要离开？您知道的，我要、我想把您二位都留在我这里。您甚至不用支付房租！怎么样？一毛钱都不要，什么都不要。您来吧，您来吧。您跟我一起到这个房间里来。玛丽娅,马上送点咖啡到这个房间里来。"

房间里面,她对西蒙说:"我希望进一步认识您和您兄弟。您怎么可以一走了之呢。我经常一个人生活在这座偏远的房子里,这让我感到害怕。我的丈夫出远门了,长时间不在家。他是个研究人员,航行于各大洋之上,但是他的工作内容具体是什么呢,就连他可怜的妻子我也一无所知。我难道不是一个可怜的女人吗?您怎么称呼?另外一个又叫什么?我指您的兄弟。我叫克拉拉。您可以直接叫我'克拉拉小姐'。我很喜欢听到这个简单的称呼。您现在没有那么见外了吧?这会让我非常非常高兴。您不认为我们在一起生活能够相处得融洽吗?一定会的,会如我所言。我觉得您是一个温柔的人。您住在我家,我不会感到害怕。您有一双诚实的眼睛。他是您的哥哥?"

"是的。他年纪大我一些,人也比我要好。"

"您能这么说,证明您是一个实在人。"

"我叫西蒙,我的哥哥叫卡斯帕尔。"

"我的丈夫叫阿贾帕伊尔。"

她提到她丈夫的时候,脸色苍白了,但她又迅速地专注起来并保持微笑。

西蒙给哥哥帕斯卡尔写了一封信:"其实我们俩都是古怪的人,我们俩都是。我们在这个世界上游荡,仿佛这个世界上只有我们二人，再无他人。其实，我们之间缔结了一段疯狂的友谊，好像男人之间除了以朋友相称之外，再也找不到其他任何值得的称呼了。事实上，我们并非兄弟，而是两个在世间相遇的朋友。我当真不是为了友谊而生的，但我不明白的是，在你身上我只能找到如此美好的东西，它总是迫使我想着你、念着你。现在，我时而觉得你的大脑就是我的大脑，你就像这样完全深入了我的脑海；如果事态继续如此发展，或许一段时间之后，我就要用你的双手抓握、用你的双脚行走、用你的嘴巴吃饭了。我们的心本来是会相互排斥的，只是它们做不到而已，所以说我们之间的友谊一定存在某种神秘的联系，这并非全然不可能。你现在似乎还是做不到，这让我相当开心，因为你的来信听起来十分含蓄，而目前的我也希望自己能够继续停留在这种神秘的魔力之中。这对我们无疑是有好处的，但是我怎么能够说得如此枯燥：老实说，我觉得这种状态十分迷人。可是，我们兄弟二人为什么就不能夸张一回呢！我们彼此十分合拍，我们还在痛恨彼此、差点揍死对方的那个时候就是这样了。你知道吗？唤醒、拼接、描绘关于你的画面并且将它们装订成册，只需一声掺杂着爽朗笑声的呼唤。我们当时成了死敌，但出于何种原因我已记不大清楚了。哦，我们明白我们为何痛恨彼此。

我们的仇恨无非就是想方设法找到可以施加给对方的痛苦和屈辱。现在我只引用这种痛苦、幼稚的状态的唯一一个例子：当时我们坐在饭桌旁，你把一盘酸菜扔向我——因为你别无他选，并对我说：'你，接住！'我必须跟你坦白，当时的我气得发抖，但是因为对你而言那是一次狠狠伤害我的绝佳机会，所以我才无言回驳。我的双手紧握着盘子，也正是由于足够愚蠢，才饱尝了那蔓延至嗓子眼的受辱之痛。你还记得吗？一天中午，一个宁静、死一般寂静、美妙的周日午后，有个人犹豫不决地走向正在厨房里的你并请求你说：'待我如原来一般好。'我可以告诉你，紧缩着身躯蜿蜒地穿过羞耻感和抗拒感走到你——某个倾向摆出鄙视姿态的敌人形象——的身边是一次难以置信的克服行为。那个人就是我，为此我感谢自己。你是否也会感激我——对此我只会'视而不见，听而不闻'。这也只有我自己能够作主。你走开吧，别想插嘴。根本没有机会。走开吧！——从那时起，我和你度过了多少美妙的时光啊。有时候我觉得你很温柔、友爱、体贴。我觉得，欢乐的幸福之感在我们的面颊上燃烧。你是画家，而我是观众以及一个爱插嘴指点的人，我们在宽阔的群山山顶的牧场上闲逛，在青草的芳香、清凉晨间的湿气、午间的炎热以及湿润、热恋一般的落日之间涉水。树木注视着我们在山顶的一举一动，云朵肯定是出于疑惑才拧成一团，它们没有能力破坏我们新鲜的爱意。晚间，我们万分疲惫、满身灰尘、饥渴交加地走回家，然后你突然就离开了。鬼知道我为什么帮助你离开，好像我因为收了钱而对此有义务一样，或者好像我巴不得看你赶紧离开一样。但可以肯定的是，看着你远行却是一件无比高兴的事情，因为你走向的是大千世界。可是兄弟啊，这个大千世界究竟又能大到哪里去呢？

快点来我到这里吧。我可以像迎娶新娘一样去接待你。我情不自禁地去假设，我的新娘习惯躺在丝绸床上并由仆人们伺候着。虽然我没有仆人，但是我有一个专门供高贵的主人住的房间。我和你——我们拥有一个由别人卑躬屈膝地献赠的豪华房间。你也可以在这里描绘风景，就像在你茂密肥沃的自然风光里一样，你是有想象力的。要是现在还值夏季时分，为了隆重地迎接你的到来，我一定会在花园里为你举办挂满中国灯笼以及布满鲜花彩带的节日。你尽管来这儿就对了，但是动作要快，否则我就会去接你。我的女主人兼房东也会跟你握手。她已经在我的描述中对你有所了解了，对此她深信不疑。一旦她真正地认识了你，她就不想再去认识这个世界上的其他人了。你有一套像样的西装吗？你膝盖处的裤腿不是十分宽松吗？可以把你用来遮头的东西称之为帽子吗？否则你就不要出现在我面前。都是玩笑话啦，都是蠢话啦。让你的小西蒙抱抱你吧。再会，我的哥哥。但愿你能早日到来……"

几周的时间悄然逝去，春天再一次来临，空气变得更加湿润和轻柔，大地似乎散发出隐约的芳香与声响。土壤很软，踩在上面如同履步于厚实而柔软的地毯之上。人们相信一定可以听见群鸟的歌唱。"春天就要来了"，情感丰富的人们就是这样在大街上互相打招呼的。就连光秃秃的房屋也都散发出某种气味，它们的颜色也更加饱满起来。这一切都发生得不同寻常，虽然这是一个为人所知的常见现象，但是人们还是觉得十分新奇，因为它激发了奇特的暴风式的思考，四肢、感官、大脑以及想法，这一切都活跃起来，好像它们想要再一次生长一般。湖水闪烁着温暖的反光，桥梁越过河面架在河流之上，其拱形结构也变得更加独特。旗帜在风中飘舞，看见旗帜飘舞的人们感到心情愉悦。太阳把成群结队的人吸引到美丽干净、亮得发白的大街上去，他们站在那里贪婪地感受着这股暖意的亲吻。很多人都脱去了大衣。可以看见男人更加自在地活动身体，而女人则睁大好奇的双眼，仿佛这种幸福之感源自内心深处。人们在夜里重新听见流浪吉他的声响，男男女女站在欢乐嬉戏的孩童的熙熙攘攘之中。灯笼闪着微光，如同安静房屋里面的蜡烛，人们走上深夜里漆黑的草地，可以感受到花苞的绽放和活动。不久之后，小草便会重新破土而出，树木也会再一次把绿意倾倒在低矮的屋顶，从而挡住窗户的视线。树林会引人注目，变得茂密而厚重，啊，树林。——西蒙又在一家大型交易所工作了。

这是一家在世界范围内有重要意义的银行，这是一座如同宫殿一般的大楼，里面有成百上千的男女老少正在忙碌地工作。所有人都用勤劳的手指书写，用开发票机算账——有时候也靠心算，他们用大脑思考，用知识把自己武装成有用之人。那里还有好些优雅的年轻通讯员，他们会用四至七种语言书写和说话。他们具备异域以及更加优雅的气质，因此与其他会计人员有所区别。他们坐过邮轮，去过巴黎和纽约的剧院，光临过横滨的茶馆，甚至知道如何在开罗消遣娱乐。他们现在在这里负责通信，坐等着涨工资。他们也对于自己而言显得微不足道的可怜家乡加以讽刺的指点。会计小组大多由上了年纪的人组成，他们坚守在自己的职位或小岗位上，就好像牢牢抓住横杆或者竖桩一般。他们对众多繁琐的账单厌烦至极，下班离开时总是衣衫不整、蓬头垢面、尽显疲态。但是他们之中有相当多聪明的人，这些人可能在暗地里沉溺于小众而消费高的业余爱好，即便如此依然过着虽然安静孤僻，但是至少还算体面的生活。相反，年轻的职员当中有很多人却没有能力享受这样精致的业余爱好，他们大多出身农村地主、旅店老板、农民以及手工业者等家庭。他们刚进城的时候，就要很努力地去接受精致的城市气质，但是他们并没有成功，因为他们摆脱不了某种愚笨的粗糙感。然而，他们之中也不乏行为举止十分轻柔的安静少年，他们鹤立于其他缺乏教养的家伙之中。银行行长是一个上了年纪、安静的人，几乎没有人见过他。在他的脑子里，整个庞大事业的发展与根基似乎是水乳交融地交织在一起的。金钱之于他，正如色彩之于画家、声音之于音乐家、石头之于雕塑家、面粉之于面包师、词语之于诗人以及土地之于农民。他有一个诞生于美好时代的伟大梦想——即在半小时之内给他的事业创造五十万马克的效益。可能吧！或许更多，或许少点，或许一分都没有。但是肯定的是，有时候他在不动声色的情况下亏本，而他所有的下属对此却一无所知，他们只是在钟声敲响十二点的时候出去吃饭，两点准时回来，然后继续工作四个小时，下班，睡觉，醒来，起床吃早饭，就像昨天一样继续走进大楼，继续开始工作。没有人知道——因为没有人有时间去了解关于这个神秘人物的任何事情。这个沉默寡言、郁郁寡欢的老男人坐在领导办公室里若有所思。对于下属的事务，他也只是无力地似笑非笑。这种笑意之中具有某种诗意、高人一等、有所设计以及尽显立法者姿态的特质。西蒙经常尝试把自己置于领导的位置加以思考。但是通常情况下，这样的画面会从脑海中消失，而他对此加以思考的时候，每一种概念也都会消失："某些骄傲与高贵的东西还在，但是还有无法理解以及近乎非人的东西与之相伴。为什么所有人——写字员和会计员，甚至还有正值芳华的少女都要走向同一扇大门，走进同一栋大楼，乱写一气，尝试书写、算账、舞动双臂、拼命学习，气得鼻子冒烟，削铅笔，抱着文件走来走去。他们这样做是出于纯粹的喜欢，还是情况紧迫，还是有意识要去完成某些合理、富有成果的事情？他们从四面八方赶来——有些人甚至是坐火车从偏远的地区来到这里，他们思考上班之前是否还有时间进行一次属于自己的散步？他们就像羊群一般有耐心，天黑的时候，他们朝着自己各自的方向分散开去，第二天又在同一时间重新来到这里。他们看见彼此，通过走路、声音及开门的方式认出彼此，但是他们彼此之间少有交往。他们所有人都很相像，但是互为陌生人，如果他们其中某个人离世或者行贿贪污，大家整整一个上午都会对这个消息感到惊奇，但随后就会将其抛之脑后了。好像有个人在工作期间中了风。他在这家交易所工作了五十年,却换来了什么结果呢?五十年来,他每天都从同一扇门进进出出,在商务信件中成千上万次地练习常用的问候语,换过相当多的西装,也时常惊讶于自己一年到底要磨坏多少双靴子。现在呢?可以说他活过吗?难道成千上万的人不都是这样活着的吗?或许对他而言,他的孩子是他生活的核心,他的妻子是存在的乐趣?是的,很有可能。我最好不要对这样的事情侃侃而谈,好像对我而言不太合适,因为我还年轻。现在窗外已是春天,我可能会越窗而出,长期无法活动身体让我浑身难受。银行大楼是春天里最愚蠢的存在。坐落在翠绿茂密的草地上的银行机构会是什么样子呢?或许我的笔尖像一朵刚刚破土而出的鲜花。啊,不,我不喜欢讽刺。可能这一切就该如此,可能任何事物都有它存在的目的。我只是没有看见事物的联系,因为我过于关注表象。表象有些令人失望:窗前的天空以及耳朵听见的甜美歌唱。白云在天际游走,而我必须在这里工作。我为什么会注意到白云呢?如果我是鞋匠,我至少能给孩童、男人和女人做鞋,他们能穿着我做的鞋在春日的巷子里散步。如果我看见陌生人穿着我做的鞋,我便能感受到春天。在这里,我感受不到春天,春天困扰着我。"

西蒙耷拉着脑袋,对自己无力的感觉感到恼火。

一天晚上,西蒙走在回家的路上,灯火通明的桥上一个大步流星向他走来的男子吸引了他的注意力。修身的大衣衬出对方瘦小的身材,西蒙的心底不禁生出一种甜美的恐怖之感。他相信他可以辨认出这个步伐、这条裤子、这个特殊的帽檐以及他在风中凌乱的头发。这个陌生男子臂下夹着画夹。西蒙稍微加快了脚步,一股令人毛骨悚然的猜想向他袭来,伴随一声脱口而出的"哥哥",西蒙把这个行人揽进怀里。卡斯帕尔也抱了抱他的弟弟。他们在回家路上大声交谈,这意味着他们要走过一段相当陡峭的山路,城市以花园和别墅的方式一直延伸到山体的陡坡之上。在山顶上面,他们与市郊坍塌破旧的小屋遥遥相望。落日在窗户上面燃烧,把它们变成金光闪闪的双眼,它们呆滞而乖巧地眺望着远方。城市坐落在山下,向大地的远处暧昧地铺展开来,宛如一张闪烁着微光的地毯。晚钟的声响传上山来,它总是不同于晨钟。湖泊以它温柔到无以言说的形式如画一般无力地分散在城市、山峦以及众多花园的周边。城里亮起的灯火还不算多,但已经点起的稀疏灯火以一种美好而奇特的强度点燃着这座城市。人们现在走向或者奔向山下弯曲而隐秘的大街小巷,人们看不见它们,却知道它们的所在之地。西蒙说:"现在走在优雅的火车站大道上一定会十分美妙。"卡斯帕尔走着路,沉默不语。他已经变成一个出色的小伙子了。"他是怎么来到这里的?"西蒙想。他们终于到家门口了。"怎么?你住在树林边上?"卡斯帕尔笑着说道。他们二人便进屋去了。

当克拉拉·阿贾帕伊尔看到这个新来的客人的时候,她硕大而疲惫的双眼里升起了一道奇特的火焰。她闭上双眼,然后把漂亮的脸庞转向一旁。看见这个年轻人,她似乎并没有感受到极大的快乐,好似其他完全别样的感受。她尝试保持自然,像常人欢迎某人时习惯的方式那样去微笑。但她做不到。"你们上楼去吧,"她说,"今天我很累。真奇怪。我真的不知道我怎么了。"他们俩找到了他们的房间:月光照亮了房间。"我们完全不用开灯,"西蒙说,"我们就这样上床睡觉吧。"——这时候有人敲门,是克拉拉,她站在门外说道:"你们的必需用品都有吗?现在什么都不缺吗?"——"什么都不缺,我们已经躺在床上了,我们能缺什么呢。"——"晚安,朋友们。"她开了条门缝说道,随即又关上门走了。"她似乎是一个很奇怪的女人",卡斯帕尔认为。然后,二人都进入了梦乡。

第三章

偶遇阿贾帕伊尔。剧院之夜。克拉拉论"自然"。
忆埃尔温。黑夜主题。

另外一天早晨，这位画家从画夹中取出他的画作。首先映入眼帘的是一幅秋日全景，紧随其后的是一幅冬景，大自然所有的场景又再一次生动起来。"画作呈现的不过是所见之物的万分之一。画家眼睛捕捉信息多么迅速啊，可是他的双手又是那么笨拙与缓慢。我必须再画些什么！我时常想，我可能会发疯的。"克拉拉、西蒙还有这位画家三个人围着这些画作站着。他们少作点评，但也会在爱到深处时赞不绝口。西蒙突然跑着去拣地板上的帽子，暴躁地把它扣在头上，夺门而出并大喊道："我要迟到啦。"

"竟然迟到了一个小时！这种事情不应该发生在年轻人身上！"抵达银行的西蒙被训斥了一通。

"但是如果发生了呢？"挨骂者固执地反问道。

"怎么，您还想造反？我的错？您爱怎么样就怎么样吧！"

有人向行长汇报了西蒙的工作表现。行长决定开除这个年轻人，于是他把西蒙叫到自己身边，然后用非常轻柔甚至亲切的语气把开除一事告诉了他。西蒙说道：

"我相当开心,可终于结束了。可能有人觉得这件事会给我一记沉重的打击,挫败我的勇气甚至将我毁灭,或者诸如此类的说法。事实恰恰相反,大家会因此抬举我、奉承我,甚至在不久之后会重新对我抱有一丝希望。我生来就不是为了当一台写字或者计算的机器。我喜欢写字,也喜欢算账,但是我更喜欢与身边品行端正的人打交道,喜欢在心灵不会受伤的地方全身心地去努力与顺从。在关键的时候我明白如何服从相关的规定,但是在这里工作一段时间以来,我已经觉得完全没有必要了。即便我今天上午迟到了,我也只是有点愤怒和生气,完全没有真心实意所谓良心上的不安。我没有责备自己,或者说我最多就是责备自己依旧还是一个愚蠢胆小的家伙,一个每天闹钟敲响八点就要起床活动的家伙,像极了一只上了发条的钟表,一旦上紧就要不停地走。我感谢您有精力解雇我,我也想问一问您究竟是如何看待我的——不过我也无所谓了。您毫无疑问是一位值得重视、收入不菲的大人物,但是您也知道,我也想成为这样的人,因此您把我打发走是明智之举,因此今天别人口中关于我的所谓不当言行其实是某种受益行为。提起您的办公室,我需要补充一点,每个人都渴望坐在您的办公室里工作,但是这里从来不会提及年轻人的前途发展。我欢呼并享受在这里工作的好处,这个好处与每个月发放固定工资有关。但是我同时也在这里堕落,变得无知、软弱与愚钝。听我使用这样的表达,您会觉得意外,但是您要承认我说的完全是事实。在这里只有一个人可能是大人物:那就是您!——难道您从来都没有想过,在您可怜的下属当中也有人渴望成为大人物,成为有影响力、有所作为并且受人敬重的大人物吗?能够存活于世、独善其身、不追名逐利、不必成为贪得无厌并且受人差遣的人,我觉得有种无法想象的美好。在这里通往恐惧的诱惑力有多巨大啊,从痛苦的恐惧中脱身而出的诱惑又是多渺小啊。今天我算是完成一件几乎不太可能的事情了,我佩服自己,别人想怎么说就怎么说去吧。行长先生,您躲在这里,别人永远看不见您,大家都不知道该听从谁的命令。人们压根不去听从,而是出于自己懦弱的本性迟钝地作出正确的决定。对于偏爱舒适和懒惰的年轻人而言,这算哪门子事啊?这里不需要任何一种可能鼓舞年轻人心灵的力量,也不要求可能使一个男人或者说一个人出众的品质。无论是勇气还是精神、无论忠诚还是努力、无论工作激情还是全心投入都对进步发展毫无帮助:没错,展现出活力和饱满的状态甚至是不受欢迎的。显然,在这种无效、缓慢、枯燥并且可悲的工作体制之中这一定是被禁止的。再会吧,我的先生,我要走了,要去追寻健康的工作模式,如果可能的话,我愿意靠挖土或者扛煤谋生。我热爱任何工作,只是不太喜欢这种无需用尽全部可用之力就可以完成的工作。"

"我要给您开具一份证明吗?虽然按道理来说您并没有资格。"

"证明?不,您不用给我开什么证明。我拿到的证明充其量也好不到哪里去,那我情愿不要什么证明。从现在起,我会给自己开具证明。如果从现在起有人问我要证明,我只会提起自己。这一定会给理性明智的人留下最好的印象。不带任何证明地离开您让我感到高兴,因为您开具的证明只会让我想起自己的软弱和恐惧,想起自己懒散泄气的状态,想起无所事事虚度光阴的日子,想起这个充满怒气尝试一走了之的午后,想起充满美好却毫无目的可言的渴望的夜晚。我感谢您以一种友好的方式解雇了我,这至少证明,这个站在我对面的男人或许理解了我所说的话中的一部分。"

"年轻人,您太暴躁了,"行长说道,"您亲手葬送了自己的未来!"

"我不需要未来,我只要当下。我觉得后者才更有意义。拥有未来就不会拥有当下,而拥有当下的人自然会忘记惦记未来。"

"再会了。我担心您会经历更加糟糕的事情。我对您有兴趣,所以我才听您说话。否则我不会在您身上浪费这么多时间。或许您耽误了您的职业生涯,或许您也会有所作为。但愿您一切顺利吧。"

西蒙点了点头示意离开,没过多久就来到外面的大街上。他在一家蛋糕店门口看见一个男人来回走动,后者很有可能是在等人,或许是位女士,西蒙不得而知。不过这个男人引起了他的兴趣。第一眼看上去,他丑得能把人吓跑,长歪的脑袋大得出奇,略显疲惫的脸上长满胡子,眼睛则透出兽性般的目光。他的步态造作,却显出贵族气质,他的穿着很考究也很有品位。他的手中拄着一根黄色的手杖;他看起来像是一位学者——还是一位年轻的学者。他整个人活动起来的时候散发出某种温柔、触人心弦的气质。似乎没人敢毫无准备地前去和他搭话,但是西蒙却这么做了。

"我的先生,请原谅我如此唐突地和您说话。我看见您的时候就已经对您产生了好感。我希望能够认识您。能在宽敞的大街上结识像您这样的人,难道这个生动的请求还不足以成为理由吗?您看起来似乎是在找人,或者您估摸着广场上的某人正在等您。这里的人群熙来攘往,您一个人是很难找到那个要找的人的。我愿意帮您一起去找,如果您信任我的话，您不妨跟我描述一下您要找的那个人的一些特征。找的是一位女士吗？"

"自然是位女士。"这位先生微笑着回答道。

"她长什么样子？"

"她从头到脚穿一身黑。修长的身材。如果您看着她硕大的眼睛，她的眼睛也会长久地、无处不在地注视着您。她脖子上戴着一条不小的珍珠项链，耳朵上吊着下坠的长款耳环，踝关节处戴着简约的金镯，我指的是手腕。椭圆形的脸蛋圆润饱满。您自己会看见的。即便人们对此会产生误解，她的嘴巴也总是上演着沉默而狡猾的戏码——那是一张稍微抿起的嘴巴。对了，她喜欢戴一顶饰有垂羽的宽帽。这顶帽子似乎是自己飞向她的，然后落在她的头顶和发梢之上。如果这些描述还不够的话，我要提示您的是，她正牵着黑色的细绳遛着一条格雷伊猎犬。她出门一定会带着狗。我就站在这个地方等着您回来。您的搭话已经引起我强烈的兴趣，除此之外，我还十分感谢您能主动帮助我。这里的人群会越来越密集。这里好像在过节一样。"

"没错，我也觉得确实如此。不过，我很少关注节日。"

"为什么？"

"没有为什么，人要按自己的方式生活啊！再见！"就这样，西蒙以尽可能快的速度穿过拥挤的人群。来自四面八方的人挤压着、推动着他，甚至把他挤抬了起来。但是他自己也在人群中向前拥挤，他觉得在由身体和面孔组成的拥挤人群之中缓慢地前行是一件十分有趣的事情。他终于抵达一块小岛——也就是说一块空旷无人的小场地，他环顾四周，一眼就看到了克拉拉女士。她的身边果然有一条狗。自打住她家以来，他从来都没有如此密切地关注过这个女人，自然不会知道她有带狗出门的习惯。

"有位先生正在找您。"西蒙对注意到他的克拉拉说道。

"有可能是我的丈夫，"她回答道，"您过来，我们一起走吧。他突然出差回来，也没有提前告诉我。他总是这样。您是怎么认识他的？您怎么会受他之托来找什么女士呢？您是一个不同寻常的人，西蒙。什么？您辞职了？那么现在您打算做些什么呢？您过来！从这里过来！从这里很容易穿过来！我要把您介绍给我的丈夫认识。"

大家决定今晚在剧院度过，也通知了卡斯帕尔。他在规定的时间出现在了剧院门口。剧院是坐落在湖边的一幢壮观的白色大楼。幕布升起，观众齐刷刷地望向幕后那灰暗的空白舞台。舞台不久之后便生动起来，因为似乎有一位女舞者正裸露着胳膊和大腿，随着轻柔的音乐翩翩起舞。她的身体为一件闪着微光、流动而顺滑的戏服所遮挡。戏服似乎想要在飘荡的空气中重复舞姿那柔美的线条。观众感受到了这支舞蹈所传递的纯粹与优美。没有人觉得在舞者裸露的身体部位之间存在着某种放荡或者不纯的目的。她的舞蹈时常分解成一个纯粹的步伐,却不失舞蹈的本质,而有些时候她被自己身形的波浪再次抬起。比如说,当她抬起一条腿然后在脚掌处弯出完美弧线的时候,舞蹈便以一种全新而自然的方式结束了,这导致某些观者陷入了苦想:这舞蹈我似乎在哪里看过,可到底是在哪里呢?或者说我曾梦见过?这位姑娘的舞蹈包含了某些深沉且贴近自然的东西。毫无疑问,她的舞技或许完全严格遵循芭蕾舞的规则,但是比起其他舞者的能力与成就,她的能力还差得太远,但她掌握了一种用单纯和少女般娇羞的妩媚赢得观众欢心的技艺。她下蹲的动作表现出甜美的沉重,而当她向上跳跃的时候,观众的心灵也会陶醉于这种未加修饰的野性与纯粹。舞动身体的时候,她因自己匆忙的动作而紧张不安,这种不安总是能在伴奏中编造出新的摆动姿势。她的双手如同两只优雅的振翅白鸽。女孩跳舞的时候面带微笑,想必她一定乐在其中。她的"毫无技术"或许便是最高的技术(或艺术)。她突然轻柔地阔步一跃,仿佛一只为了逃离追捕而流星跨步的野鹿。她如同拍打着低矮河岸的泉眼之水似的舞动着，随后汇入沐浴着阳光、宽阔有力的浪潮之中，如同大海中央的巨浪，然后又幻化成飘落的雪花或者坠落的石子，如此变化多端，如此感情饱满。所有观众的情感都伴随着对舞蹈的兴致与悲悯一起舞动起来。一些观众的泪水夺眶而出，那是共同陶醉与共同舞蹈的纯粹之泪。女孩结束舞蹈的时候，那些令人生畏的妇女纷纷起立并给予暴风雨式的赞许，她们挥舞着手中的绢帕向女孩致谢并把鲜花扔向舞台。能够目睹此景多么美好啊！"当我们的妹妹吧"，似乎所有的欢笑都在言说。"如果你愿意的话，能够把你唤作我的女儿是我何等之荣幸啊"，女士们似乎都在如此欢呼着。近百个观众看着这个站在孤独舞台上的小女孩，忘记了自己与她之间的界限——总的来说是一切形式的界限。众多弯曲的双臂伸向空中，好像能抚摸到小女孩一般，挥舞的双手在祈祷。人们喊出的话语激荡出纯粹的快乐。就连涂着金黄颜料、用来装饰舞台的冰冷模特似乎也想要活动起来，它们甚至还想把握在手中的桂冠戴上头顶。西蒙从来没有看过如此精彩舞台。克拉拉也沉迷其中，谁今天要是没来就太亏了。只有阿贾帕伊尔一动不动，一言不发。卡斯帕尔说："我要把这样的欢呼绘成画作，这必定是一幅绝妙的作品。""但是很难画的，"西蒙说道，"这种欢乐的芳香与荣光、沉迷的光环、冷暖交替、确定与模糊，这种氛围中的颜色和形状，这种金色与深红就像这样消失在所有颜色之中，还有舞台这个核心部分以及舞台上那个充满灵气的小女孩，还有妇人的衣着、男人的面孔、包厢，还有其他所有的东西，说真心话，卡斯帕尔，要是动起笔来一定十分困难。"

克拉拉说："现在我倒是想起宁静的自然风光。那里有丛林、山丘以及宽阔的草地，而我们现在却坐在一家灯火通明的剧院里。多么奇妙的感受啊。或许这一切都是自然。自然不仅只是屋外盛大而静谧的自然风光，还是可以活动的小巧人造物件。一家剧院也是自然。自然允许我们建造的东西也只可能是自然，不过显然是自然的变种。如果文化能如其所愿保持精致，它也会保留自然的本性，因为它是数个时代慢工细活之下的发明之物，它的本质自始至终依附于自然。卡斯帕尔，您所作的画也会成为自然。因为作画是在感官和手指的协助下完成的，而这一切都是您从自然之中获取的。我们懂得如何热爱自然并时常将其视为神圣，如果我可以这么表述的话。因为人无论身在何处都必须祈祷，否则人的心肠就会变坏。如果我们热爱近在我们身边的事物，这一定会成为一个推动我们时代迅猛发展的有利条件，会让我们更加游刃有余地与这个世界打交道，也会让我们更加快速、幸福地感受生活。我们必须在成千上万的机会之中抓住并利用这个有利条件，这个老生常谈的说法我十分清楚……"

她话说得有些激动。"我说的话还算理智吗？"她问卡斯帕尔。

卡斯帕尔没有回答。他们离开了剧院，正走在回家的路上。西蒙和阿贾帕伊尔先生走在前面。

"您说点什么吧。"克拉拉恳求着她的同伴。

"我有一个叫埃尔温的朋友，"卡斯帕尔一边靠近克拉拉，一边解释道，"他没有那么有天赋，或者说在他少年时代曾经有过天赋。即便他在绘画上毫无成绩可言，但他依旧像魔鬼撒旦一样深爱着自己的艺术。他把自己的所有画作都称为次品，事实也确实如此，但是这些画作已经消耗他很多年的时间。他总是刮花自己的作品，然后重新开始画。他这样深爱自然不失为一种痛苦，同时也是一种耻辱；因为一个稍有理智的人绝不会被一件物品所捉弄、戏耍或者折磨，即使这物品就是自然本身。艺术当然不是他的施虐者，他自己才是那个对世界与艺术有着贫乏理解力的痛苦源泉。这个埃尔温喜欢我。我们初学绘画的时候，我总是和他一起画画。我们在大树下的草坪上嬉戏。每当我想起那个美妙的时代，我的眼前总会浮现出那些茂盛至极并且引人注目的大树。'美妙'（gottvoll）一词是埃尔温在面对超越他理解力的自然风景之美时，在盲目的兴奋之中自创的词语。'卡斯帕尔，看看这美妙的风景。'我已经忘记他到底跟我说过几百遍了。即便当年凭借天赋他确实完成过十分优质的画作，他也总是会在鸡蛋里挑骨头，并且毫不留情地批评自己。他销毁自己成功的画作，只保留失败品，因为他觉得这些失败品更具有意义。他的才华饱受这种持续不断的怀疑之苦，直到它被这种消极的方式榨干，最终如同被烈日炙烤吸干的泉水一般干涸。我时常劝他把成品以低廉的价格出售出去，但是他差点因为这个无理建议与我绝交。他对我的惊讶程度日益增加，他惊讶于我为何如此草率、如此容易地绘出画作，但他尊重我的才华，这一点他必须承认。他希望我能更加严肃地对待我的艺术。而我的回答却是：为了达到目的，艺术实践只需要努力、令人愉悦的热情以及对自然的观察，同时艺术家也会注意到一种危害，即我们对一件事情表现出过度神圣的严肃时，可能而且必定会对这件事情本身所造成的危害。他相信我，但是要从他死咬着不放的偏执的严肃之中脱身而出，他暂时还做不到。后来我离开了，收到了他充满思念的信件，字里行间满是对于我离开的悲伤。他说我依旧是那个让他保持些许清醒的人。他希望我回去，如果我不回去的话，他请求我允许他随我而来。事实上，他确实来找过我。他一直跟在我身后，像我随行的影子，以致我时常冷漠地挖苦他，并且颐指气使地对待他。他总是避开女人，是的，他痛恨女人，因为他害怕女人会让他的注意力从终生事业的神圣之中有所转移。因此我嘲笑、瞧不起他也是完全有可能的。他画画总是慢一个拍子，也时常沉醉于研究之中。我建议他不要过于钻研理论，而应该更多地让手去适应画笔，找到手感。他也尝试去适应，但凡看见我白日里的无忧无虑，他都会哭泣。当时我们一起去我的家乡旅行，这您是知道的！在那里，我们时而需要登上壮阔的高山，时而需要涉足陡峭幽深的峡谷，如此往复。于我而言，活动筋骨是一种乐趣，急促地呼吸以及彻底拉伸腿脚也是一种享受，除此之外，别无其他。埃尔温几乎走不动路：真的，他的力气早就被他渴望艺术时的放荡不羁所耗尽。一天临近傍晚时分，我们站在山间一块高地之上，透过杉树的枝桠看见了家乡的三大湖泊。埃尔温看着眼前壮丽的景色大喊起来。事实上，这确实是一种令人难以忘怀的美景。山下铁轨发出的声响和塔楼的钟声也向我们传来。我们看不见城市，但我伸手向埃尔温指了指城市所在的位置。湖泊就像伯爵夫人的盛装一般反射出轻柔耀眼的光，它们散落分布着，被群山优雅的线条以及如痴如醉的温柔堤岸所包围,那么远,又那么近。晚间,我们饥肠辘辘地赶回了家。我的姐姐十分喜欢我带来的这位安静的客人。眼下差不多三年过去了。时间流逝,她已经离不开他了,我坚信她对埃尔温无声的爱慕已然在她的心里燃烧。看见我以这种方式和她想要保护的那个人相处,她感到痛苦不堪。我以一种近乎取悦的口吻和他说话时,她总是请求我待他友好、尊重一点。时间久了,这个可怜的家伙也变得无法忍受。有一天,他告别了。他在日记里给我的姐姐留下了一句话。这一切都那么滑稽,但又那么刻骨铭心。在他动笔的时候,或许他撑着手臂,思绪万千,臆想出了一段和我姐姐共同拥有的未来。艺术许诺了他什么?我担心我的姐姐会做出如戏剧情节一般的事情。但是告别之际,她真诚、关切地注视着他,他却无法看她,他也不敢。他看起来像一个可悲之人吗?有可能。或许他完全不相信会有女孩喜欢他并向他示爱,因为他的整张脸都长满胎记。但是我觉得正是这胎记才让他完美起来。我非常喜欢盯着他看。我们某次外出的时候,他问我他是否可以给我的姐姐写信。'这关我什么事,'我大喊道,'你想写就写吧!'他回到家后,再一次沉浸在他那学术般死寂而郁闷的氛围之中。我同情他,但是我也疏远他,至少我想向他展示我的冷漠,因为对一个值得同情的人热情相待让我觉得很不舒服。他曾经给我写过几封信，我并没有回信，现在他又开始重操旧业，我依旧没有回复。他极度地依赖于我。这还有必要回信吗？他迷失了，他是绝对不会有任何进步的。他目前的画作十分可怕。但是，从来没有一个人如他一般和我产生过如此亲密的关联，我也会想起我们一起流连于大自然的那些时光。世间的一切转瞬即逝。人要一刻不停地做事，人为此而存在，而不是为了同情他人。"

"可怜的孩子，"克拉拉说道，"我同情他。我希望他此刻就在这里，如果他生病了，我不知有多情愿照顾他。一个不幸的艺术家就如同一个失意的国王。知晓自己失去才华，这种痛苦会触及他心灵多深的地方啊。我完全可以想象。可怜的家伙。我想成为他的朋友，因为您没有时间去同情他。而我有时间。这世间竟然有如此可怜的人！"

卡斯帕尔第一次抓着她的手并轻声对她说道："您真好！"

树林里乌漆麻黑，一切都笼罩在黑暗之中，房子就像黑暗之中的一块污点。西蒙和阿贾帕伊尔站在门口等着另外两个人的归来。

"他们不会来了。您跟来吧，我们进屋去了。"

"我想马上上床睡觉。"西蒙说。

西蒙躺在床上想要闭上双眼的时候，突然听见一声枪响。过度惊吓之下，他一跃而起，赶紧打开窗户往外看去。"发生了什么？"他朝着楼下喊道。但是他只听到自己的声音在树林中回荡开来。树林笼罩着恐怖的、死亡般的寂静。突然，他听到楼下传来一个男人的声音："什么都没发生，您快睡吧。请您原谅，让您受惊吓了。我习惯在深夜的树林里开枪射击。我喜欢听枪支发出的射击声及其回音。射出的子弹也会奏出美妙的旋律，如果周遭的事物一片寂静，这旋律则会回荡在它自身之中。我又要开枪了。窗子开得这么大，您小心着凉啊。这个时节的夜里还是很凉的。您马上又能听到枪声了，不过这一次您就不会害怕了。我还在等我的妻子。晚安。祝您美梦。"西蒙再一次躺到床上，然而却无法入眠。他觉得这个男人的声音听起来十分奇怪。这种本来习惯性的友好的冷静正是奇怪所在，可是它又如此冷漠，他的话里确实透露出些许冷漠。这背后一定隐藏着什么秘密。但是，估计只是因为他不了解这个男人的习惯而已。"如今，"他思忖着，"已经有足够多的怪人了。生活的无聊乏味利于怪人队伍的壮大。人总是在明白道理之前就变成了怪人。这样想来，阿贾帕伊尔的奇特之中便没有什么奇特之处了。人们将其称之为运动，然后通过所谓的运动把所有奇怪的想法都表现出来。无论如何，我现在要尝试入睡了。"——但是，其他与夜晚有关的想法又接踵而来：他想起不敢踏进漆黑房间的小孩，想起无法在黑暗里入睡的小孩。父母给孩子留下十分惧怕黑暗的烙印，然后把不听话的孩子关进安静而漆黑的屋子作为惩罚。孩子在深沉的黑暗之中摸索，却只能撞见黑暗。孩子的恐惧与黑暗可以和谐相处，但这孩子与恐惧却不会。孩子害怕的能力天赋异禀，导致恐惧也不断地增大。恐惧侵袭着弱小的孩子，因为恐惧是巨大、浓密以及令人窒息的存在；比如说孩子可能想要叫喊，却又不敢。这种不敢继而又放大了他的恐惧；因为面对恐惧时如果不通过叫喊发泄，恐惧便会一直停留在那里。孩子相信有人在黑暗中偷听。这样去想象一个可怜的孩子该多么让人郁闷啊。那些可怜的小耳朵又该耗费多少力气才能偷听到动静呢？听到的也不过只言片语罢了。但凡站在黑暗之中偷听过的人便会知道，什么都听不见要比听见什么可怕多了。总的来说就是：快听，几乎就要听见自己偷听的声音了。孩子无法停止去听（hören）。有的时候是偷听（horchen），有的时候则是无意听到（hören），因为孩子在他无名的恐惧之中知道如何辨别二者。如果你说hören，事实上你已经听到些什么了，但如果说horchen，结果总是徒劳的，因为其实什么也听不见，只是人喜欢偷听而已。偷听是因不听话而被关在小黑屋里受罚的孩子的专属之事。现在想象一下，有个人正朝你走来，静悄悄地，静得可怕。不，最好还是不要想了。最好不要这么想。谁要是这么想，一定会和孩子一样吓得半死。孩子有着如此温柔的心灵——专门为恐惧而准备的心灵。为人父母的人啊，在你们的孩子学会热爱面对黑暗之时的恐惧并且学会接受可爱的黑暗之前，请不要把你们不听话的孩子关进黑屋。

西蒙现在不那么害怕了，可能今晚还要发生什么吧。他睡着了，次日早上醒来的时候，他发现自己的哥哥安静地躺在他身旁。他本来想要亲吻他。可为了不吵醒还在睡觉的哥哥，他尽可能小心翼翼地穿上衣服，轻轻打开房门，下楼去了。他在楼梯上遇到了克拉拉。她似乎已经等了一段时间了。西蒙还没来得及跟她道声早安，这位动作迅猛的女士便把西蒙的脖子搂向自己，然后就是一通亲吻。"我想亲吻你，因为你是他的弟弟。"她用低沉压抑却又不失幸福的口吻说道。

"他还在睡觉。"西蒙说道。温柔地拒绝那些对他而言无关痛痒的脉脉温情是西蒙的习惯，这股冷淡却让克拉拉心动起来。她不让西蒙离开，把他紧紧地锁在自己胸前，用双手捧着他的头。亲吻再一次落在他的额头和脸颊上。

"我就像喜欢弟弟那样喜欢你。你现在是我弟弟了。我既一无所有，又应有尽有，你是知道的吧！我什么都没有，我却付出了一切。你会回避我吗？不，不会这样，不！我占有你的心，我了解它。能够拥有这样的信任我也便腰缠万贯了。没有人像你一样爱着你哥哥。如此坚定，如此固执。他和我提起过你。我觉得你真好。你和他完全不一样。很难用言语来形容你。他也这么说，说你难以捉摸。但是，大家对你又表示出十足的信任。亲吻我吧。如你心之所往，在这个意义上，我是属于你的。你的心灵便是你身上的美好。什么都不要说了。我知道别人为何无法理解你。你什么都懂。你对我很好，对吗？对吗？不，还是不要说对。这没必要，这完全——完全没有必要。你的双眼已经告诉我答案了。我早就知道了。我早就知道有这么一些人的存在，我只是不想把你逼迫到对我冷漠。他还在睡觉，是吗？噢，不要啊，我还不想走。我还想和你再吵一会儿嘴。我是一个十分愚蠢的女人，不是吗？"

她本来想以这种口吻继续说下去，但西蒙用他十分温柔的方式拒绝了她。他说他想去散步。她目送着他离开，他却一点都没留意她的目光。"如果她需要我帮助的话，我一定会为她效力。这一点不言而喻！"他自言自语道。"如果她的幸福快乐要求我穷尽一生地为她效劳，我愿意把我的生命全都奉献给她；这很有可能！是的，要是我真这么做了，毫无疑问正是为了这样一个女人。她的身上也具备类似的冲动。她自然对我了如指掌，但是这一点还要再去考虑。我还有其他事情需要思考。比如说今天早上我很高兴，我感觉我的四肢就像精细而柔软的钢丝线条。能感觉到四肢的存在，我就很高兴了，这时的我不会想起这个世界上的任何其他人——无论女人还是男人，我什么都不会去想。啊，在阳光明媚的早晨来到树林可真美好。自由真好。现在是否有某颗心正挂念着我呢，它想也好，不想也罢，反正我的心绝对不会去想任何事情。这样的早晨总会唤醒我内心的暴力，但它并无坏处，相反它是忘我地享受自然的前提条件。美不胜收，美不胜收！小草在阳光下闪闪发光。泛白的天空罩着大地熊熊燃烧。今天也许会有所缓和吧。但凡我想念某人，我一定会疯狂地去想。但是像我现在这样的状态，更加妙不可言。亲爱的早晨。我该为你唱一支歌吗。没错，你本身就是一支歌。我更加青睐书写和行走——就像魔鬼一样，或者就像愚蠢的魔鬼阿贾帕伊尔那样对开枪扫射青睐有加。"

他躺在草坪上做起美梦来。

第四章

湖面泛舟。人民食堂。克劳斯的来访。

克拉拉与卡斯帕尔。论意大利。

这天早晨，克拉拉和卡斯帕尔乘着彩色的小船在湖上观光。湖面十分平静，就像一面静止的明镜。他们偶尔会与一艘小轮船交叉而过，轮船掀起宽阔而温和的波浪，他们便趁着波浪荡漾之际破浪前行。克拉拉穿着雪白的连衣裙，宽敞的衣袖顺着修长的双臂和双手懒散地往下垂落。她摘下帽子：一个优美的手部动作在无意之间拨散了秀发。她的嘴角朝着这个年轻男子泛起了笑意。她不知道说些什么，她什么也不想说。"湖面真美，就像天空一般。"她说道。她的额头洁净明朗，如同湖面、湖岸以及万里无云的蓝天。天空之蓝蒙着一层沁人心脾、散发着微光的白色，这层白色使天空之蓝变得有些浑浊，却使其更加优雅、更加令人神往、更加飘忽不定、更加柔和。半掩着的太阳仿佛悬于睡梦之中。万物夹杂着羞涩，空气在发间与脸旁轻拂，卡斯帕尔虽面色严肃，却无忧无虑。他皱了一会儿眉头，双手放开了船舵，小船便毫无方向地摇晃起来。他把身子转向逐渐沉入视线之下的城市，看见塔楼和屋顶在半轮日出的照射之中发出微弱的光亮，勤劳的人正在赶早过桥。手推车和汽车紧随其后，有轨电车以其特有的声音一跃而过。电车顶部的集电杆嗞嗞作响，马鞭发出刺耳的噪声，人们可以听见鸣哨声以及从四面八方传来的巨大的声响。突然，十一点的钟声响彻在所有的宁静以及所有遥远、颤抖的声音中。他们感受到白昼与清晨、声响与色彩之中一种无以言表的欢乐。万物幻化成了声响，万物皆可心领神会。克拉拉的双腿上摆放着一束鲜花。卡斯帕尔脱掉了他的上衣，继续掌起舵来。正午的钟声敲响，所有的工人和上班族就像蚁群一样奔向街道的各个方向。白色的跨桥上挤满了移动的黑色句点。如果人们想到这些黑色句点之中的每一个都长着一张嘴巴并且还要用它去吃午饭，一定会情不自禁地笑出声来。他们感觉这样的生活场景是独一无二的，并为此而放声欢笑。他们现在也开始折返，毕竟他们也是会感到饥饿的普通之人；他们离湖岸越近，这群蚂蚁就变得越大。下船之后的他们也变成了和其他人一样的句点。但是，他们幸福地在浅绿色的树荫之下来来回回地散步。许多路人出于好奇打量着这对奇怪的伴侣——一个穿着拖地白色长裙的女人和一个衣衫不整的粗鲁小伙。他和她虽走在一起，在穿着上却相形见绌。人们容易感到愤怒且习惯误解身边之人。突然有人兴奋地朝卡斯帕尔迈步走来。事实上，此人有充分的理由以这种方式和卡斯帕尔打招呼，因为他是卡斯帕尔多年未曾见面的哥哥克劳斯。他的身后紧跟着卡斯帕尔的姐姐和另一个男人，现在所有人互相问候。这个陌生的男人叫塞巴斯蒂安。

西蒙坐在距此处不足一千步的餐厅里。这家餐厅只有一间很小的屋子，里面挤满了用餐的客人。习惯在这里吃饭的形形色色之人一定考虑到了这里的用餐成本之低、时间之少。西蒙就喜欢这种与舒适和优雅毫不沾边的地方。毫无疑问，他也是为了省钱。这间餐厅是由一群女人共同开办的，她们将其称作"节制与人民福利协会"。事实上，餐厅提供的廉价简餐无疑是令人满意的。大多数情况下，如果忽略稍带偏见的不满评价，几乎所有人都对这里感到满意。对于由一碗汤、一片面包、一份鱼、一份从来都不换样的蔬菜以及一份袖珍甜点所组成的套餐，经常来这里吃饭的客人感到十分满足。服务方面，除了期待上餐速度快一些之外，众人再无他想。但是鉴于这里饥肠辘辘的客人不计其数，服务速度已经足够快了。每一个人都提前吃到了自己所点的食物，即便如此，在每个人身上也依旧能察觉到一丝不耐烦：他们希望能再提前一些吃上东西。服务生端菜、接待堂吃客人，客人狼吞虎咽，这一过程持续不间断。有些已经用餐完毕的客人不甘心就此结束，于是嫉妒地看着那些苦苦等待的客人。他们这才觉得晚点吃上饭也并无什么不好，自己为何要吃得这么快呢。狼吞虎咽简直是一个荒谬的习惯。服务生则是来自城市附近的农村地区的可爱姑娘。她们偶尔也会显得愚钝，因为她们学会了拒绝，她们因此可以赢得更多的时间来满足一些客人十万火急的需求。在众多需求之中，她们必须加以区别和选择。餐厅的女老板之一偶尔也会出现在餐厅里观赏客人进餐。这个女人戴上眼镜，仔细地打量着食物以及用餐的客人。

西蒙十分偏爱这群女人，她们出现的时候，西蒙都很高兴。因为他觉得这些善良可亲的女人正在参观一间坐满可怜孩子的大屋子，旨在观看孩子们在宴会上享受美食时的场景。"难道这群人不像需要管束和监视的可怜小孩吗？"他在内心咆哮着，"难道一群举止优雅、内心善良的女人的监视不比陈旧的、打着自由英雄主义名义的暴政要好吗？"——谁会不来这里吃饭呢？来这里吃饭的人能够组成一个和谐的大家庭。首先是女大学生。难道女大学生有时间和金钱在洲际大酒店用餐吗？其次是穿着蓝色轻便大衣与长筒靴的男服务员，他们蓄着散乱的大胡子，长着十分笨拙的嘴巴。他们的笨嘴能拿来做些什么？还有皇家酒店的一些人，他们大胡子包围着的狗嘴里也吐不出什么象牙。显然，这种愚蠢能被某种"圆状物体"加以粉饰，但是该怎么去命名它呢？没有工作的女服务生也聚集在那里，还有可怜的写字员、被扫地出门之人、食不果腹之人、无家可归之人及居无定所之人。同样经常出入这里的还有那些遭遇生活变故的不幸妇女，以及发型奇怪、面部淤青、双手粗糙、目光透露出无礼但略显羞耻的妇人。这里的所有人以前一定都是虔诚的宗教信徒，通常情况下，他们举止谦虚，彬彬有礼。吃饭的时候，大家面面相觑，都不大说话，只是偶尔压着嗓子，小声而礼貌地进行交谈。这便是节制与利益带来的可见的福祉。某些滑稽而单纯的东西、某些被压迫继而又重获自由的东西寄居在这些可怜之人的身上，寄居在他们的得体之中，而他们的得体就如同蝴蝶的色彩一样斑斓。一些人在这里的行为举止甚至比之前在家最得体的时候还要得体。谁能知道他现在是谁，谁又能知道他在抵达公民餐厅之前曾经是谁呢？难道生活摆弄人的命运不就如骰子筒摇晃骰子那样剧烈吗？西蒙坐在一个小角落或某个角柱旁边，吃着涂抹过黄油和蜂蜜的面包，就着一杯咖啡，嘴里念叨着："这么美好的一天，我还需要多吃点什么呢。难道不正是这初夏的蓝天正优雅地穿过窗户、俯视着我面前这闪着金光的食物吗？我的食物当然是金色的。人们只能看见蜂蜜，难道它没有如蜜一般金黄的色彩吗？这抹金色在白色的盘子之上如此享受地四处流动。当我用锋利的餐刀刺向它，我觉得我就像发现了宝藏的淘金者。黄油那抹白色陶醉地铺展在旁边，随后才是可口的面包的棕褐色，最好看的颜色还属精致而干净的杯子里的咖啡的深棕色。世界上还有什么食物能比这更加精致而美味吗？我完全填饱了肚子，但除了填饱肚子之外，我还需要做什么来证明我确实吃过了？据说，有人能把食物变成文化和艺术，难道我现在不能这么描述我自己吗？当然可以！只是我的艺术是一种朴素的艺术，我的文化则是一种更加精致的文化，因为细嚼慢咽的我要比那些暴饮暴食的人更加陶醉，更加享受。除此之外，我喜欢拖长我的用餐时间，否则我会轻易地变得没有胃口。我总是不断地感觉到进食的欲望，所以我每一顿都吃得很少、很精致。除此之外，我还有一个习惯：我总是喜欢和新来的人谈些不正经的话。"

西蒙几乎都还没嘟囔出这个习惯，一个头发花白的老人便坐在他旁边的空座上了。老人的脸苍白消瘦，流着鼻涕——说得仔细点，他的鼻子下面挂着一大滴鼻涕。鼻涕重得摇摇欲坠，却始终没掉落下来。大家一直都觉得应该能看到这滴鼻涕掉落下来，但是它依旧悬挂在那里。除了给自己点了一盘煮烂的土豆之外，老人就没有再点其他食物了。他小心翼翼地用刀尖把盐巴撒在土豆上面，然后以一种冗余的满足之感开始用餐。但是用餐之前，他交叉着双手向他的上帝祈祷。西蒙允许自己开了下面的小玩笑：他悄悄地向端菜的服务生点了一块煎牛排，等老人看见牛排是端给他而不是其他人的时候，西蒙一定会嘲笑他惊讶的神情。

"您吃饭之前为什么要祈祷呢？"西蒙随口问道。

"因为我需要祈祷。"老人回答道。

"我很高兴看见您祈祷。我只是单纯地好奇，究竟是什么样的情感才能督促您坚持祈祷。"

"有太多的情感了，年轻人！比方说您就不去祈祷。如今的年轻人没有祈祷的时间和需求了。祈祷能让我在习惯之中保持前行，因为我已经习惯了，祈祷给予我安慰。"

"您一直都过得这么贫苦吗？"

"一直都这样……"

老人的话音还未落下，克拉拉美丽的身影便出现在这个尽管干净、但是依旧散发出一股霉味的简陋餐厅里。所有拿着叉子、勺子及刀子或者握着杯把的手全都迟迟无法继续操作起来。所有的嘴巴都张开到最大，所有的眼睛都紧紧盯着一个似乎不太适合在这间屋子找寻什么的身影。

她是一个完美的女人，但是此刻的她比完美意味更多。西蒙的双眼与感官亦有如此的感受，仿佛她是一个离开广阔天际的天使，降临人间，正在此处找寻任意一个黑色的洞穴，并用她那纯粹极乐的凝视让居住于此的人承蒙她的恩泽。西蒙总想起一个乐善好施的女人形象，她去帮助那些贫苦的人，他们除了时时刻刻因为温饱问题遭受着肉体和精神上如同鞭笞般的双重折磨这个好处之外，一无所有。克拉拉在这间"人民之屋"的表现如同从另外一个国度飘来的高高在上、遥不可及的尤物，而这一切仿佛是由内而外自发形成的。那是促使所有害羞之人睁大双眼，屏住呼吸，并让一只手握住另一只手进而使餐刀不在剧烈的震颤中掉落的美妙和光辉。携带着怜悯的克拉拉之美突如其来地赋予了这群人可以用来念想的对象。所有人突然陷入了沉思，这世间除了枯燥的工作以及终日需要操劳的生活之外，究竟还有什么呢？所有人几乎都无法想象克拉拉的健康状况和那种完美、丰满以及令人笑逐颜开的魅力，他们的生活解体成许多黑暗而污秽的平凡日常，撕裂成无尽的烦恼，进而被各种形式的卑微所包围。现在，这一切都带着痛苦浮现在每个人的脑海之中，即便可能不是每个人都很清楚；因为所谓痛苦就是：当你看见一个美人之时，你自认为能陶醉于她纯粹的芳香之中，并斗胆与她相视一笑,然而她却会置你于死地。所以他们也不自觉地暴露出丑相,抬起脸转向那个比所有人都高出一截的女人,因为所有人都死死地坐在自己那把低矮的椅子上,而她却直挺挺地站得很高。她似乎正在找人。西蒙在他的角落里一动不动,含着笑意一刻不停地注视着那些环顾四周的人。这间屋子虽然不大,但是她很久都没有注意到他;或许她的眼睛很难适应这种漆黑混乱的场景,很难呈现出眼睛早已习惯之人的图像——总之很难集中注意力。克拉拉变得有些不耐烦,当她目光扫射到西蒙并辨认出他的时候,她已经有离开的打算了。"啊,原来您坐在这里,要不要再往角落里躲一躲啊?"她这样说道,然后十分高兴地坐到他身旁——这个年轻的朋友以及那个鼻尖依旧挂着那滴晶莹剔透的巨大鼻涕的老人之间。这位白发老人正在睡觉。在这样的场所睡觉是不允许的,但是很多老人在吃完饭以后都无法克制来袭的困意,便直接入睡了,这种事情每天都会发生。或许这位白发老人漫长而徒劳的足迹已经遍布城市的大街小巷了。但凡他能轻易想到的地方,他可能都已去打听过工作。倦意越来越浓,即便如此,他今天还是尝试为找到工作做了些什么。为了登上山顶,他耗尽了所有的体力,因为城市从山脚一直延伸到山顶,而且在山顶找工作比在山脚更容易遭到拒绝;死亡占据着他的内心,他凭着最后残余的力气走下山来，来到这里。正如人们猜测的那样，这位白发老人还在四处寻找工作，或者说依旧怀揣寻找工作的意愿，是的，就是他——这位白发老人，只要想到这里就会觉得既可悲又害怕。但人们很容易这样去想。这位白发老人除了这个地方之外无处为家，但在这里毕竟也只是几个小时的事情，因为不一会儿这里就要打烊了。所以他才会祈祷，为他糟糕的处境演奏一曲抚平内心的低吟。所以他才会说："我需要祈祷。"这完全不是虚伪的虔诚，而是极其悲伤的渴求，渴求能够感受到一只想要抚慰他的手，渴求能够感受到儿女的手落在他布满皱纹的可怜额头上，温柔而宽慰地抚摸。老人可能膝下有女——可现在他独自一人？双手托着几乎不怎么挪动的脑袋坐在老人身边看他睡觉的人是很容易产生这样的想法的。克拉拉说道："西蒙，您哥哥来了——他穿着体面的统一制服，一同前来的还有您的姐姐以及一位叫塞巴斯蒂安的男人。"随即，西蒙便结了账，他们一起离开了。他们离开的时候，两位女服务生中的一位发现了正在睡觉的老人，她晃动着他并以可笑的严厉口吻叫道："不要在这里睡觉！说的就是您啊！您没有听见吗？您不准在这里睡觉！"这位老人方才醒了过来。

这天过后的夜晚十分美妙。仿佛整个世界都在美丽的湖岸边长满宽大树叶的树下悠闲地漫步。在心情愉悦、低声交谈的人群之间散步，仿佛置身于童话之中。城市在落日的焰火之中燃烧，然后在落日的余晖和余晖残留的最后一丝光线里面发出黑色与暗淡的光线。夏日的太阳拥有美妙与迷人的力量。湖面在黑夜之中闪烁，众多灯火的倒影在平静的湖水中央发出微光。桥梁看上去十分气派；近水的过桥人可以看见深色的小船从湖面一闪而过；穿着浅色连衣裙的姑娘泛着轻舟，应夏时夜景的温暖竖琴声时常从稍大一些的平甲板船上传来，平甲板船悠闲而欢快地驶向远处。竖琴之声消失于黑夜之中，又重新响起，时而响亮温暖，时而低沉扣人心弦。一个船夫正弹奏这个简单的乐器，而它发出的声响究竟可以传多远啊！夜晚似乎也因此变得更加宽阔和深邃。遥远的湖岸边闪烁着郊区住宅微弱的灯火，仿佛镶嵌在女王沉甸甸的深色长袍上那闪闪发光的红色宝石。整片大地似乎都散发着香气，就像一个入睡的姑娘安静地躺在那里。夜空中那巨大的黑色圆圈在所有人眼前蔓延开来，直到笼罩了山峦，暗淡了灯光。天空仿佛环绕包裹着湖泊，水天相接的场景让湖泊变得无边无际。人们成群结队地聚集在一起。年轻人扎堆地闲逛，紧紧挤坐在一起的则是安静休息的老人。自然也是少不了轻浮、卖弄风骚的女人，少不了那些眼里只有女人的男人。他们尾随这群女人来到这里，时而你推我让，时而争先恐后，直到最终鼓起勇气或者找到借口和她们搭讪。今晚一些人的表白也和往常一样以失败告终。

西蒙走在哥哥克劳斯的身边，显得十分高兴。克劳斯总是不停地提问，西蒙则确切而简单地予以回答，以此来证明自己还是一个完全没有迷失人生方向的人。他的话语中略带一丝自豪，但在较为成熟的哥哥面前，他的口吻同时也透露出谦卑，虽然他哥哥在问起某些事情的时候，活脱脱就是一个没有文化却充满爱意关怀的小学生。他们不知不觉地用拐弯抹角的优美长句交谈了起来，克劳斯对西蒙在某些事情上的见解颇感高兴，因为他起初认为，就西蒙自身的情况而言，他一定会对此嘲弄讽刺一番。"我已经很久没有察觉到你像现在这么严肃了，"西蒙回答道，"我对很多事物都保持敬畏，可是表现出来一向不是我的习惯。这种事情我喜欢藏在心底，因为我觉得，如果命中注定——我的意思是，或许命运选中我去扮演傻瓜的角色，那时摆出一副严肃的面孔才会起作用。命运有很多种类的，但我最想做的是在它们面前低下我的头颅。其他的我一概也做不了。此外，应该来个人对我提出诸如只许惊慌而绝望地昂着头颅这般无理的要求。我已经和不同的人讲述过我的内心在这种情况中的处境了。"——西蒙说话的时候尽量保持语句通顺、重音准确，而且十分冷静友好，好让克劳斯觉得他的话不是在抱怨世界，而是他内心深处对可以解释与世界相处的自我状态说法的某种找寻。克劳斯坚信西蒙个性十足，但他也担心他的个性浮于表面、虚假不实，担心他的个性仅是游戏般、魅惑般轻浮地围着他存在。然而他却希望可以在自己身上找到这些个性。在他们身后不远之处，克拉拉和卡斯帕尔紧挨着一起走了过来。这位画家陶醉在自然的美景与音乐之中。他天马行空地想象着俊美而苗条的女骑手正骑着骏马在夜中的花园里驰骋而过，她们的长裙裙角与马蹄嬉戏于地面之上。然后他无拘无束地放肆大笑，笑着他眼前的人、风景以及出现的一切。克拉拉并没有打算让他冷静下来，相反，她对他美丽灵魂的无拘无束感到欣喜。她如此深爱着这种少年天性中的年少、肆意甚至自负，这种年少天性最终会转变成男人成熟的气质。他想把他认为最好的事情亲自告诉她，因为这些事从其他人口中说出来可能会显得可笑而愚蠢，而她却爱着他身上的这股气质。这个人到底有什么魅力，能让她毫无条件地认为他在任何情况之下的任何姿势、行为和举动，不论是静止不动、开口说话或沉默不语都那么美好呢？在她的眼里，他比其他任何男人都要成熟优秀，但是他还不算真正意义上的男人。对她而言——如她可能会说的那样，他的步伐虽滑稽可笑，却坚定有力。这个年轻人还未流露出不安的迹象，但是保留了些许的羞涩与天真，稚气尚未完全退去。他爱得那么克制，又那么迅速！她看见他充满年少气息的波浪状秀发，它们在黑夜中散发光泽。与之相称的还有他的步伐和一颗如此谦虚、充满疑问并且深思熟虑的脑袋。他想起某人的时候，会如何去幻想呢？卡斯帕尔变得更加安静了。她看着他，视线未曾离开过一秒！在这里——在这个随处都是漫步者的夜晚注视着他实在是一种美好，一种消逝般的美好。她觉得，注视着他要比直接亲吻他更加美好。她看着他张开疼痛的嘴巴；他一定正在放空，不，他根本就不想说话，引起这种疼痛感的地方恰好是他双唇的位置。他的眼睛冷漠而安静地注视着远方，好像它们知道那里可以看到更好的事物。它们似乎要说话。"我们——我们看见了美好的事物。你们不要悲伤，那些长在别人脸上的眼睛，你们永远都看不见我们所见之物。"他的眉毛迷人地弯曲着，好像在担心它们的孩子，它们好像天使一般。这双眼睛把目光投向这个世界，看起来仿佛随时都会受伤。"当然，年轻人的眼睛确实容易受伤，但是我注视着他眼睛的时候，我突然十分心痛，好像我看见了他的双眼正为碎片所伤。它们很大，向外凸得厉害，似乎对任何事情都满不在乎，总是睁得大而无神；它们多么容易受伤啊！"她抱怨道。她不曾知晓他是否爱她，但是重要的是，她——她深爱着他，这便足矣，是的，这一定是最重要的，她快要哭了。西蒙和克劳斯这时正回来找剩下的人。克拉拉尽可能地控制自己，她挽着西蒙的手臂和他走在前面。她对他说："让我看看你的眼睛，你有一双美丽的眼睛，西蒙，望向这双眼睛，就如同在万籁俱寂之时卧床祈祷。"

克劳斯和卡斯帕尔一路走着，默不作声。自从几年之前发生过一次口角以来，他们就不太愿意了解彼此了。自那之后，他们既没有见过面，也没有通过信。克劳斯对此十分介怀，然而卡斯帕尔却不以为然。卡斯帕尔告诉自己，不能为自己的亲兄弟所理解，是事物本身的正常秩序。他不想回过头再去看已经发生过的事情，它们已是往事，他觉得继续纠缠毫无意义。他的处事方式就是一直往前看，他觉得回首过往的人际关系有百害而无一利。因为实在无法继续忍受卡斯帕尔的沉默，克劳斯开始主动谈起后者的艺术，并鼓励他前往意大利磨炼艺术家该有的成熟。

卡斯帕尔咆哮道："我情愿立即让魔鬼带走我。去意大利？为什么要去意大利？我有病吗？还是我会在那个橙子与石松的国度变得更健康一些？如果我可以留在这里而且我还十分喜欢这里的话，我究竟为什么要去意大利呢？难道我在意大利能做什么比画画更好的事情吗？难道我在这里不能画画吗？只是因为你觉得意大利非常好，所以我就必须去那里。难道这里还不够好吗？难道那里能比我这里——我所处、创作以及看见万千美景的地方更好吗？即便我早已腐烂，这些美景也依旧会继续存在下去。难道是想去意大利就能去得成的吗？那里的景色比这里还要美吗？或许只是档次更高一些，也正是如此我才不情愿去欣赏。如果六十年之内我依旧能画得出一道波浪、一片云朵、一棵大树或者一片田野，那么我们就看看，不去意大利究竟是不是一个明智的选择。没有见过那些神庙之柱、平平无奇的市政厅、喷泉与拱顶、五针松与月桂树，以及意大利服饰与豪华的建筑，我就会有所损失吗？难道人们一定要贪婪地将世间万物都尽收眼底吗？别人要求我带着成为艺术家的目的前往意大利的时候，我一定会失去自制。当我们愚蠢至极之时，意大利才是我们深陷的泥潭。想要画画或者搞文学创作的意大利人会来我们这里吗？沉醉于消失的文化对我有什么好处？与我自己断绝联系真的能丰富我的心灵吗？不，我的心灵被我弄得一塌糊涂，变得胆怯而懦弱。哪怕这个古老没落的文化依旧灿烂辉煌，哪怕它仍然要比我们的文化强大、璀璨，这也绝对无法成为我像一只鼹鼠一样在其中窥探的理由；只要可行并且能让我从中得到欢乐的话，我更愿意随时在我唾手可得的书中观察它。顺便一说，过往消失的事物永远不如我们估量的那般有价值，因为在我周围——在我们这个时常被贴上不美好与不优雅标签的社会里，我看见了令我着迷的人群画面以及应接不暇的美好。这场关于意大利的激烈争论不免让我们俩有些难堪，我也可能因此感到光火，甚至失去理智。我的想法可能是错的，但是，即便二十个凶神恶煞的魔鬼污染了我周遭的空气，并狰狞地挥舞着手中的三叉戟，他们也无法把我带去意大利。"

克劳斯对卡斯帕尔衡量事物的强硬态度感到震惊与悲伤。卡斯帕尔总是这样，别人很难以这种方式与他建立有效的联系。他沉默不语，只是向克劳斯伸出了一只手，之后他们到了克劳斯家的门口。

抵达自己单调无聊的住所后，克劳斯对自己说："现在已经是我第二次失去他了，仅仅是因为一次无辜而好意的，但确实不太谨慎的表述。我对他了解得太少了，这就是我所了解的他的全部，可能我永远都无法认识他了。我们的生活轨迹相去甚远。可能未知的未来会再一次让我们相聚。我必须等待和忍耐,慢慢成为一个更成熟、更优秀的人。"他觉得很孤独,决定不久之后就离开这里,重返他生活的地方。

第五章

诗人塞巴斯蒂安。论爱情。克拉拉致信海德薇。

克拉拉晕倒事件。上帝与树林。

塞巴斯蒂安是一位年轻的诗人，他时常站在一个不大的舞台上向台下的听众诵读他的诗作。他习惯用他的激情做出滑稽的样子。他年轻的时候便和父母断绝了联系，十六岁那年住在巴黎，二十岁的时候又重新回到这里。他的父亲在一座小城担任乐队指挥，唐纳三兄弟的姊妹海德薇也在那里定居。塞巴斯蒂安性格古怪，游手好闲，成日坐在一间位于高处、落满灰尘的小房间里，或者伸开四肢躺在晚上睡觉的床上——他从来都不花任何工夫去整理床铺。他的父母当他失踪了，任凭他做自己想做的事情。他们不给他钱，因为他们觉得这种花钱向儿子的放荡不羁做出妥协的做法并不可取，他们知道他正在承受这种不羁之苦。他们已经劝不动塞巴斯蒂安认真对待学业了；他要么手里夹本书，要么兜里揣本书，在山上或者树林里闲逛，经常一连数日都不回家；如果天气允许的话，他就在草地上连狂野粗糙的牧羊人都不曾下榻过的破旧茅棚里过夜，那里比人类任何一种文明都更接近天空。他总是穿着同一件浅黄色布料的破洞西装，不刮胡子，但是对舒适整洁地抛头露面这件事却十分重视。他关心理智的程度不如关心自己的指甲,他任凭自己的理智变得狂野。他长得十分秀气,作诗也是尽人皆知,整个人营造出一种半滑稽半忧郁的神奇形象。城里有很多理智的人,他们真心实意地同情这个年轻人,并且在他们力所能及的地方以最真诚的方式接纳他。他是一名优秀的同伴,所以总是有人邀请他去参加各种晚会;人们通过这种方式对他稍作补偿,因为这个世界不再赋予他可能会满足他求证欲望的使命了。塞巴斯蒂安很大程度上拥有这种欲望,但是他严重偏离了有效规范的努力之轨。或许他努力得过于猛烈,因为他认识到努力对他毫无帮助,所以现在他不想再努力了。他一边用鲁特琴把自己的诗歌演奏成曲,一边用舒适轻柔的嗓音歌唱。人们在他身上所犯的唯一但也是最大的错误就是,在他年少时就开始纵容他,误使他认为自己是一个天赋异禀的少年。此般的自负是如何深入这颗易受影响的少年之心的啊!成年女性喜欢同这个早熟、无所不知的少年打交道,因为他有一种无与伦比的魅力,而这种魅力却以他的个人发展为代价。塞巴斯蒂安经常说:"我的黄金时代早已离我远去。"听见一个如此年轻的男子这么说是一件十分可怕的事情。事实上,对他正在做、打算做以及准备做的事情,他也只是投入那疲惫而冷漠的心灵,并没有投入全部身心——也可以说他什么都没有做，他只是和自己在嬉戏。海德薇曾经对他说："塞巴斯蒂安，您知道吗？我觉得您时常要为自己哭泣。"他点了点头，表示同意。海德薇同情他，经常暗中用钱或者类似的东西接济他，好让他的生活过得幸福一些。所以这一次，她带他一起去见她的兄弟们。在这个克拉拉感觉幸福、克劳斯感到悲伤与孤独、西蒙心生幸福、卡斯帕尔烦躁而忘乎所以的夜晚，海德薇正和她的诗人沿着湖岸一言不发地悠闲散步。大家可以说些什么呢？如此沉默着便好。卡斯帕尔这时向他们走来：

"据我所知，您现在正在创作一首还原您生活的诗歌。您想怎么去还原一个您几乎没有体验过的生活呢？您看看您自己：您那么健壮、那么年轻，可您竟想着躲到书桌后面，躲在诗句里面歌唱生活。等您到了五十岁的时候再写些关于生活的诗歌吧。顺便一提，我觉得年轻人写诗十分可耻。写诗并不是一份工作，而是游手好闲之人的避难所。如果您已经过完一生，有过伟大而平静，可以赋予人回首过往的错误、品德与疑惑的权力的生活阅历之后，我什么也不会说了。但是您似乎还没犯过什么错误，您似乎什么善举也没做过。如果您是罪人或者天使，您才可以写诗！您最好不要写诗。"

卡斯帕尔对塞巴斯蒂安并没有什么好印象,所以他经常拿他取乐。对于悲剧性的人物,他总是缺乏理解力,或者更多是因为他理解得过于肤浅或者深刻,导致他完全不去重视他们。此外,他今晚的心情就如同恶魔一般。

海德薇替这个无法为自己辩护的可怜受辱者说话。"卡斯帕尔,没有什么比你说的更加动听……"她心怀激起她辩护兴致的怒气朝着她弟弟喊道,"更加机智的了。你把自己的快乐建立在伤害别人的基础之上,他的不幸应该值得所有人的怜悯与关心。你尽情地笑吧。不过你会对你所说的话感到后悔。我要是不够了解你,我一定会把你当成一个粗鲁之人,一个施虐者。如果你能够这么羞辱一个毫无抵抗能力的可怜人,那你也一定会折磨一只可怜的动物。毫无抵抗能力的弱者总是容易激起强者内心施加痛苦的兴致。如果你觉得自己是强者,你就偷着乐吧,就放过那些弱者吧。滥用强大来折磨弱者只会让你的强大蒙羞。为什么凭自己双脚独立于世你还不够满足,偏要将双脚踏上那些摇摇欲坠与苦苦寻觅者的背脊呢?这会让他们自己感到困惑,跟跟跄跄地卷入自我怀疑的滚滚浪潮。难道自信、勇气、力量和目标意识总是会犯下罪行吗?它们粗鲁、毫无同情之心并且**丝毫不计后果地**对待他人,而这些受害者却从未妨碍过他人,他们只是站在那里仔细地倾听着别人的名声、尊重与成功所带来的声响。羞辱一颗充满渴望的心灵是一件高贵而善良的事吗？诗人那么容易受伤；噢，生而为人，绝对不要伤害诗人。此外，从现在开始我再也不去谈论你了，小卡斯帕尔，因为你可不是这个世界上什么伟大的人物吧？或许你也什么都不是，因此你同样没有任何理由嘲笑一无是处的人。如果你在和命运搏斗，那么也让其他对此理解的人参与其中吧。你们二人都是需要彼此搏斗的摔跤选手吗？这可太荒唐愚蠢了。对于你们而言，各种形式的诡计、迷惑、预兆和失败已经让你们的艺术中充斥了无尽的痛苦，难道你们非要视而不见并给彼此施加更多的痛苦吗？说老实话，弟弟，如果我是一个画家的话，我也会成为一个诗人。绝对不要过早地去轻视一个犯错、看起来懒惰或者无所作为的人。他的太阳以及创作会迅速地从他冗长而沉闷的睡梦之中冉冉升起！现在的问题就是：那些迫不及待的质疑者该如何去应变？塞巴斯蒂安确实在和生活做斗争，而这一点已经可以成为我们尊重、珍爱他的理由了。人们怎么可以嘲笑他善良脆弱的心灵呢？你应该感到羞耻，卡斯帕尔，如果你对你姐姐还心存一丝爱意的话，你就再也不要去创造机会惹我生气了。我不喜欢对你动怒。我爱惜塞巴斯蒂安，因为我知道他有勇气承认自己的诸多错误。顺便说一句，天色越来越黑了，如果你觉得和我们同行不舒服，你可以自己先走。你现在摆什么脸色，卡斯帕尔！因为这个享受当你姐姐的女孩正在训斥你，你就要生气吗？不，请你不要这样。当然你也可以嘲笑这位诗人。为什么不呢。我之前太较真了。请你原谅我。"

黑暗之中，塞巴斯蒂安的双唇之间洋溢着蠢蠢欲动、害羞却温柔的微笑。海德薇花了好长的时间才讨好她的弟弟，这才让他的心情重新明朗起来。随后，他淋漓尽致地对海德薇生动活泼的话语进行了滑稽的模仿，以致他们三个人都放声大笑起来。可以说，塞巴斯蒂安笑得都直不起身子来。树下的一切逐渐变得安静和空旷；人们返家，灯火入梦，但是有很多灯早已经熄灭了，远处不再灯火闪耀。乡村的大地上，村民似乎提早熄了灯；现在山峦如同发黑的尸体躺在远方，但是似乎还有一些结伴而行的人不想回家，想要在这天空之下的漫游之中清醒地共度整个夜晚。

西蒙和克拉拉坐在长椅上，陷入了安静而漫长的对话之中。他们之间有太多话要说，他们本想永无休止地畅谈下去。克拉拉想一直谈论西蒙，而西蒙则想一直谈论坐在他旁边的克拉拉。他以一种奇特但自由开放的方式谈论他的同伴，那些站或坐在他旁边倾听他的人。这并不是刻意为之，只是因为他对那些促使他开口说话之人的感觉最为强烈。他因此才愿意去谈论他们，而不喜欢谈论不在场的人。克拉拉却只想着那个不在场的人。"我们只谈论他，"克拉拉问道，"不会让你觉得痛苦吗？""不会痛苦，"西蒙回答道，"他的挚爱亦是我的挚爱。我总是问自己，我们中的任何一个人从来都不会去爱吗？我一直认为去爱是一件美妙的事情，可是我们两个人都很差劲。我在书中读了很多爱情故事，也总是喜欢坠入爱河的主人公。少年时，我曾一连数小时埋头沉迷于这类书籍中，与那些坠入爱河的主人公一起祈祷、颤抖，一起担心害怕。书中的女主人公向来都是一些自信的女人，拥有男人一般坚强不屈的性格，就像一位穿着女士衬衫的男性职员或者一个普通士兵。那些女人一直都是些举止得体的淑女。当时我对普通人的爱情伴侣完全没有概念。我的感知是随着书籍一起成长的，而当我合上书后，它也随之消失了。我踏入生活之后，忘记了这一切。自由的思想紧咬着我不放，但是我也希望体验爱情。如果爱情明明就在那里，而它却不属于我，我生气又有何用呢？多么天真啊。甚至令我感到有些开心的是，爱情所眷顾的并不是我，而是他人，因为我想先去观察爱情，然后再去体验它。我永远都无法体会到它。我相信，生活对我有别样的要求，也对我有别样的安排。生活让我热爱一切仅以表象出现在我面前的事物。克拉拉，我可以用一种别样、或许更加愚蠢的方式爱你。我十分清楚地知道，如果你想的话，我能够并且愿意为你去死，这种想法愚蠢吗？我为什么就不能为了你去死呢？我甚至觉得这理所当然。我不重视我的生活，只重视其他人的生活。即便如此，我依然热爱生活，但是我爱它，仅仅是希望它能给我创造体面地抛弃生活的机会。我的表述十分愚蠢，不是吗？让我亲吻你的双手吧，好让你感觉我属于你。我显然不是你的，你也从来不想要求我什么，因为你怎么会想到来要求我呢。我喜欢你这种性格的女人，人们喜欢送礼物给自己心爱的女人，所以我把自己送给你，因为我实在想不出什么更好的礼物了。我可能对你有用：我可以用我的双腿为你跳跃；在你希望有人为你沉默的时候，我可以闭嘴不言；如果出现你必须要利用一个无耻的说谎者这种情况，我可以替你说谎。撒谎也有高贵的情况。如果你不慎跌倒，我可以用双臂抱住你；我也可以抱着你跨过水坑，这样一来你就不会弄脏你的鞋袜。你看一看我的双臂。难道你不觉得它们已经能够抬起或者抱起你了吗？我抱起你，你会微笑，我也同样会微笑，因为一个温柔的微笑总是会感染他人。我为你准备的礼物是一件可以移动而且永恒的礼物，因为人——包括最普通的人都是永恒的。哪怕你一无是处，渺小到不如一粒尘埃，我也依然归属于你；因为这份礼物要比收件人还要长寿，这样一来，它会为失去主人感到哀伤。我为成为礼物而生，我总是属于某一个人，如果我一整天都在四处奔走却找不到我可以效劳的人，那我一定会感到十分恼火。现在我属于你，即便我知道你并不是很在乎我。你是被强迫的。人们有时根本就瞧不起礼物。比如说我，我打心底里就瞧不起礼物。我真的十分痛恨收到礼物。不被人爱或许就是我的命运吧，因为命运是善良而且无所不知的。我可能无法忍受拥有爱情，但我可以忍受没有爱情。人们不可以去爱想要拥有爱情的人，否则会影响到他的专一。我不想让你爱着我。你看，你爱着别人让我觉得如此幸福；请你理解，因为现在你在给我爱你的机会。我喜欢离我而去转向另外一个对象的面孔。画家一般的心灵深爱这种魅力。这种发自内心的微笑美妙至极，它为人所知，却不为人所见。只有这样的你我才喜欢。难道你觉得没有必要让我喜欢你吗？我现在突然想起，你不需要让我喜欢，你真的没有必要，因为我对你完全没有能力做出评判，顶多提出一个请求；天啊，我也不知道我在说些什么。"

克拉拉因为他的解释流下了眼泪。她紧紧地把他揽在自己怀里许久许久，用她在夜风中变得微凉的美丽双手抚摸着他炙热的双颊。"你大可不必跟我说这些话，因为我都知道——知道——知——道。"她的声音就像人们不慎弄疼小动物之后那种带有关爱与亲切的温柔。她很幸福，她的声音在悠长有力的欢乐之声中微微作响。她的整个身体似乎想要一起说话，她说道："你在爱我这件事情上做得真好，现在是我必须去爱的时候了。现在我想快乐地去爱一次。或许我会变得不幸福，但是这种不幸伴随着某种快乐。生活只会让我们女人体会一次这种伴随快乐的不幸，但是我们知道如何尽情地享受这种不幸。但是，我怎么可以和你谈论痛苦呢？你看，光是谈论这些我就已经很激动了。我怎么敢把你留在我身边却不相信自己的幸福呢？你让人相信幸福，你一直在做让人可以相信幸福的事情。一直做我的朋友吧。你是我可爱的小老弟。你的头发掠过我的双手，你充满深不可测友谊思想的脑袋依靠在我的怀里。我觉得这样十分美好，是你让我感觉到这份美好的。你一定要亲吻我。你一定要亲吻我的嘴唇。我想比较你们的亲吻——卡斯帕尔的，还有你的。你亲吻我的时候，我会想是卡斯帕尔在亲吻我。一个亲吻便是某种妙不可言的体验。如果你现在亲吻我，亲我的是一颗心灵，而不是嘴唇。卡斯帕尔和你说过我是怎么亲吻他以及怎么请求他如何亲吻我的吗?他亲吻的方式不太一样,他应该学习像你一样亲吻;不,他为什么要像你一样亲吻呢?他亲吻的方式是:他亲我一下,我就必须马上亲吻回去;而你,亲过我一次之后还想继续被你亲,就像现在这样。一直爱着我,永远都爱我,再亲吻我一次,我之前和你说过我的感受,你是属于我的。一个亲吻能让这种感受一清二楚。我们女人都懂得这种方式。西蒙,你其实非常了解女人,但是别人可能察觉不到。来吧,我们该走了。"

他们起身离开了,走了一会儿便遇到了其他三人。海德薇向她的兄弟们以及克拉拉女士道别。塞巴斯蒂安陪着这位姑娘。这两位离开的时候,克拉拉悄悄地问卡斯帕尔:"你准许这位先生陪着你姐姐吗?"卡斯帕尔回答道:"如果我不允许的话,我会眼睁睁看着不管吗?"

他们到家的时候,听见了树林里的射击声。"他又在射击了。"克拉拉小声说道。"他究竟想要做什么?"卡斯帕尔问。西蒙一边笑着,一边急促地抢着回答:"他射击是因为他觉得射击还很稀奇。他现在还没有完全理解射击的本质。如果射击不再有趣,他便会对此置之不顾了吧。"这时,大家又听见了射击声。克拉拉紧皱额头,长叹了一口气,然后试图用笑容把她所知晓的一切扼杀在摇篮之中。但是,这个笑十分刺眼,兄弟二人互相使了眼色。

他们正想进屋去找克拉拉,突然出现在门后的阿贾帕伊尔问道:"你的行为有些异常啊。"克拉拉一言不发,装作什么也没听见。之后,所有人都去睡觉了。

在这个夜里,失眠的克拉拉给海德薇写了一封信:

您——亲爱的姑娘,我的卡斯帕尔的长姐,我必须给您写封信了。我无法入睡,也无法平静。我半裸着身子坐在我的书桌前,不由自主地胡思乱想起来。我觉得我可以给所有人——任何一个陌生人、一颗心灵写信,因为所有的心灵都因为热忱而为我颤抖。您今天跟我握手的时候,久久地注视着我,您的眼神里充满了疑问,甚至带着某种严厉,好像您已经知道我的为人,好像您觉得我是一个很差劲的人。难道在您眼中我就是一个差劲的人吗?不应该这样,如果您知道一切的话,我觉得您并不会谴责我。您是这样一个姑娘,别人在您面前不想保留任何秘密,别人想跟您袒露一切,我也想跟您袒露一切,这样您就知道一切了,这样您就有可能喜欢我,因为如果您了解我,您会喜欢我的,我也渴望您的喜欢。我希望看见所有漂亮聪明的女孩都围绕在我身边,成为我的朋友、导师或学生。卡斯帕尔和我说过,您想当一名教师,想把自己奉献给教育孩童的事业。我也想成为一名教师，因为女人天生就是负责教育的工作者。您想要成为什么，您想当什么：这个"什么"适合于您，符合您在我心目中的形象。这也符合我们所生活的这个时代和世界，这个世界是这个时代的孩童时期。您很友好，如果我有孩子的话，我会把孩子送到学校、送到您的身边，我会把孩子完全托付给您，这样一来，他一定会适应把您作为母亲来尊重和热爱。孩子们会抬起脑袋看着您，观察从您的目光中流露出的到底是严厉还是仁慈。他们看见您满脸忧愁地走进课堂，他们又会如何在他们年少弱小的心灵里面哀求；因为孩子们最懂您的心。要不了多久，您便会和不听话的孩子没有任何瓜葛；因为我认为在您面前，即便他们之中最不听话、最娇生惯养的孩子也会对自己的顽劣感到羞耻，并且悔恨给您带来痛苦。海德薇，服从您想必一定十分美好。我也想服从您，我想变成孩子，我想感受可以服从您的那种乐趣。听说您想搬到一个安静的小村庄居住！这样更好。那么您就可以给农村的孩子上课，他们要比城里的孩子更加容易管教。但是，您在这座城市也是会取得成绩的。您渴望乡村、低矮的房屋、屋前的花园，渴望可以看见出现在那里的人的面孔，渴望流水潺潺的河流、孤独却令人愉悦的湖岸，渴望在幽静的丛林中可以找寻并且可以找到的植被，您渴望乡村的世界。您会找到上述的一切，因为您会适应那里的生活。人总是会适应自己向往的地方。显然，终有一天您会在那里找到这个问题——做些什么才能获得幸福——的答案。您现在已经很幸福了，我觉得我特别想拥有您的这种欢乐。人们看见您的时候会有一种已经认识您很久的感觉，甚至知道您的母亲长什么样子。人们觉得其他姑娘长得漂亮——确实不错，可是但凡看见您的人，就想获取您的认识与疼爱。您年轻鲜亮的面孔有种迷人甚至祖母般的气质，或许是您身上具有的乡村气质。您的母亲是农妇吗？她一定是一个美丽和蔼的农妇。卡斯帕尔和我说过，她在城市里吃了不少苦头，这一点我深信不疑，因为我觉得我应该亲眼去看看她——您的母亲。她在城里一定表现得十分傲慢，也因此吃了很多苦头。这是显而易见的，一个女人在乡村感觉自己是一个自由的女主人，但是在城里就不能活得像在乡村里那样趾高气扬。我想通过谈论您的母亲——摔断双臂时被您关心照顾的病怏怏的母亲——来博得您的好感。我也看过一张您母亲的照片，如果您允许我这么做的话，我会尊重她、爱戴她。您的许可会让我把这份尊重与爱戴推至内心的深处。我能见到她吗？我能够扑倒在她的脚边，握着她的手，然后用我的双唇亲吻她的手吗？我多么想这么做啊。这就如同暂时偿还了部分少得可怜的债务，因为我是她的负债者，也是您的，海德薇。您的弟弟卡斯帕尔以后会对您无情而冷漠，因为年轻的男子必须严厉对待最爱自己的人，从而给自己开拓出一条通往大千世界的道路。我认为一个艺术家必须经常将爱视作阻碍他发展的存在并加以抛弃。您认为他还很年轻，把他当作还在上学的小学生，责备他的不听话，和他吵嘴，同情他、羡慕他、保护他、警告他、痛斥他、赞扬他，分享他最初悸动的情感，并且告诉他拥有情感是一件美妙的事情；当您发现他和您想法不一致，您又会挽着他走入正轨。您让他走自己的路、做自己的事，却也希望他健康成长，不至堕落。他离开的时候，您很想念他，而他某天回来的时候，您也会奔向他并搂着他的脖子，然后您会继续开始照顾他，因为他似乎是一个需要这种照顾——不断需要这种照顾的人。我感谢您。我想去感谢您，但是我没有足够的力气与心思，词语也很贫乏。我不知道我是否可以感谢您。或许您不想，根本就不想了解我。我是一个罪人，或许罪人能够获得他人的允许从而去学习该做的事情，以便谦卑地出现。我心怀谦卑，但并非垂头丧气式的，亦非破碎不堪的，而是满怀热情的、请求乃至乞求般的谦卑。我想心怀谦卑地去弥补我虽满怀爱意去办却弄砸的事情。如果您觉得认一个乐意做您姊妹的人做妹妹是一件有意义的事情，我愿意追随您。您知道您弟弟西蒙送了什么给我吗？他把他自己赠送给了我，他爱上了我，我想爱您。但是，海德薇，人们无法爱上你。也就是说：人们只想对您付出很少的爱。自从卡斯帕尔抱过我之后，我变得快乐多了。我开始扬扬得意，开始趾高气扬地说话，我并不想这样。现在我想试一试我是否能够睡着。就连树林都已经进入梦乡了，可是人为什么一定要失眠呢？啊，我知道，我现在一定可以睡着！

这位女士写信的时候，西蒙和卡斯帕尔坐在他们点亮的台灯旁边。他们没有兴致上床睡觉，还在彼此交谈。卡斯帕尔说："最近几天以来，我完全不想画画，如果一直这样下去，我就要放弃我的整个艺术去当农民了。为什么不呢？非要选择艺术吗？难道我就不能做些其他事情吗？

或许人们所吹嘘的为了一切而从事的艺术工作仅是一个习惯而已呢。没错,或许十年之后我会重操旧业。那时我可能会对艺术有不同的见解,甚至多了一份纯粹,少了一份幻想,而艺术本身却丝毫没有受损。人一定要心怀勇气和信仰。生活因为猜疑变得苦短,信任则使生活漫长。人究竟会错过哪种人生呢?我感觉我日益懒惰。我应该振作精神,就像小学生那样催促自己履行义务吗?对于艺术,我有任何必须履行的义务吗?这样抑或是改变生活的方向,人们是可以改变现在正在享受的生活的。作画!现在我觉得作画愚蠢至极,我也完全无所谓了。人必须继续生活下去。画了上百幅或是两幅风景画,这二者有什么区别吗?人可以一直画风景画,但技艺一直欠佳,他从来都不曾想过给他的画作注入一丝源于生活的经验,因为他终其一生都毫无经验可谈。如果以后我的经验变得更加丰富,我也想让我的画笔充满灵魂与思想,这一点至关重要。这取决于画作的数量。但是即便如此,某种感觉也告诉我,哪怕一天不练习都不好。懒惰,该死的懒惰!"

他没有继续往下说,因为此刻他们听到了一阵可怕且持久得响彻整个丛林的尖叫。西蒙抓起台灯,两人一起冲到楼下的房间里——他们知道克拉拉在那里睡觉。这声尖叫是克拉拉发出来的。阿贾帕伊尔闻声也火速赶到,他们发现克拉拉摊开四肢躺在地上。她似乎想要脱掉衣服上床睡觉，突然一阵剧烈的疾病发作让她倒地不起。她头发散乱，美丽的双臂在地上剧烈地抽搐。她的胸腔猛烈地上下起伏，然而她咧开的嘴角却泛着一丝诡异的微笑。三个男人蹲在她的身旁，紧紧抓住她的双臂，直到抽搐消停为止。她晕倒的时候没有受伤，本来摔倒是很容易受伤的。大家抬起失去知觉的克拉拉，把半裸着身体的她放在铺得很整洁的床上。解开她贴身衣物的时候，她平静了很多。她轻轻地叹了一口气，似乎已经睡着了。她笑得更加迷人了，开始以微弱的声音乱说一通，如同从远方传来的钟声，尖利却难以听清。大家急切地辨听着，并商讨着是否要从城里请一位医生过来。"您留在这里，"阿贾帕伊尔小声地对想要立即出发的西蒙说道，"很快就会过去的。这不是第一次了。"他们继续坐着，一边仔细倾听着克拉拉的嘟囔，一边严肃地面面相觑。他们从克拉拉口中听懂的话并不多，只有一些简短且不连贯、半说半唱式的语句："在水里，不，你看，深处，深处。它用了很长时间，很长，很长。你不要哭。如果你想要知道的话，我的四周一片漆黑，泥泞不堪。一朵紫罗兰一直生长到我的嘴边。它在歌唱。你听见了吗？你听见它的歌声了吗？人们应该哭泣，如果我溺水而亡。真美，真美。难道没有一支小曲吗？这个克拉拉！她现在在哪儿？快找她，找她。但是，你要潜入水里。你害怕了，不是吗？我一点也不害怕。一朵紫罗兰。我看见鱼在畅游。我非常安静，我什么也不做了。保持友好，保持善良。你的目光凶恶。克拉拉躺在那里，那里。你看见了吗？看见了吗？我本来还想告诉你一些什么，但是我很开心。我还想跟你说些什么呢？我不知道。你听见我发出的声音了吗？是我的紫罗兰发出的声响。一口小钟。我一直都知道。现在我不提它了。我什么也听不见了。请……"

"您二位现在去睡觉吧，如果情况恶化，我会叫醒二位的。"阿贾帕伊尔说。

事实上，情况也并没有恶化。次日清晨，克拉拉精神饱满，完全不知道前一天晚上发生的事情。她只是有些头疼，仅此而已。

克拉拉心情大好。她穿着深蓝色的晨袍坐在阳台上，晨袍褶皱均匀，沿着她的身子自由舒适地垂下。阳台上可以看见杉树，树梢在吹着微风的清晨来来回回地摆动。她倚靠在精心打理过的栏杆上，想起了安静美好的树林，为了更近距离地呼吸到树林里的空气，她把身子朝树林探了出去。"树林静卧在那里，仿佛现在就已经向着夜色昏睡过去一样。白昼太阳高照时，人们走进树林，就像走进一切声音都变得更加清晰、更加微弱的夜里，就像走进空气更加潮湿、更加伤感的夜里，就像走进可以休息与祈祷的夜里。在树林里，人们总是情不自禁地祈祷，树林也是世界上唯一一个接近上帝的地方；上帝创造树林，似乎是为了让人们可以像身在神庙之中一样祈祷。现在这个人这么祈祷，不一会儿又有另外一个人那么祈祷，但是所有人都是要祈祷的。躺在杉树下读书的人实际上也是在祈祷，因为祈祷与沉浸在思想之中别无二致。上帝可能身居各处，但人们在树林中是一定能预感到上帝的存在的，并会用一种平静的喜悦将自己些许的信仰奉献于上帝。上帝并不希望人们对他过度信仰，他反倒希望人们忘记他；如果遭受谩骂，他甚至会很开心：因为他仁慈而伟大，超越一切概念。上帝是世间最容易服软的存在。他没有立场，没有愿望，也没有要求。愿望或许只适用于我们人类，但是对上帝而言什么也不是。对他而言，什么也不是。他对人们的尊崇感到欣慰。噢，如果我现在走进树林去感谢他，哪怕仅是些许不太走心的感谢，他也会感到高兴，因为他在欢乐面前不知如何自控。上帝也心怀感激。我想知道，谁的感激更加强烈呢？他——这个失慎而善良的上帝把一切都给了我们，所以现在只要他的创造之物哪怕稍微想到了他，他也一定会感到高兴。如果我们愿意将他推上神坛，视作我们的上帝，那么想当上帝便是他唯一的追求了。有谁比他更加懂得传授谦卑呢？又有谁比他更加全知全能、更加虚一而静呢？或许上帝也能像我们感知到他的存在一样感知到我们的存在。我在这里举个例子来说明我对他的感知。他也感知到我现在正坐在阳台上，而且觉得他的树林美好无比吗？要是他知道他的树林如此美好那就好了！但是我觉得上帝已经忘记了他的创作，但绝不是出于忧伤，因为上帝怎么会忧伤呢？不会的，他只是单纯地忘记了而已，或者至少是他把我们给忘记了。人们可以对上帝拥有不同的情感，因为上帝允许所有想法的存在。但人们想着他的时候，却很容易遗失他，所以人们才向他祈祷。伟大的上帝，请不要引诱我们。所以我还在孩童的时候，就躺在我的小床上祈祷了。我总是因为祈祷而感到高兴。如今我十分幸福和快乐，我身上的一切都洋溢着微笑——神圣的微笑。我的整个心灵都在微笑，空气十分清新，我想今天是周日。周日的时候，人们出城到树林里去散步。我会随便找个小孩，然后请求他的父母让我和他玩一会儿。我可以坐在那里，感受我纯粹地'存在''坐着'以及'倚靠在栏杆上'的欢乐！我觉得这样相当美好。我几乎会忘记卡斯帕尔，忘记一切。现在我无法理解曾经的我为何能够为了某些事情哭泣,为何能够深受感动。这片树林坚不可摧,但同时也柔软温暖,充满生机与甜美。杉树的呼吸沙沙作响!树木发出的沙沙之声让任何音乐都变得多余。我只想在夜间听音乐,晨间从来都不想,因为早晨听音乐对我而言过于神圣。我感受到了一种奇特的清新之感。躺下睡觉是一件多么神秘的事情,不,首先应该感到疲惫,然后再躺下睡觉,继而醒来,如觉重生。每一天都是我们的生辰之日。人们从夜晚的蒙纱之中走进蓝色白昼的波浪里,如同沐浴换新一般,这也是同样的道理。从现在起要不了多久,正午的炎热就要来了,它会一直持续到太阳渴望般地沉入地平线之下。从晚上到早晨,从正午到晚上,从夜里到早晨,这是何种的渴望与何种的奇观啊。要是人们能感受到这天地之间的一切,便会觉得一切都很美好,因为总不能贬一褒二吧。我想我昨天一定是生病了,只是没有人告诉我而已。我的双手看起来还是那么美好、那么无辜。要是我的双手长了眼睛,我会在它们面前摆上一面镜子,好让它们看看自己究竟有多美丽。我双手抚摸过的人一定会感觉很幸福吧。我都有些什么奇怪的想法啊。如果现在卡斯帕尔过来,我一定会因为让他看见我现在这般模样而哭泣。我没有想他,没有想他,我能感受得到。突然想到我忽略了他,我竟如此窘迫起来。我是奴隶吗？他和我有什么关系呢？"

她哭了。这时卡斯帕尔走了过来："你怎么了,克拉拉?"

"没什么！我应该想些什么呢？你来了。我刚刚在想你。我很幸福,但是我无法忍受独自一人的幸福——没有你的幸福。所以我哭了。来我这儿,来这儿。"然后克拉拉把他紧紧地揽在怀里。

第六章

西蒙畅想冬日。机械制造厂。克拉拉财破家散。西蒙夜间漫游。西蒙造访卡斯帕尔。

西蒙开始对他懒散悠闲的生活感到一丝无法忍受。他感觉自己过阵子必须重新忙碌起来，日复一日地工作了："和大多数人一样生活也没有什么不好。我已经开始厌倦这种游手好闲与不务正业。食物不再合我胃口，散步使我感觉疲惫。在冒着热气的乡村大道上被苍蝇或牛虻叮咬，在村子里闲走，从陡峭的岩壁一跃而下，在嶙峋的石块之上闲坐，撑着脑袋，开始读书——然而并不能读到结尾，随后在虽偏却美的湖里游泳，之后穿起衣物，踏上回家的路，这一系列动作究竟蕴藏着怎样的伟大和高贵呢。回家之后找到卡斯帕尔，他也一样因为懒散而不知所措，不知该用哪条腿站着、哪个鼻子思考，也不知该用哪根手指放在众多鼻子之中的哪个之上。过着这样的生活，人们很容易长出一堆鼻子，整日都想把十根手指放在十个鼻子上去思考。与此同时，自己的许多鼻子也会反过来嘲笑自己。如果看见十个或者更多的鼻子在嘲笑自己，那该是一件多么美妙的事情啊。我借此能够阐明的道理就是，悠闲晃荡的生活会让人变得愚蠢。不行，我又开始感觉类似良心之类的东西在作祟了，而且在反思的时候觉得这种东西不应该有所保留，我必须做些什么事情了。长时间在太阳底下四处奔走也算不上是个事啊，只有可怜之人才会读书；而人之所以可怜，是因为他并没有其他事情可做。毕竟与人相处才是唯一真正的学习。那么可以做些什么呢？或许写一写诗？如果要我顶着夏日的炎热写诗的话，我就得先改名换姓叫塞巴斯蒂安，然后我才有可能这样去做。我完全相信他会这样做。他首先会出门远足，然后对湖泊、树林、群山、溪流、水洼和日光做一番仔细的研究，做好实时笔记，然后才会回家写出一篇刊登在名声享誉世界的各大报刊上的文章。可这可能是我的作风吗？好吧，我完全能够理解，但对于这样的事情我实在是一个外行。我最好回去擦掉字母，擦去运算过程，消耗点墨水——是的，我觉得这是我必须做的事情，尽管重拾曾经为我所抛弃的事情从头开始，对我并无荣誉可言。没错，必须这样。在这种情况下所考虑的不应该是荣誉，而是其必要性及其不可逆转的性质。我现在二十岁了。我怎么就已经二十岁了呢？在二十岁的时候从那个被学校开除的地方重新开始，换作是别人，他该何等沮丧啊。但是我想尽可能欣然地接受这个事实，因为事实已是如此。我也完全不想在生活之中取得什么进展，我只想按照生活本来的方式生活。除此之外，别无他求。其实，我只想等到冬天来临的时候才去生活，等到下雪或者冬天的时候我便知道如何继续生活下去了，也只有到那个时候，我才会意识到如何才能最好地继续生活。我非常喜欢把生活分解成简短、容易解答的算式，它们不仅不会令人头疼，还能自己找到答案。另外，冬天的我要比在夏天的时候更加聪明，更有进取之心。天气炎热之时，百花盛开并且散发香味之际，万物便抵达了终点，然而寒冷与霜冻却在继续发展。在冬天来临之前攒一些钱，然后在美好的冬日里买些实用的东西。我根本不在乎冬天成日坐在不供暖的房间里学习语言，哪怕学到手指冻僵，但是对于那些拥有假期、可以利用避暑的时间修身养性，喜欢光着脚、裸着身子——顶多在腰上系一根皮带，如同相传以蝗虫为食的施洗约翰①一般——在滚烫的草坪上活蹦乱跳的人来说，夏天也是如此。因此，我现在就想躺在名为'日常工作'的床上睡去，等到大地之上飘舞着雪花、群山之上覆盖着积雪以及北风呼啸而来的那个时候才醒过来，那时冻僵的双耳便会在霜冻与寒冰的火焰之中熔化。于我而言，寒冷便是火的余烬，它无法形容，也难以言表！就这样爽快地决定了吧，否则我也不必

---

① 据基督教的说法，施洗约翰曾隐居旷野，以蝗虫野蜜为食，在约旦河中为人施洗礼、劝人悔改。

叫作西蒙了。克拉拉在冬天时会把自己裹进厚重柔软的毛皮大衣里，我则会陪伴着她穿过大街，雪花那么轻柔而隐秘、无声而温暖地坠落在我们身上。噢，漆黑的街道开始飘雪、灯火照亮商店，这就到了该去购物的时候了。和克拉拉一起走进一家商店或者跟在克拉拉身后说道，这位女士想买这个或者那个。克拉拉的毛皮大衣和脸庞都会散发着清香，我们再次回到大街上，多么美好啊。她在冬日里或许会和我一样在某个精致的商店里工作，我可以每晚都去接她下班，除非她命令我最好不要去接她。阿贾帕伊尔或许会撵走他的妻子，她便由不得自己，只能随便找一份对她而言轻松的工作，因为她是一个优雅的存在。我就不再继续往下想了。或许照明股份有限公司的施皮尔哈根先生会继续往下想，而我就不会；因为我不是他那样的人，我在这个世界上也没有像他一样揽下众多的义务，否则我一定会被迫继续往下想的。啊，冬天，它过段时间就要来了……"

第二天西蒙就已经在一家规模庞大的机械制造厂上班了，这里因为清点存货需要大量的年轻劳动力。他晚上要么坐在窗边靠读书来打发时间，要么就从工厂绕远路返回克拉拉家。他沿着整座大山拐了一个大圈，行走在众多分割宽阔群山的峡谷那深绿色的大树中间。每一次他总会在他经过的泉水旁解渴，然后躺在一片孤独偏僻的森林草地上，直到降临的夜幕提醒他该回家了。他喜欢夏日傍晚到黑夜的过渡，树林抹上的那一层红色也缓慢地坠入全夜的黑暗。入夜之后，他习惯于一言不发，不动脑筋地胡思乱想，他不再指责抱怨，只是沉湎在这种美丽的疲惫感中。他时常感觉在他身边漆黑的灌木丛中有一个通红的巨大火球嘶嘶作响，正从沉睡的大地之上升起。西蒙朝它看去才发现那是月亮，它以沉重的舞姿从世界的背景墙朝这里飘荡而来。他的眼睛一直盯着美丽群星那浅白而轻柔的形状。他觉得十分神奇，似乎这个遥远的世界就藏匿于灌木丛之后，仿佛近在咫尺、触手可及。他觉得一切都是那么近。面对如此的远近关系，"遥远"这一概念又该如何去理解呢？无边无际似乎瞬间就变得近在身边。他穿过歌唱着、散发着香气的厚重的夜之树林回到家时，克拉拉夜复一夜地朝他走来并迎接他，他感受到了神秘和甜蜜。她或这样出现或那样等待之时，她的眼睛似乎总是流过泪水。然后他们会在狭小的阳台上一直坐到深夜，或者玩小卡片的游戏，或者克拉拉哼起小调，或者西蒙让她讲点故事，悬在空中的阳台瞬间就变成了一间夏日里的小屋。如果最后克拉拉和西蒙道了晚安，他便会睡得很香，好像出自克拉拉之口的"晚安"是一道咒语，她似乎也因此而拥有魔法，将他束缚于一个十分美妙的深度睡梦之中。晨间银色的露水在灌木丛、小草以及树叶之上闪闪发光，西蒙走进商店，开始记录、清点机械制造厂库存的工作。某个周日，散步归来的西蒙发现克拉拉躺在他房间里的沙发上睡觉。从居住着贫苦工人的山郊破败小屋群中的某间房子里传出了竖笛声。房间的百叶窗紧闭，只点了一盏绿色的暖光小灯。西蒙坐在克拉拉的脚边，她用双脚轻柔地触碰着他。这种挤压之感让他觉得十分舒服，他目不转睛地盯着这个沉睡之人的面庞。她睡觉的时候多么美丽啊。她属于那种面部表情静止不动就是顶漂亮的女人。她的呼吸如同平静的波浪，她半裸着的胸脯温柔地上下起伏，她下垂的双手如同一本摊开的书籍。西蒙的脑子里萌生了跪在她身旁并悄悄亲吻她双手的想法，但是他并没有这样做。她要是醒着躺在那里，他或许会这样做，但是睡着的时候呢？不行！他心里想：这种偷偷摸摸、乘虚而入、乘人不备的爱抚并不是我的风格。她的嘴角在微笑，好像她就这样睡觉而且知道自己正在睡觉一样。这个熟睡之人的微笑禁止西蒙产生任何一种粗俗的想法，但是它强迫他望向她的嘴巴、面孔、头发以及她微长的脸颊。还在睡梦之中的克拉拉突然把脚更加用力地踩在西蒙身上，随后醒来的她充满疑问地打量着四周，久久地盯着西蒙的眼睛，好像她有什么事情没弄明白。她说道:"西蒙,你听着。"

"怎么了?"

"我们再也不能一直在这栋房子里住下去了。阿贾帕伊尔因为赌博输掉了一切。他陷入了骗子团伙的圈套之中。这栋房子已经卖了,就是卖给你心心念念的那个'人民福利与节制妇女协会'。这群妇女要在这里为在职员工开设一间林中疗养院。阿贾帕伊尔已经加入亚洲研究人员的队伍,不久之后即将启程前往印度某个地方发掘一座沉入地下的希腊化古城。他不会再惦记我了。奇怪的是,这竟然不曾让我感到一丝受伤。我的丈夫从来都没有伤害我的能力。够了!我会住在山下城里某个简易的房间里,你们——卡斯帕尔和你要来看我。我也会和你一样找一份工作,随便什么工作都行。我们秋天的时候就得搬出去了,之后这房子就会立即进行改建。对此你想说些什么吗?"

"我觉得挺好的。我也曾想过改变自己。现在机会来了。我非常期待能够去你将来的新家看你。"

他们一边说笑,一边想象着美好的未来。

卡斯帕尔现在身处一座乡镇小城,他需要在此完成装修舞厅的任务,具体来说是给这间舞厅的墙体自上而下整体做装饰画。在此期间,秋天如期而至。某个周六的夜里，下班之后的西蒙徒步走了一段路程，也正是这段路程把他和卡斯帕尔分隔两地。为什么他不能花上一整个夜晚去漫步呢？他手里拿着地图，上面标有用规尺精确计算出来的抵达小城所需花费的时间，他意识到如果他充分利用时间的话，他是可以连夜抵达那座小城的。道路先是领着他穿过故友罗萨所居住的郊区，他并没有放弃这个短暂造访她的机会。时隔如此之久再次见到西蒙，她十分高兴，把西蒙称为一个对她不管不顾的无情无义之人，但是她话里流露出的兴奋多于气愤。她忍不住给西蒙倒了一杯红酒，正如她所言，红酒会给他在夜间的漫游补充精力。此外，她还迅速地在煤气灶上给他煎了烤肠。她一边准备食物，一边挑逗着西蒙，用调皮但妥帖的表述说西蒙的女人缘一定不错，并笑着提醒他说，他本来是吃不到香肠的，但是如果他将来能来得再频繁一点的话，他现在就可以吃到。西蒙一边享受着食物，一边向罗萨保证。没过一会儿，西蒙就心怀对路途艰辛的担忧重新踏上了漫游之路。现在的他还有机会当一只缩头乌龟去坐火车，但是他并不想。于是，他继续往前赶路，安全起见，他反复地向人询问正确的方向。遇到路标时他则点燃一根火柴，然后举到合适的高度，以便看清道路的指向。他连奔带跑地往前走，似乎害怕脚下的道路会逃之夭夭。罗萨的红酒壮了他的胆，他现在只希望群山尽快出现，他便可以饶有兴致并且不费吹灰之力地翻山越岭。他抵达了第一个村庄，要在众多错综复杂的乡村大道中认清道路耗费了他很多力气。他求助了一位还在锤锻的铁匠，从他口中得知自己方向没错。现在他的眼前出现了十分混乱的景色，因为它完全由灌木树丛组成。他沿着上山的方向走去。没过多久，一块令人毛骨悚然的高地出现在他眼前。此处一片漆黑，整片天空没有一颗星星，月亮也只是时不时地出现，但层层云朵又会遮住它的光线。西蒙此刻正在穿越一片漆黑幽暗的杉木林，他开始喘气，更加小心地注意自己迈出的每一步；因为他总是踢到小路中间的石块，他甚至感到些许无聊。杉木林走到了尽头，西蒙的呼吸畅快了一些，因为独自一人在这样漆黑的树林里行走终归是危险的。一间偌大的农舍如破土而出般突然出现在他的眼前并牢牢抓住了他的眼球，一条大狗如同离弦之箭扑向这位漫游者，好在并没有咬他。西蒙一声不发地站在那里，目不转睛地盯着这条狗，因此狗才不敢咬他。继续上路！深夜的静谧之中，桥梁在急促的脚步声下发出雷鸣般的嘎吱声，因为这些桥梁是木制的，而且它们通常都是些带有桥顶、两端画有圣像的古老廊桥。为了营造出娱乐的轻松感，西蒙开始迈起矫揉造作的步伐。在一片空旷黑暗的田野之上，一个强壮的男人突然出现在他面前，凶神恶煞地盯着西蒙大喊："您想干什么？"西蒙这边也回喊了过去，但他随后只是围着这个男人转了一圈就离开了，似乎并不想听见这个男人的回答。他心跳加速，惊吓到他的并不是这个男人本身，而是他突然的出现。他紧接着穿过一座已经进入梦乡、长到没有尽头的村庄，一座高耸的白色修道院映入他的眼帘，随即又消失不见了。他继续往山上走去。他的脑子一片空白，不断加重的疲惫之感让他丧失了思考的能力；孤独的树群交替安静的枯井，云朵交替树林，泉水交替石块，好似万物都在随他一起行走，然后消失在他的身后。这个夜晚湿润、黑暗而且寒冷，他的脸颊却火烧火辣，他的头发也让汗水浸湿了。他突然看见脚下静卧着一个宽阔且闪着微光的条状延伸物：那是一片湖泊。西蒙停下了脚步。从那时起，西蒙开始踏上一段路况十分糟糕的下山路。他的双脚第一次感到疼痛，但是他并不在乎，继续往前走去。他听见苹果笨重地落在草地上的声音。草地拥有无法解释的美妙：无法看清，漆黑一片。现在出现了一座村庄，而装点村庄的气派房子引起了他的兴趣。但是在这里，西蒙不知道如何继续往下走了。他迫切地寻找正确的路，却没有找到。这让西蒙感到一丝苦恼，然后他未多加思考就索性选择了一条主道。他大概走了一个小时之久，某种清晰的感觉却告诉他走错了方向。他继而折返，双脚踩地，气得差点落下泪来，好像这一切都是这条主道的过错。他又回到先前的村子里。浪费了两个小时，真丢脸！不过他很快就找到了正确的道路，他现在睁大双眼，在飘落着叶子的大树下面、在铺满窸窣作响的树叶的羊肠小道上继续行走。他抵达一片树林，那是一片突然向高处凸起的山地树林。眼下已经无路可走了，于是他干脆笔直地往前钻进了树林，一直往上攀爬，在茂密树林的枝桠丛里给自己寻找出路。他刮破了脸，擦伤了双手，但至少他在不断往上走。他一边抱怨，一边满口脏话地穿过树林，最终抵达了树林的尽头，一片柔软的牧场出现在他的眼前。他休息了片刻："上帝啊，我竟然这么迟才到，耻辱啊！"继续上路吧！这一回他不选择走了，他改成了跳；他毫无顾忌地把双脚踩进柔软的农田里。一抹苍白而羞涩的晨光不知从何处而来，照射在他的眼睛上。他从似乎正在嘲笑他的低矮树篱上方一跃而过。他早就不在乎是否还有路可走了。一条整洁而宽阔的大道作为某种美好的存在悬浮在他的幻想之中，而他打心底对此心向往之。他继续往山下走去，走进狭小的山谷，那里的房屋如同玩具一般悬贴在山壁之上。在胡桃树下行走的他闻到了它们的味道；在这山谷之下似乎有些城市的气息，但那也只是一种强烈的感觉而已。他终于找到了道路。就连他的双腿也想因为这一发现而一起欢呼，他的步子也缓和了不少。直到发现了一口水井，他才像疯子一样冲到了井口。他抵达山谷之下的一座小城，经过一座银光闪闪、小巧秀丽、似乎属于教会的宫殿，它的破败之形深深地触动了他。后来他来到了广阔的乡村。此时天已破晓。夜晚似乎正在逝去，漫长而安静的夜晚终于展现出了它动态的迹象。现在西蒙跑到了路的一侧。这条路显示向上拐了几个大弯，然后又畅通无阻地朝着山下延伸，在这么平坦的大路上行走让他觉得舒服极了。雾水落在草地上，白日的声响则在耳旁报到。一个夜晚可真漫长啊。西蒙奔走于大地之上的这整个夜里，或许有位学者——或许就是他的哥哥克劳斯，正坐在书桌的台灯旁边，同样饱受着无眠的苦恼。那位安静地坐在书桌旁的人也一定和现在的他——这位乡村大道的奔走者一样，觉得清醒的白昼十分美好。小屋子里已经点亮了起床的晨灯。随后，第二座稍微大一点的城市映入了西蒙的眼帘。首先出现的是一排前屋，随后是巷子，紧接着才是城门和一条宽阔的主干道，上面一座拥有砂石塑像的精致建筑吸引了西蒙的注意力。这是一座古老的城堡，如今改作邮局大楼了。现在街上已经有人了，他可以向他们问路，就像昨晚那样。他又继续走向平坦而空旷的乡村。浓雾散去，色彩显现出来，迷人的色彩，迷人的色彩，早晨的色彩！似乎即将拥有一个美好的蓝天万里的秋天周日。西蒙现在遇到了一群人——盛装打扮的女人们，她们或许是从很远的地方赶到城里的教堂来做礼拜。白天变得越来越多彩。现在，在路边的草丛里可以看见红彤彤的果实，也能看见熟透了的水果从树上掉落下来。这是一片水果园，现在西蒙正穿过果园继续前行。一群年轻的手工艺者遇见了他，他们显得十分懒散惬意；他们不像西蒙那样严肃地对待走路。这一大群小伙子敞开四肢躺在草地边上，享受着清晨的第一缕阳光：多么舒适的景象啊！有人牵着一头母牛从旁边经过，女人们用甜美的声音互道早安。西蒙一边走路，一边吃着苹果，他现在正漫游在陌生、美丽而且富足的乡村之间。街边的房屋十分诱人，但更加漂亮、更加迷人的则是那些躲藏在大树之下、在村庄深处以及绿叶之中的房屋。山丘优雅而温柔地拔地而起，高地显得迷人，万物都是蓝色的，仿佛被一层美妙热情的蓝色所笼罩，成群结队的人乘车前来这里。西蒙终于在路边看见了一座小房子，而房子后面就是一座城市。他的哥哥正把头探出房子的窗外。他及时赶到了，只比他们约定的时候晚了不到一刻钟。他心情愉悦地走进了屋子。

在哥哥的住所里，西蒙睁大双眼观察着一切，即便屋里并没有多少可以观察的东西。墙角摆放着一张床，这是一张十分有趣的床，因为这是卡斯帕尔用来睡觉的床。这扇窗户也是一扇神奇的窗户，即便这只是一扇挂着简易窗帘的普通木制窗户，不过这也正是卡斯帕尔探头向外看去的地方。地板、桌子、床被以及椅子上到处都是手记和画作。每一页都掠过这位造访者的指尖，一切都是那么美好与完美。西蒙几乎无法理解画家到底是一群什么样的工作者，他的眼前摆放着太多的作品，让他有些应接不暇。"你所画的简直就是自然本身，"他喊出声来，"欣赏你的新作品总是让我有一种悲喜参半的心情。每一幅都很漂亮，触动着人的情感，直击自然的内心。你总是尝试新的题材，也想取得更大的突破，尽可能地放弃在你眼中会成为糟粕的诸多对象。在你的画作中，我找不出任何的不足之处，所有的画作都在触动着我，诱惑着我的心灵。你的一道笔触或者一抹色彩就可以十分有力并且不可动摇地向我证明你绝妙的绘画天赋。当我看见你那用画笔画出的恢宏大气的风景画时，总是能看见你的影子，感受到你的某种伤痛，而这种伤痛告诉我艺术之中是没有尽头的。我十分了解艺术，了解人们因为艺术所感受到的紧迫感，了解人们对获得大自然爱悯的渴望。我们觉得欣赏一幅风景画令人着迷，可我们究竟想要获得些什么呢？这仅仅只是一次享受吗？不，我们想借此找到对于某些事情的合理解释，但是这所谓的某些事情本身也肯定是迷雾重重，无法解释。我们躺在窗边，似醒非醒地欣赏着落日的那个场景深入我们的内心，但是比起女人小心翼翼地提起裙摆时所在的雨巷，比起在柔和的晨空下看过的花园或者湖泊，比起冬天里一棵简单的杉树、夜间乘坐的贡多拉或者偶然瞥见的阿尔卑斯山脉，这不值一提。雾与雪的魅力绝不亚于太阳和色彩，因为雾让色彩更加精致，而雪呢，比如早春天气渐暖之时，蓝天之下的雪就是一种富有内涵、神奇美妙、几乎无法领会的存在。卡斯帕尔，我觉得你会画而且画得这么好是一件非常美好的事情。我想成为一寸为人所爱的自然，就像你怜爱每一寸自然那样。画家必然以最强烈、最痛苦的姿态热爱着大自然，甚至比诗人——比如那个塞巴斯蒂安还要狂热与真挚得多。我听说他在牧场上给自己建造了一间可以居住的茅舍，以便让自己像日本的隐居者一样不受外界打扰地去朝拜自然。诗人显然不及你们画家眷恋自然，因为在通常情况下，他们总是带着畸形恶化的思想走进自然。或许是我弄错了，但是在这件事情上我宁愿是自己弄错了。卡斯帕尔，你已经足够努力了。所以，你绝对没有理由责备自己。我也不会责备你。我甚至一次都没有过，不过说真的，我有必要这么去做。但是我之所以不这样做，是因为它惹人不安，而不安是人类丑陋且没有尊严的状态……"

"你说得有道理。"卡斯帕尔说道。

随后，他们在小城里闲逛，观察所有本该迅速做完却迟迟没有完成的事情，因为他们太认真了。他们遇到了送信员，送信员把一封信交给卡斯帕尔并做了一个鬼脸。这是克拉拉的来信。他们惊叹教堂与塔楼的威严、经常遭到损坏但依然倔强的城墙以及山上那些早已没有生命迹象的度假屋和亭台。杉木严肃地俯视着古老的小城，天空十分甜美。房屋似乎想要反抗，于是躲在它们又厚又宽的躯体里闷闷不乐。草地闪闪发光，长满金黄山毛榉树的山丘向远方和高处散发魅力。下午时分，这两位年轻的男人走进了树林。他们不再侃侃而谈。卡斯帕尔变得十分安静，西蒙感觉他若有所思，却不想去打扰他：因为他觉得惦记要比谈论更加重要。他们坐在一条长椅上。"她不愿离开我，"卡斯帕尔说，"她过得并不幸福。"西蒙什么也没说，甚至为哥哥感到一丝高兴，因为这个女人因他而不幸福。他心想："这个女人不幸福，我觉得挺好。"这份爱情让他痴迷。没过多久，兄弟两人互相道别；西蒙这一次一定是要坐火车回家了。

第七章

随笔:回忆童年;小学轶闻;童年与母亲。

幻想小城生活。塞巴斯蒂安之死。

冬天来了。放任自己许久的西蒙正裹着大衣坐在一间小屋的桌子旁写作。他不知道这个时候可以做些什么,但由于职业的缘故他习惯写作,所以现在他毫无目的地在自己事先剪好的纸条上乱写一通。外面天气湿润,西蒙披裹着的大衣替代了火炉的作用。预示降雪的狂风在外面呼啸,西蒙很喜欢这种宅在屋里的感觉。就这么坐着,手头做些什么,沉浸在自己是一个被人遗忘之人的幻想中,这一切让他的心情十分愉悦。他回想起虽距今并不久远,却如同梦境一般遥远的童年,于是他写道:

> 我想回顾我的童年,因为就我目前的情况而言,这是一项令人兴奋而且富有启发的任务。少年时代,我喜欢用背靠着温暖的火炉。当时的我觉得自己既重要又可悲,于是脸上做出一副既满足又痛苦的样子。如果能够一直这样的话,我会在进屋后穿上柔软的毡毛拖鞋,也就是说换鞋——用暖和的鞋换掉湿的,这会给我带来极大的快乐。对我来说,一间温暖的小屋

子拥有神奇的力量。我从来都不生病,我总是羡慕那些可以生病的人,他们得到别人的照顾,别人和他们说话时也会轻声细语。因此我经常想要生病,每当我幻想着父母温柔地对生病的我说话时,都感动不已。我渴望被人温柔地对待,但是这种事情在我身上从来都没有发生过。我害怕我母亲,因为她很少温柔地说话。我有"无赖"这一美称,我觉得并非没有道理,只是一直提它确实会伤害到我。我也喜欢被娇生惯养着;但是,当意识到引起他人的注意是一件不可能的事情之后,我就变得野蛮而放肆,转而尝试去惹怒那些享受父母宠爱的乖巧孩子。他们便非我姐姐海德薇和哥哥克劳斯莫属。没有什么比挨他们的耳光更让我高兴的事情了,因为至少我知道惹怒他们我很在行。我已经对学校没有什么特别深刻的印象了,但是我知道学校一度成为我在家里所遭受的冷落的某种补偿:在那里我能够得到重视。拿着优异的成绩单回家,对我而言就是这样一种补偿。我害怕学校,所以我才在那里表现得十分听话:在学校里的我总是害羞而胆怯。没过多久,老师们的缺点也暴露无遗,不过比起他们的可笑,我觉得他们更加可怕。其中一位高大臃肿的老师着实长了一张酒鬼的脸,即便如此我也从来没有想过他会是一个酒鬼,相反,学校里传播着关于另一个人的神秘谣言,谣言称他才是那个因为酗酒沦落至此的人。我永远都忘不了那个男人的愁眉苦脸。在我眼中,犹太人比基督徒高贵;因为有些犹太女人漂亮得令人着迷,在街巷里遇到她们的时候,我浑身都在颤抖。我受父亲之托经常出入雅致的犹太住宅区中的一栋房子。这栋房子闻起来总有一股奶香味,那个经常为我开门的女人穿着宽大的白色连衣裙,她本身就携带一股温暖而浓厚的味道。起先我很讨厌这股味道,但是后来我学会了去爱它。我觉得我穿的衣服不够好看,所以我总是用恶意羡慕的目光看着其他男孩,他们穿着漂亮的鞋子、丝滑的长筒袜以及合身的小西装。其中某个男孩给我留下了深刻的印象,特别是他的双手与脸蛋所尽显的温柔,以及动作和口中发出声音的轻柔。他长得完全像一个姑娘,总是穿着柔软材料制成的衣服,所以赢得老师们的重视,然而这种重视却引起了我的惊疑。我病态地渴望着可以被他夸上一句。某天他在书店的橱窗前面毫无征兆地和我搭话,我高兴极了。他奉承我,因为我写字很漂亮;于是他终于说出了他的愿望,他希望可以像我一样写一手好字。我多么高兴啊,至少我可以在某件事情上面略胜这个年轻的上帝宠儿，我虽然害羞地拒绝了他的谄媚，但是心里乐开了花。啊，还有笑声！我还记得他的笑声。很长一段时间里，我把他的母亲视作我的梦想。我高估她，却对我自己的母亲造成了伤害。这何等不公啊！我们班上几个爱嘲笑别人的同学对这个男孩进行了言语上的攻击，他们聚在一起嘀咕着说他是一个女孩——穿着男生衣服的如假包换的女孩。这当然是一派胡言，我却如遭雷击，导致我很长一段时间都认为应该把这个小男孩当成易装的小女孩去尊重。他过度柔软的身体给我一种夸张的浪漫之感。我当然十分害羞，但也很自豪可以向他表白我的爱意，而他却把我当作他的敌人之一。他知道如何优雅地与他人划清界限。我现在想这些乱七八糟的事情，真够奇怪！——在一节宗教课上，因为我措辞准确地描述了某种感觉，我的老师十分欢喜；这也是一段难忘的记忆。我各学科的成绩都很优异，但是成为他人榜样让我感到难堪，所以我经常刻意地把成绩考差。我的直觉告诉我，那些争强好胜的人可能会讨厌我，然而我希望被人喜欢。我害怕同学们都讨厌我，因为我觉得那是一种不幸。鄙视上进的人已经成为班里的流行趋势，所以我经常感觉，那些聪明机智的同学顾及于此便干脆装出一副愚蠢的样子。这种行为众人皆知，甚至成为我们追捧的行为典范，但实际上，这种行为暗含了某种英雄主义的意味，即便这是一种误解。老师们的表扬同样存在遭人鄙视的危险。多么奇怪的世界：这所学校。低年级的时候我有一个同学是吹牛大王，他尖嘴猴腮，脸上长满斑点，他的父亲是家喻户晓终日烂醉的编篮工人。这个小家伙总要当着全班同学的面去读他不会读的单词"Schnaps"（烈酒），因为发音时他那蹩脚的舌头位置摆得不对，所以他总是把"Schnaps"读成"Snaps"。① 于是我们便哄堂大笑。我现在回想起来，这种嘲笑多么粗鲁啊。另外还有一个叫比尔的滑稽小伙儿，他上课总是迟到，因为他和父母住在荒无人烟、远离城市的山区。这位姗姗来迟者每次都要因为迟到伸出小手，感受教鞭疼痛的抽打。他每一次都痛到眼泪夺眶而出。这种惩罚也给我们施加了不少压力。我强调一下，我在这里绝对不是想要谴责某个人——或许大家很容易联想到那个当事老师，我只是单纯地想把那个年代我所知道的事情叙

---

① "Schnaps"与"Snaps"二者发音的区别在于：前者类似汉语拼音中的翘舌，后者为平舌。前者在德语中意为"烈酒"，后者只存在于丹麦语或瑞典语中，同样意为"烈酒"。

述出来。——那个时候有许多形形色色的失业者、无家可归以及贫困潦倒的人，我估计当年比如今要多。他们习惯聚在城区山上的树林里喝酒打牌，或者和女人发生暧昧关系。贫苦和忧愁在这些女人的脸上凸显而出，从她们身着的褴褛衣物中也可轻易看出。人们把这一群人称作流浪汉。某个周日晚上，我们——海德薇、卡斯帕尔、我以及一个叫安娜的小姑娘，她对我们家十分忠诚——走在山间的小路上。我们走进一块布满岩石的林中空地，看见一个男人手里正抓着石头朝另外一个男人——他对手的脸上砸去，一阵声响之后，对手倒在地上，鲜血四溅。我们马上就溜走了，所以没有看见那场决斗的结局，不过这场决斗似乎是因一个女人而起，至少那个阴森高大的女人形象还依然清晰地浮现在我眼前。当时她镇静自若地站在那里，十分生气地观望着这场决斗。我怀着深切的悲哀和后怕回到了家，根本没有胃口吃饭，并在很长一段时间内都尽量避开那片树林。在这场男人的决斗中存有一种可怕而原始的东西。

卡斯帕尔和我有一个共同的朋友，他是议会某议员兼颇有名声的商人之子；我们都非常喜欢他，因为他总是欣然接受并且服从我们的安排。因此，我们经常出入他父母的议员之家,一位身材娇小的女士——他的母亲每一次都十分友好地接待我们。我们玩他的积木和铅制小兵,一玩就是数小时之久,而且玩得相当开心。卡斯帕尔擅长搭建堡垒宫殿以及安排屠杀计划。我们的朋友十分依赖我们,但我感觉,他依赖卡斯帕尔的程度大于我;他也经常来我们家做客,我们家显然没有他家那么精致。海德薇非常喜欢他。他母亲和我们的母亲有所区别,他家的房间比我们家明亮,调子也有所不同,我是指说话的语调;不过我们家更热闹一点儿。当年,城里有一个富有的女人独自住在一座美丽的花园之中——当然是一栋房子里面,但是这栋房子完全藏在常青藤蔓、树木和喷泉之后,所以人们根本就看不见它。这个女人有三个女儿——三个皮肤雪白的美丽姑娘,听说她们每隔两周就会穿上一件新的连衣裙。她们穿过的裙子不会留在衣柜里,而是让专门的跑腿者去大街上售卖。海德薇就有其中某个女孩的一件丝绸连衣裙和几双鞋子,每当我怀着浓厚的兴趣与同情心观察并且触摸这些已经穿过的衣物时,它们便会引起我的厌恶感,我也因此常被嘲笑。这个女人总是坐在家里,或者顶多去一趟剧院,她坐在深红色的包厢里时皮肤白得更加可怕。

三个女儿中的老二是最漂亮的。我总是在我的幻想中看着她骑马而来；她的面孔生来便是为了坐在狂舞的马背上俯视目瞪口呆的众人，并让所有人都闭上双眼。这三个女孩现在都早已结婚了。——有一次这里发生了一场火灾，但失火地点是邻村，不是城区。周遭的整片天空都让火焰照得通红，那是一个冰冷的冬日夜晚。大家都跑到咯吱作响的冰冷雪地里去，也包括我和卡斯帕尔；因为我们母亲打发我们去打听失火的地点。我们跑到失火地点，但长时间看着正在燃烧的屋梁确实无聊，我们也冷得瑟瑟发抖，于是没过多久我们就回家去了，母亲站在那里以受惊者的严肃迎接我们。我母亲当时已经体弱多病。不久之后，卡斯帕尔退学了，因为他在学校里并没有什么成绩。我当时离毕业还有一年时间，但是忧郁却支配了我，让我心怀愤恨鄙视着与学校相关的事物。我看见了旧生活的终结与新生活的起点。究竟什么才是新生活，对此我也只能做些愚蠢的猜测罢了。我经常看见我的哥哥背着画夹奔波在他自己的事业之中，并因此陷入沉思：他为什么看起来总是板着面孔、垂头丧气？如果不能够睁开眼睛去享受生活的话，那么这个所谓的新生活也一定不够美好。但是，卡斯帕尔当时已经开始思考他未来的职业了,他似乎总是沉溺于幻想之中,可他身上那股罕见的淡定实在一点儿都不招父亲喜欢。我们住进了郊区一间更小的房子,它乍看上去令人不寒而栗。这座房子让母亲感到不适。母亲患有疾病,她感觉周遭环境会伤害到她。她喜欢花园里精致的小房子。我能知道些什么呢?她是一个十分不幸的女人。比如我们坐着吃饭时习惯保持沉默,而她却突然抓起餐刀或者叉子往餐桌上砸去,于是所有人都会把头转向桌子的两侧;但凡有人想让她冷静下来,她便会感到自尊心受挫,如果有人指责她,她则会变本加厉。我们这些孩子总是怀着悲楚和伤痛去回想那些岁月。在那些岁月里,她还是一个心怀敬畏的女人,她温柔地对待所有的事情,如果她用明亮的嗓音喊着某一个人,那这个人也一定会幸福地奔向她。城里所有的女人都承认她是一个知书达理的女人,她知道如何优雅而谦虚地谢绝别人;这消失的岁月对当时的我而言宛如一个弥漫着芳香、画满插图的迷人童话。我很早便已学会如何疯狂地沉浸在美好的回忆之中。我眼前又浮现出那栋高楼——由父母经营的专售妇女时髦服饰用品的店铺。有很多顾客来我们店铺消费,而我们这些孩子在店铺里则拥有一间宽敞而明亮的游戏室，太阳似乎偏爱把阳光投射到我们这里。紧挨着这栋高楼还蜷缩着一间带着双坡屋顶的小房子，摇摇欲坠、破旧不堪并且年代久远，房子里住着一个寡妇。她有一间帽铺、一个儿子以及一位亲戚，如果我没有记错的话，我觉得还有一条小狗。她十分友好地和走进店里的顾客打招呼，顾客感觉和这位女士面对面站着会是一种享受。她帮顾客试戴不同的帽子，把他们领到镜子前面，然后会心地笑着。她的所有帽子都很好闻，顾客好像中了魔法般舍不得离开她的帽铺。她是我母亲的一个好朋友。紧挨着这家帽铺的是一家闪闪发光且诱惑十足的糕点房和一家糖果店。糖果店的老板娘对我们而言不是某个普通的女人，而是一位天使。她有一张最温柔、最标准的椭圆形脸蛋，人们总是不自觉地想起它，善良和纯洁似乎塑造了她的整张面孔。她的微笑既能把人感化成虔诚的孩童，又能让她迷人的面部轮廓更具魅力、更加甜美。女人似乎天生就是为售卖糖果和只能用指尖触摸的物品或小物件而存在的。她也是我母亲的一个朋友。我母亲有很多朋友……

西蒙停下了手头的笔。他走到挂在他房间污迹斑斑的墙上的母亲照片前面,踮起脚尖亲吻了照片。随后他撕碎了他的随笔,这既不是出于不满,也不是出于过多的思考,仅仅是因为他觉得这样的随笔毫无价值可言。之后,他前往郊区来到罗萨的住所,对她说道:"可能不久之后我就会去某座小城市谋一份工作,要是真能如愿以偿,这对目前的我而言可能是最好的消息了。小城让人着迷。在那里,我花很少的钱就能租到一间虽陈旧但舒适的房间。下班之后,或许我只需要走上几步路就能轻松地抵达住所。人们在巷子里碰面时会互相打招呼,也可能会思考眼前这位年轻的先生究竟是何许人也。生有女儿的母亲已经在脑子里盘算好要把其中一个女儿许配给某人了。这个女儿或许会是她年纪最小的女儿,她一头鬈发,小耳朵上佩戴着沉甸甸的耳环。在工作方面,我自己也会慢慢变成不可或缺的人物,老板会因为有我这样的员工而感到高兴。晚上回家之后,坐在供暖的房间里欣赏挂在墙上的画作,其中一幅可能是美丽的皇后欧珍妮①的肖像,另外一幅描绘的则是一场大革命。房东的女儿或许会走进我的房间,然后把鲜花送给我,为什么不可能呢?难道我所畅想的这一切在一座所有人都温柔相待的小城市里不可能发生吗?

---

① 欧珍妮(1826—1920),法兰西帝国皇帝拿破仑三世的妻子、法国的最后一位皇后。

但是，在某个温暖而明亮的午后——正值午休时间，这位姑娘会害羞地敲响我的房门——顺便说一下，这是洛可可时期的门，她随即打开房门，走进房间来到我的身边，以一种极致的优雅侧着脑袋对我说道：'您为何一直如此安静，西蒙。您太害羞了，什么要求也不提。您从来都不说自己缺这或缺那。您很随便，从不讲究。我害怕您不满意。'我可能会噗嗤一笑，然后安慰她。仿佛为某种奇怪的感觉所控制，她会突然开口说道：'桌子上面的鲜花那么静谧，那么美丽。它们看着我们，好像它们也长了眼睛似的，我觉得它们在笑。'从一个出身小城的人口中听到这样的话，我一定会大吃一惊。然后我会突然觉得，走到这个踌躇不定地站在那里的女孩身边，用我的手臂搂住她的身体然后亲吻她是一件顺其自然的事情。她不会拒绝的，但是也不会让我产生其他非分之想。她会紧闭双眼，我能听见她的心跳声，感受到她迷人圆润的乳房的起伏。我会请求她让我看一看她的眼睛，于是她便睁开双眼，我望向她充满疑惑的双眼里浮现出的天空。那一定是一次漫长的请求，亦是一次无尽的凝望。先是她恳求般地看着我，然后我被深深吸引，并以同样的方式回望着她。我一定会忍不住笑，即便如此她也依旧信任我。这种感觉一定妙不可言，在一座人们用眼神说话的小城市里这并不是没有可能的。我会再次亲吻她，吻在她那几乎不会弯成弧形的嘴唇之上，我也会恭维她，直到她对我的恭维坚信不疑，那时我才告诉她这并不单纯是恭维，也告诉她我把她看作我的女人，然后她会再次把头优雅地转向一旁表示同意。因为在我像对待孩子一样捂住她的嘴巴、亲吻她，让这位美人毫无能力抵抗这种忘乎所以、大获全胜般的微笑的时候，她怎么能够拒绝我呢？她显然才是胜者，我只是她的俘虏，这个结果用不了多久就会昭然若揭，因为我想成为她的丈夫，为她奉献我的一生，带她领略我的自由、我所有的欲望以及整个世界。我会一直欣赏她的美丽，我也会觉得她越来越美。我们结婚之前，我都会像无赖一样追随着被她抛诸身后的魅力。她晚上跪在房间的地板上给炉子生火的时候，我会注视着她。我会像傻子一样狂笑，而这样做只是为了避免一直使用绅士般美好的话语。我也会经常粗鲁地对待她，只是为了捕捉她脸上痛苦的样子。经过这一系列的行为，倘若不是她看在眼里，我也不愿意在她的床前跪下来，心头一热，对着心不在焉的她顶礼膜拜。我甚至敢用她那抹了鞋油的鞋子堵住自己的嘴巴，因为她这件用来塞脚的物品完全能够满足祈求，因为祈求的要求不用太多。我会时常在附近耸立的山崖之上登高，毫无顾忌地爬上大树、跨越深渊，我也会躺在滚落到淡黄色草地上的岩石之上；我会思考我究竟身在何处，我会质问自己是否真的满足于这种艰难的生活——与我心爱的、但凡事都管的女人所共同维系的生活。我对这样的问题只是摇一摇头，思绪继而飘向那片小城所在的土地。或许为了缓和我的渴念，我应该哭上半个小时，为什么不呢？然后继续平静而幸福地躺到太阳落山，然后下山回家，向我的女孩伸手示和。这一切就这样决定了吧，我会将其抛诸身后、不再回想，但是无论如何，对于这种坚定的、命令一般的终结，我会感受到源自内心的欣喜。我也会举办婚礼，并通过这种方式给予我的生活以新生。过往的生活如美丽的日落沉入了地平线，我绝对不会回首观望，因为我觉得它既危险又脆弱。时光流逝，现在到了该描述我们温情的时候了，然而这种温情再也不是弯着腰打理花草，而是围着孩子们打转，沉浸在他们的欢笑以及提问的喜悦之中。对孩子们的关爱和关心让我们的爱情变得更加温柔、更加伟大，但是也多了一份沉默。我绝不会想去过问自己是否还喜欢妻子，说服自己去过简单而寒酸的日子也将毫无意义。我会掌握一切教我生活的经验，我会放弃天真的念想——把我错失的高贵冒险虚情假意地把持在我面前的念想。'那么究竟什么才是错失呢？'我会沉着并若有所思地质问自己。我想做一个脚踏实地的人，这是我的全部期待，这份期待会一直持续到妻子离世，或许可以肯定的是她一定会先我而去。我不想继续往下想了；毕竟这一切都还位于美好未来那遥远的未知之中。您怎么看呢？我现在整天耽于幻想，但至少您必须要承认，我是心存某种正直与渴望去幻想成为一个比现在的我更好的人的。"

罗萨笑了。她沉默了一会儿，仔细地观察着西蒙，然后问道："您哥哥在做什么，那位画家？"

"他下周要去巴黎了。"

罗萨突然满脸失望，闭上了双眼，呼吸声也变得沉重起来。

"您爱着他。"西蒙轻声说道。

第二天清晨，西蒙身穿短款的深蓝色大衣，手拄轻巧但毫无用处的手杖走出了家门。迎接他的是蔽天大雾，天色依然全黑。一个小时之后，他抵达高坡之上俯视脚下偌大的城市的时候，天刚刚亮。天气很冷，但燃烧的红日正越过覆盖积雪的灌木丛和田野冉冉升起，它的出现预示今天是一个晴朗的冬日。不断升起的红色火球吸引了他的目光，他不禁自言自语起来，冬日的太阳要比夏日正午的太阳还要美上三倍。不久之后，太阳特有的温暖的淡红之色开始炙烤积雪，这个温暖的场景与这股真实的寒冷让这位不再驻足、决定继续前行的漫游者重新打起精神来。这是一条西蒙在某个秋夜里走过的路，所以就算他闭着眼睛也差不多能够找到。他就这样走了整整一天。正午时分，太阳把舒适的温暖倾撒于这片大地上，积雪已经开始融化了，草坪的部分地方也变得潮湿起来，潺潺的泉水加强了这种温暖的感觉，但是临近傍晚，天空闪烁起了深蓝色，红色的阳光也在山脊之上消失，一切又阴冷起来。西蒙再次爬上这座他曾经在某个夜里匆匆忙忙爬过一次的山；积雪在他的脚下咯吱作响。杉树上面堆满了积雪，就连粗壮的树枝都优雅地探向了大地。差不多爬了一半路程，西蒙突然看见大路中间躺着一个年轻的男人。树林里的最后一丝光线已暗淡了下来，所以西蒙起先以为这个男人正在睡觉。但究竟是什么原因迫使这个人躺在冰天雪地的杉木树林中一个无人问津的地方睡觉呢？这个男人宽大的帽子横放在他的脸上，就像在没有遮阴之处的炎热夏日里，躺在草地上休息的人为了能够睡着而用帽子遮挡阳光那样。冬日里把脸遮住有些让人毛骨悚然——特别是在这个时间点，躺在雪地里惬意地把脸遮住实在没有乐趣可言。这个男人一动不动地躺在那里，树林里的天色也越来越暗。西蒙仔细地研究着男人的双腿、鞋子和衣服。他穿着浅黄色的衣服，一套单薄破旧的夏日西装。西蒙把帽子从男人的脸上拿开，他的脸已经冻僵了，看起来十分可怕。他突然认出这张脸来，这是塞巴斯蒂安的脸，毫无疑问，这正是他的脸部轮廓，正是他的嘴、他的胡须、他宽大的朝天鼻子、他的眼型、他的额头，还有他的头发。他冻死在这里了，显然他在这条路上已经躺了有一段时间了。雪地上没有他的脚印，可以想象他已经在这里躺了很久了。他的脸和手早已经冻僵，衣服紧紧地贴在结冰的身体上。或许就在这里，那股巨大的、已经无法继续忍受的倦意把他击倒了。他总是弯着腰走路，好像他无法忍受直起身板，好像他觉得挺直腰背、抬起脑袋十分痛苦。人们看见他便会有此感觉，他已经无法再应付生活以及生活苛刻的要求了。西蒙扯下一些杉木树枝盖住了他的身体，但是在此之前，他从死者的上衣口袋里掏出了他先前就已经看见的一本又小又薄的笔记本。本子上似乎写着诗，但西蒙已经无法辨认其中内容了。当时天已经全黑了。星星透过杉树的空隙闪烁着微光，狭长的弯月注视着这幕场景。"我没有时间了，"西蒙轻声说道，"我必须抓紧时间赶到下一座城市。另外，我也不想在这个曾经是诗人或者空想家的可怜家伙身边继续停留，否则我会感到害怕的。"他为自己找到了坟墓，多么高贵啊！他将长眠于覆盖着积雪的美好的绿杉木之下。我也不想和任何人提起这件事。大自然俯视它怀里的死者，星辰在他耳边轻声吟唱，夜莺为他引吭高歌，对于一个再也无法听见与感觉的人来说，这便是最好的音乐了。亲爱的塞巴斯蒂安，我会把你的诗歌交给编辑部，可能那里会有人阅读并且出版你的诗作，这样你那可怜的、闪烁光芒的动听名字便可存留于世。僵硬地躺在杉木树枝下的雪地里是一种伟大的静谧。这是你最好的归宿。人们总是喜欢伤害像你一样的怪人，并且嘲笑你们的苦楚。问候埋于地下的那些善良而沉默的亡灵，不要在"永不在世"（Nichtmehrsein）的永恒之火中剧烈燃烧。你身处他处。你现在身处美妙之地，你现在无比富有，出版一个富有而高贵的诗人的作品是绝对值得的。安息吧。如果我现在有鲜花，我会把它们撒在你的身上。可是人们总是抱怨献给诗人的鲜花不够。你收到的鲜花太少了。你期待鲜花，可是你听不见它们在你的脖颈上低吟，它们也不会像你幻想的那样落在你的身上。你是知道的，我也时常幻想，其实很多人都这样——即便人们并不相信他们会这样做。但是你认为人有权利去幻想，而我们其他人则觉得人只在困苦不堪之际才去幻想，并且停止这种幻想会让我们感到高兴。塞巴斯蒂安，你根本瞧不起你身边的人！但是，亲爱的，只有强大的人才允许讨厌别人，你太脆弱了！我并没有想过找到你的墓地并对此加以嘲笑。我知道你遭受了很多痛苦。你在广阔的星空之下死去是一件美好的事情，我将久久不会忘记。我会跟海德薇描述你那位于高贵的杉树之下的墓碑，我将让她落泪。至少那些不知道如何和你打交道的人还可以阅读你的诗作。——西蒙离开了死者，最后瞥了一眼杉木树枝堆，下面正躺着那位诗人。他尽自己所能让自己灵活的身躯迅速转离此景，在雪地里继续朝山上走去。他意识到这已是他第二次在夜里爬山，但是这一次生与死在他自己的身体里剧烈地颤抖。他本想在这个缀满繁星的冰雪之夜尽情欢呼。生命之火很快将他从安详而惨白的死亡景象中解救出来。他的双腿失去了知觉，但是他依然能感觉到血液的流动、内心的渴望以及驱使自己赶路的服从意志。在山上空旷的牧场，他先是享受了一番这美妙夜晚的神圣风景，然后像一个从来都没有见过死者的孩子一样大笑起来。究竟何为死者？哎，这仅是对生命的一次警示罢了。除此之外，别无其他。这既是对过往美好的回忆，也是对未知、美好未来的探索。西蒙感觉，如果他能如此冷静地面对死亡，那他的未来一定宽阔而开放。他十分欣慰能够见到这个可怜的不幸之人最后一面，他以如此神秘的方式遇见了他，这种方式那么沉默、意味深长、黑暗静谧，那是一种优雅的终结。谢天谢地，现在诗人终于没有可以为人嘲笑或者嗤之以鼻的对象了，剩下的只需要去感受。——西蒙在旅馆的床上睡得很香——就是舞池由他哥哥装点饰画的那家旅馆。次日，他行走在堆满沉甸甸积雪的道路上。他总能看见头顶的蓝天以及道路两旁的房屋，房屋既大又漂亮，可以推断出这里住着富裕而自信的农村居民，也能看见横七竖八的黑色树木所覆盖的山丘，蓝色的天空沿着树缝钻进树丛，还能看见从他身边经过的人以及那些和他朝着同一方向却无法超过他的人；因为他连走带跑，而其他人却在悠闲地走路。天黑之后，他穿过一个安静、狭长而且有些不同寻常的峡谷，它被丛林包围，蜿蜒曲折，但偶尔也能看见山上的村庄，村庄里亮着夜灯，人们在悠闲地散步。因为此刻一股浓厚的困意困扰着他，他便投宿在下一家客栈了。客栈里挤满了人，客栈的女主人看起来更像一位出身高贵的优雅女士，而不像专门服侍客人的普通女人。但是他太疲惫了，太筋疲力尽了，以至于他只期待自己被领到房间里。他幸福地躺进冰冷的被窝，很快就睡着了。第三天，他来到一座具有强大影响力的美丽城市，他在那里的唯一任务就是：找到一家出版社发表塞巴斯蒂安的诗作。抵达出版社的大楼时，他突然想到自己孤身前往递交一个被人发现的死者的诗歌是一个非常不明智的做法。于是，他在蓝色本子的封面上写下了如下标题："一位在杉木林中冻死的年轻男人待发表的诗歌,如果可能的话",然后就把本子丢进了巨大而笨重的信箱之中。本子落在了信箱的底部。西蒙重新上了路。天气变得温和起来,潮湿的雪花大片大片地飞落到地上的场景催赶他走到大街上。城里的陌生人睁大眼睛看着西蒙,导致西蒙差点以为他们认识自己——这个完完全全的异乡之人。没过多久他便离开了这座城市,前往郊区的别墅一带,穿过别墅区后又进入一片树林,走过一片接着一片的田野,随即又进入一片小树林,然后到达第一个村庄、第二个村庄以及第三个村庄,直到天黑。

第八章

乡村女教师。一次幻想。"乡村生活"。

清晨的小村庄下起了雪。孩童们抵达学校时，所有人都弄湿了鞋袜、衣裤、头发和帽子。他们把冰冷的湿气和在泞泥不堪的路上捡来的各式各样的石头也带到了课堂上。由于下雪的缘故，这群小孩子变得有些分心和激动，甚至无法集中注意力，所以女教师有点生气。她刚想开始上宗教课，就看见窗外出现一个正在移动的消瘦黑影，因为这个娇小的身影动作迅速，所以他们断定他一定不是这里的农民。只见这个黑影沿着一排窗户一闪而过；忽然间，孩子们看见老师不顾一切地冲出了教室。海德薇走到教室门口，奔向站在门口的弟弟的怀里。她流下了眼泪，亲吻了西蒙，然后把他带到可供她使用的两个房间的其中一间。"你来得太突然了，但是我很高兴你能来这里，"她说道，"你先把东西放下。我还要上课，但是没有关系，我今天提前一个小时放学。反正他们今天也心不在焉，所以我有理由生气并提前把他们打发回家。"她整理了一下打招呼时过于激动而乱成一团的头发，和弟弟说了声再见之后，便重新回到课堂上去了。

西蒙开始为乡村生活做起准备。他打开随后送到的邮寄行李。他的东西不多,只有一些舍不得处理或者送人的旧书,换洗衣物,一套黑色西装和一堆包括针线、丝绸碎片、领带、鞋带、残烛、纽扣以及线团在内的小玩意儿。海德薇从住在邻村的女同事那里借来一张陈旧的铁制床架和一席草垫,虽然简陋了一些,但完全足够西蒙在乡下应付几晚。夜里,他们用宽敞的载物板车把床架从邻村运了过来。海德薇和西蒙坐在这辆不同寻常的运输工具的后座上;同事的儿子不久之前刚刚服完兵役回来,现在正驾着这辆车驶向位于山下的学校。一路上大家有说有笑。西蒙的床搭在第二间屋子里,海德薇已准备好了必要的床上用品。这个床铺充其量只是给不会提什么过分要求的人准备的,不过西蒙不会提什么要求。海德薇一开始有些介怀,心里嘀咕道:"他之所以来我这里,是因为他在这个广阔的世界之上已经没有其他可以住的地方了。也正因如此我才对他好。他若是知道还有哪里可以免费吃住,他哪里还会想起还有我这个姐姐的存在呢。"但是,这个在一念之间由于不满而产生的念头很快就消失了。她之所以产生这个念头,只是因为他来了,而不是因为她愿意这样去想他。可对西蒙而言,他因为用这种方式利用姐姐的善良而感到羞耻，但这种羞耻感并没有持续多久；因为习惯吞噬了他的羞耻感，他就是单纯地习惯依赖姐姐而已，仅是如此！他的囊中着实羞涩，但是在接下来的头几天里，他就给附近所有的公证处都写了一封求职信，请求给他这位写一手好字的人安排一些工作。但是钱在乡下又能派上什么用场呢！绝无可用之处。这对住在学校的姐弟之间的隔阂逐渐消失了，他们住在一起，仿佛一直都生活在一起，他们毫无保留地分享着彼此的快乐和痛苦。

初春悄然而至。人们已经可以毫不犹豫地敞开窗户，也无需终日烧火取暖。孩子们上学的时候给海德薇带了好几束雪莲花，可让她尴尬的是，她却不知道把这些雪莲插在哪里，因为她的手边没有可以用来插花的小容器。春天的信息在乡下的空气里蠢蠢欲动地弥漫开来。太阳底下已经开始有人散步了。西蒙结识了这里简朴的村民，不过也仅是泛泛之交；别人也不会过问太多，只是知道他是谁，也就是说，知道他是女教师的一个弟弟，这便足够体现出对他的尊重了。村民觉得他只是在乡下做客一段时间罢了。西蒙穿得破破烂烂，四处闲逛，但是贴身的衣物却赋予了他些许优雅，而这种优雅感则完美地掩饰了衣料所带来的廉价感。他的破鞋未能引起人们的注意。西蒙喜欢穿着破鞋在乡村里闲逛，因为他能从中感受到乡村生活非凡的美好。如果他有钱,他会找人修补自己的破鞋,只要修到舒适轻便即可!他或许需要花上十四天的时间犹豫是否要去修鞋,因为在乡村的十四天时间根本算不上时间!在城里做事必须速战速决,而这里却能享受"明日复明日"的美好权利,而且这种"明日复明日"完全是一种自发的行为;因为乡村的日子静悄悄地来,人们还在思考要去做些什么事情之时,夜晚便已经悄然而至,紧随其后的是缠绵的深夜以及深夜的酣睡,美梦继而又被关怀备至的白昼温柔地唤醒。西蒙还很喜欢脏兮兮的乡村道路、那些铺着碎石的小路以及那些布满稍不注意就会让人全身沾满粪便的大路。这正是原因所在!但是,还是有机会多加注意的,村民完全可以提醒这位城里人——已经习惯故作害怕之状小心翼翼地走在脏兮兮道路上的城里人——注意脚下的道路。上了年纪的乡村妇女可能会觉得西蒙是一个干净讲究的年轻人,而姑娘们则会对大步流星地跨越水沟泥坑的西蒙加以无情的嘲笑。乌云密布,天色阴沉,起了大风;大风摇曳着树林,从沼泽地里呼啸而过,而农民们依旧在松土,马儿也依然镇定地站在那里。天空时常露出笑脸,所以看见它的人也会不由自主地露出微笑。海德薇的脸上显现出快乐的神情,住在楼上的男教师好奇地把眼镜伸向窗外,透过镜片享受着天空的美好。西蒙在一间小店里买了一只廉价的烟斗和一些烟草，他觉得在乡下似乎只有抽烟斗才称得上合适与美好，因为他可以把烟斗塞满烟草，而塞满烟草这个动作适合这片广阔的田野以及他几乎度过整个白昼的树林。温暖的午间他便躺在河边淡黄色的草地上。在这美好而温柔的穹庐之下，浮想联翩不是应然，而是必然。但是他幻想的对象并非什么宏大、遥远或美好之物，他只是幸福地沉浸在自己所处的环境之中，因为他不知道还有什么更加美好的存在了。近在咫尺的海德薇就是他的幻想对象。他已经忘记除了她之外的整个世界的存在，他正在抽的烟草把他的思绪引向学校的住所，引向海德薇。于是，西蒙陷入了幻想：

"海德薇正在和某一个引诱她的男子在湖面上泛舟。湖泊像公园池塘一样小。这个男人一动不动地坐在小舟上面，而她却一直盯着这个男人硕大而深邃的黑色双眸，并陷入了思考：'他不看着我，双眼却始终望向湖面。但是这广阔的湖面却借用他的双眼反望向我！'这个男人蓄着凌乱的胡子，强盗就喜欢留这样的胡子。没有人比这位男人更具有绅士风度了。这种绅士风度他会眼睛眨都不眨地践行到他生命的最后一刻，他自然也不会拍着胸脯对自己的行为感到骄傲。这个男人永远都不会自鸣得意。他有一副温暖迷人的男人嗓音，但为了表现得彬彬有礼，他从来都不用他那副好嗓子。谄媚的话语绝不会从他高傲的口中脱口而出，他总是故意想毁掉自己的嗓子，好让它听起来粗鲁而无情。但是这个姑娘却知道他的心地无比善良，即便如此，她也不敢冒昧地带着请求去接近他的内心。琴弦在湖面之上响起悠长的音浪。海德薇认为她应该死于这响彻音浪的天空之下。湖面之上的天空如同这片水色般轻柔，它正飘浮在我的上方。那是一片悬浮在空中的湖泊，这样的描述十分合适。画面之中的公园树木与这个地区高大摇曳的树木完全一致，它们都有公园一般的气派。但是画面之中的一切显得更加拥挤和紧凑，此刻我要继续漫游在这幅画面之中，不再去关注我与这个地方之间静谧的联系。现在这个男人掌起舵来，不顾一切地划着小船。海德薇感觉他可能正以这种方式同他自己的温暖与爱意对抗。他在内心感受到的爱意与温柔会冒犯到他自己，于是他毫不留情地惩罚自己，因为他绝对不允许自己的心中存有如此温柔的感觉。他的傲气是那么的不自然。他还算不上男人，只是少年与巨人的混合体。为情感所征服并不能伤害一个男人，却能伤害一个少年——因为少年并不满足于成为一个正直的男人，他想要成为巨人，一个只要强大不要脆弱的巨人。少年拥有骑士精神，而理性、成熟思考的男人却把骑士精神视为稳固情爱的无用附属并抛置一旁。少年不及男人勇敢，因为他们没有男人成熟，然而成熟容易让人变得无耻和自私。只需要安静地去观察少年那硬邦邦的嘴唇——即脱口而出的悍然以及默默自言自语之时的僵硬。少年言而有信，男人却觉得用承诺来打破才更合适。少年在信守承诺的艰辛之中（像在中世纪时一样）去发现美，男人却在宣誓信守新一轮的承诺和打破旧承诺的过程之中去发现美。他是承诺者，而另一个则是承诺的执行者。鬈发缠绕在少年额头之上，叛逆落在弧形的双唇之上。眼睛则如同利剑。海德薇浑身发抖。公园树木那么柔软，在浅蓝色的空气之中摇摆舞动。海德薇无法忍受的那个男人就坐在那边的大树下。她不由自主地深爱着这个在她身边冷血无情的男人，哪怕这个男人并没有对她做出任何承诺。他从来都不会张开嘴巴做出承诺，他任由自己引诱着她，甚至没有在她耳边说过任何温柔的话语作为替代。窃窃私语则是另外一回事，但他完全无法理解。哪怕他真的理解了，他也不会去做，或者只有别人不再说些什么时他才会这样做。但是她把自己交给了他，却不知其中原因。她对此一筹莫展，不能像其他女人那样抱有任何希望，只能冷静面对他无情的对待和暴躁的情绪，而这种情绪如同统治者对待自己的财富一般。他用粗鲁轻率的口气对她说话，她甚至觉得十分幸福，好像此时的她已然属于他了。她确实属于他，这一点这个男人也很清楚。那些已经属于他的东西他却一点都不在乎。她的头发散了开来，十分美丽，如液体一般沿着她瘦小的红色脸颊往下流动。'把头发扎起来。'他命令道，她则全心全意地服从了他的命令。她带着狂热唯命是从，即便他紧闭着双眼，他自然也能把一切都看在眼里；因为随后他会听到她的一声叹息，只有幸福的人才能发出这样的叹息——那些工作忙碌的人也可以，虽然他们的双手十分辛苦，心里却相当舒坦。他们下了船，上了岸。湖岸的土质柔软，稍微一踩便会凹陷，像是一块地毯，或者多块叠在一起的地毯。去年残留下来的枯黄野草和我在抽烟的地方所看见的一模一样。这时画面之中突然出现一个女孩，她的个子不高，皮肤雪白，看起来有些瘦弱。她似乎是一位公主；因为她穿着华丽，她的衣服鼓起一个巨大的弧形，她的胸乳如同引人注目的花蕾般绽放。她的衣服是深红色的——如同血液干燥后的红。她的脸色透白，如同冬日傍晚时分群山之间的天空之色。'你认识我。'她转向那个傻呆呆站在那里的男人搭起话来。'你不敢看我吗？去死吧，我命令你。'她这样对他说道。男人脸上露出服从的神情。这到底是一种什么样的神情呢？是的，一种不可违抗的无奈神情。在这种情况下，人们总是习惯同时做出鬼脸。脸一旦抽搐，他就必须用尽全身的意志力咬紧牙关，把它揉捏成顺从的模样！脸几乎要被撕扯开来，鼻子也险些掉落一块。类似的事情绝对会在这样的情况下发生。但是，我还是不要继续分享这个优秀的男人想杀死自己的企图了吧；因为杀人肯定需要一把长刀，但我想我只有烟斗，没有刀具。我喜欢这场幻想的开头，但是现在我注意到这场幻想此时已经偏离轨道，已经变得不太适合海德薇了；因为海德薇是一个温柔的人，即便她受苦，也是一种更美、更安静的方式。我幻想出来的那个蓄着凌乱胡子的男人如果真的那么放肆无礼，她一定会尽情地嘲笑他的。然而我勾勒出的风景却十分美好，不过也只是因为我借用了这个天然地区的大概轮廓。幻想的时候永远不要舍弃自然的大地，幻想人时亦是如此，否则很容易走到这一步——即让某个角色说出'去死吧'这样的话，而听到这话的人就只能做出某种表情，这表情不仅十分可笑，而且还适合摧毁这一最美妙的幻想！"

西蒙回家了。他习惯每天傍晚时分在某个特定的时间点溜达回家，目光大多数时候俯视着黑棕色的大地，回到家后便开始泡茶。西蒙懂得泡茶的技巧，火候总是能拿捏得十分精准。因为泡茶的关键在于：质地优良、香气扑鼻的茶叶的单次使用量不能太多，也不能太少；保持茶具的清洁，并且要以一种干净而优雅的方式将其摆放在桌上；

泡茶的水放在酒精灯上不能煮沸；水与茶叶当以规定的方式混合在一起。对于海德薇来说，这也算是一种放松，如今她只需要迅速走出教室赶来喝茶，然后重新回到工作岗位上去。早上起床后，西蒙整理好自己的床铺，然后在厨房准备海德薇喜欢喝的热可可；因为即使是在这种小事上他也注重真正的技巧，哪怕这件事情微不足道，他也会赋予它必要的完美。他主动地而且不需任何初步研究或者努力就能将炉子生起火来、保持炉火不灭，还会打扫海德薇的房间，这些事情他都十分熟练，尤其是会熟练地使用长柄扫帚。他打开窗子给房间通风，当他觉得时间差不多的时候再把窗子关上，这样一来，房间里既暖和，空气也很舒服。房子各处插在小罐子里的鲜花开得正盛，它们是从外面的大自然中采摘回来的，正在这个四面墙围成的狭小空间里弥漫着香气。窗边挂着十分简易却很漂亮的窗帘，这些窗帘给房间提高了亮度，同时也增添了舒适感。地板上铺着温暖的地毯，地毯是海德薇让可怜的囚犯①用残余的材料拼凑而成的，这些囚徒能把类似的事情做到尽善尽美。墙的一角摆放着一张床，另一角竖立着一架钢琴，中

---

① 原文为 Zuckhäusler。该词源于18世纪，当时司法判决的重要组成部分是强迫囚犯进行艰苦的体力劳动，比如采矿等。但是小说中表意不明。

间是一张套着印有碎花罩子的旧式沙发，沙发前面摆放着一张足够大的桌子，桌子旁边放着椅子；除此之外，房间里还配有盥洗台、一张铺着写字垫的小书桌以及摆满书籍的书架。房间的地板上放着一个翻倒的小箱子，箱子用柔软的布料裹着，供平日里阅读时坐，因为人们阅读时也偶尔会有贴近地面让自己感觉东方气息的需求。再往下说，房间里还有配着小篮子的缝纫桌，小篮子里有各式各样神奇的工具，这些工具是女孩在家常事务之中必不可少的东西。地板上还有一块奇异的圆石，上面的邮戳和邮票清晰可见，上面还放着一只鸟、一摞信件和明信片。墙上挂着一只号角、一个喝水的杯子和一根装有大挂钩的木棍；除此之外，墙上还挂着卡斯帕尔的画作，其中一幅描绘的是傍晚时分的树林与屋顶，从其中一个窗子望出去则可以看见为浓雾所笼罩的灰蒙蒙的城市（海德薇觉得特别漂亮）、一段染上余晖的河流、一片夏日的田野、一个名叫堂吉诃德的骑士以及一座房子。房子紧挨着山丘，以致人们会像诗人那样吟诵："屋坐山后。"钢琴的盖子上铺着丝绸布，上面摆放着贝多芬的青铜雕像、一些照片以及一个小巧精致的首饰盒。首饰盒里空空如也，仅仅是为了纪念母亲才置于此处。帘子如同舞台的幕布把两个房间和两个熟睡的人彼此分开。傍晚时分关上百叶窗、点起灯之后，女教师的房间显得格外舒适；早晨的太阳唤醒了睡意昏沉的她——那个不想起床、可是又不得不起床的她。

公证处并没有理会西蒙，没有任何一个人给西蒙回信。因此，他觉得换一种方式赚钱迫在眉睫，好借此向姐姐展示自己的意志力并希望能够分担一些家务。于是，他随手拿来一张纸，动起笔来：

乡村生活

我是踏着风雪抵达乡村这间房子的。我虽不是这间房子的主人，也未曾打算成为这里的主人，但我有一种先入为主的感觉，甚至觉得自己比一套豪宅的所有者还要幸福。我住的这间房子不属于我，它属于一位温柔善良的女教师，她为我安排住所，并在我饥肠辘辘之时为我准备食物。我是一个喜欢依赖心地善良者的人，因为我就是喜欢依赖他人，我的依赖纯粹是为了展现我对他人的喜爱，同时也是为了弄清楚我是否因为轻率而失去了别人的怜悯。我只能采用一种特有的行为来应对这种仁慈至极的束缚状态，而这种介于傲慢与温柔自然的专注之间的行为我理解得十分透彻。在任何事物面前,我都不能让接待客人的主人察觉到我心存感激;感激只会让人暴露出害羞和恐惧,而这一定会羞辱到给予者。人们应该在心里去歌颂为自己提供住所的善良者,如果为了骗取某种乞讨的感觉而厚着脸皮向对方表示他根本就不愿接受谢意的话,反而适得其反,因为这个善良者根本就没想获得你少得可怜的回报。示谢在某些情况之下仅意味着乞讨,别无其他。还有一点:示谢在乡下是沉默无言的,它不是通过喋喋不休地说话而实现的。有感激义务在身之人有自己的行为方式,因为他们看见自己所感激的对象也有自己的方式。心细的给予者几乎要比接受者更谦虚,他们乐于看到接受者欣然接受,这样一来,给予者便能够十分得体、毫不费力地给予。我的老师就是我的姐姐,这一事实未能阻止她源于心底的愿望——把我这个游手好闲的人打发走。她为人勇敢正直,她对我的感觉混杂着关爱与不信任,显然她一定认为她的流氓弟弟只能摇摇晃晃地前来投靠她这个安居乐业的姐姐,因为除此之外,他不知道在这个上帝创造的世界之中他究竟还能前往哪里!不过,突然的造访一定会打扰、伤害到她,因为毕竟我一连数月或数载都未曾给她写过一封信。她一定认为我是为了休养身体才来找她的，但是即便我被鞭打了，我的身体也会毫发未损，被鞭打显然不是我来找姐姐的原因。然而事情有所改变，我们之间的感情也消失了。我们不再如同流着相同血液的手足一样生活在一起，而更像相处十分融洽的同事。啊，在乡下两个人相处融洽并非难事。在乡下有一种迅速公开秘密、排除互相不信任的相处方式，有一种比充满人群和日常焦虑的忙碌都市更加明朗、更加有趣的相爱模式。乡下最穷的人甚至都要比城里日子过得好得多的人拥有更少的焦虑，因为在城里，人的一言一行都有尺度的限制，而在乡下，焦虑会销声匿迹，痛苦会在无数的痛苦之中自然终结。在城里，一切的目的都旨在变得富裕，所以才有那么多觉得自己生活穷苦的人；在乡下，绝大多数的穷人都不会深陷财富攀比那永无止境的危险境地，也自然不会因此受到伤害。穷人则可以坦然面对自己的贫穷，因为他们拥有一片可以自由呼吸的天空。城市里面的天空算什么啊！——我自己仅剩一块可以用来换钱的银质首饰了，但是拿来买些衣物是绰绰有余的。对我不保留任何秘密——哪怕是不可言说的秘密的姐姐也已经向我坦白她的钱已经花光了。既然都已经这样了，我们也无话可说。但是好在我们收到了一些柔软的面包、新鲜的鸡蛋以及可口的蛋糕——我们甚至想要多少就能得到多少。这些食物是由学生家长付托学生拿来送给女教师的，学生把食物带来学校送给我们。乡村的人知道如何给予，这让接收的人也备感荣耀；而城里的人实在害怕给予，因为给予这件事本身就伤害接收者了，但是我实在不知其中原因，或许是因为城里的人在面对善良的给予者时会感到羞耻。在城里，人们需要谨慎小心，不能轻易地对穷人表现出高贵的同情，只能偷偷摸摸、或者在破烂的广告牌下面给予。宁可因为害怕穷人而耗尽自己的财富，也不赋予财富如女王向苦苦行乞的妇女伸手之时散发的光辉，这实在是一种致命的缺点。我把城市里的贫穷视为一种不幸，因为穷人无法向他人请求帮助，因为他们感觉自己与充满善意的给予格格不入。但是至少有一点是毋庸置疑的：与其心不甘情不愿服软无能，还不如不给予、不同情。在乡下，给予并不意味着软弱，反而代表一种给予的精神，一种通过给予来尊重自我的表现。提防给予的人，如果事情真的发生了，一定会被千姿百态的命运所击败，最后他必然去哀求，尴尬而不体面地苦苦哀求，并如同乞丐般接受他人的施舍。那些拥有财富并且想要忽视穷人的人实在耻辱。更好的解决办法就是折磨他们，迫使他们劳役，让他们尝尝压力与鞭打的滋味，这样一来便会产生一种联系——愤怒和心悸，不过这也不失为一种关联。但是，即便压迫者蜷缩在精致的房子里，或者躲在花园涂着金漆的栅栏后面，或者出于害怕而一动不动，那些苦苦哀求的被压迫者依然能够察觉到他们的存在。压迫者虽然压迫，但是没有勇气证明自己是这样的人：一个害怕被压迫者的压迫者，他既不想独自享有自己的财富，也不想让它为他人所霸占；一个从不使用罪恶武器的压迫者，因为武器无法体现真正的反抗与男人一般的勇气；一个只拥有金钱的压迫者，仅仅是金钱，并没有金钱所带来的荣光。这就是城市当前的图景，我觉得这是一幅不够美好甚至需要改善的图景。乡下的情况并非如此。这里的穷人对于自己的处境心知肚明，穷人可以用羡慕的目光去仰视富人或者生活条件优越的人，因为他们允许穷人这样做，这样做会提升有钱人的威严地位。在乡下，渴望拥有自己的家是一件头等大事，上至上帝，下至百姓，皆是如此。因为在这里——这广阔无边的穹庐之下拥有一间美好干净的房子是一种莫大的幸福。这一点有别于城市。在城里，变得富有的人自古以来都可以与伯爵为邻，没错，有钱能使鬼推磨，有钱可以任意拆毁房屋以及神圣古老的建筑。在城里，有谁愿意成为房屋的主人呢？房子仅仅是一门生意，而并非一种自豪或快乐。整栋楼从上至下住着形形色色的人，他们照面时互不相识，对彼此没有期待，更没有结识的必要。这算得上是一座房子吗？狭长的街道上坐落着的都是这样的房子，为了能够精准地叫出这些房子，人们必须给它们取一个奇怪的名字。事实上，乡下发生的事情比城里要多，城里人总是冷漠无趣地从报纸上读新闻，而在乡下，新闻总是热情而乐此不疲地由人口口相传。或者这样的事情在乡下一年才会发生一回，但是这会成为他们共同的经历。在乡下，几乎所有隐秘的角落都要比城里人坚持认为的那样更加热闹、更加充满智慧。比如某些从面相上看已经为人祖母的女人并没有坐在白色的窗帘后面讲述着某些神奇的事情。某些乡下的孩子在情感和理智的教育上面也比常人所认为的要更加进步。这样的事情屡见不鲜：这样的孩子转到城里的学校之后，以其发达的头脑让新同学们感到惊讶。但是，我不想诋毁城市，我也不想过度地赞美乡村。只不过在乡村的岁月实在美好，在这里很容易忘记城市。这里的岁月唤醒了人们对于远方静谧的渴望,然而人们却不舍得离开这里。一切事物之中既有离开,也有到来。白昼虽然作别,但是它会赠予人可以用来散步的夜晚,人在那些仿佛为夜晚所藏匿的道路上散步,而人们散步也是为了找寻这些道路,回献给夜晚。房屋仍然十分显眼,夜灯也依旧阑珊。即便下着雨,这般场景也丝毫不打折扣,因为人们觉得下雨也是一种美好。我抵达这里的时候差不多已经入春了,但随着时间的流逝,春意更浓了,可以敞开窗户和屋门了。我们开始给花园翻土,而邻里乡亲早就翻完了。我们是最晚动手的,不过这也符合我们的性格。我们托人装来一车价格不低的潮湿黑土,这些黑土是要和花园原先就有的泥土混合在一起的。这是我的任务,我十分期待——虽然我这么说听起来似乎有一些不太可能。我并不是一个天生的懒鬼,不是的,我只是一个游手好闲之徒罢了,因为那些机关部门和公证处都不愿意录用我,因为他们根本就不知道我对他们有何用处。每个周六把地毯拍打干净也是我的工作,我也在十分努力地学习如何做饭,这也算得上是一个上进的表现吧。晚饭之后,我会擦干洗净的餐具,然后和这个女教师闲聊;因为我们之间有很多要去说、要去争论的事情，我也喜欢和姐姐聊天。早晨，我离开家去邮局寄包裹，一回到家后就开始思考接下来要做的事情。通常情况下是没有什么事情可以做的，于是我走进树林，坐在山毛榉树下面，一直坐到应该回家的时候，或者说我认为应该回家的时候。我一看见别人工作，就会情不自禁地因为自己没有工作而感到羞耻，但是我觉得除了拥有这样的感觉之外我什么事情也做不了。白天就好像是善良的上帝丢弃给我的一个东西，上帝总喜欢扔点什么给无用之人。只要发现工作机会摆在眼前，除了想要工作以及抓住这个机会之外，我不会对自己有更多要求，因为我知道这样就已经挺好了。这种态度完全适合在乡下生活。在乡下，人们不应该去做很多事情，否则就会失去对美好整体的把握，失去作为旁观者的体面，而这个世界也是需要旁观者存在的。我唯一的痛苦来自我的姐姐，因为我无力偿还欠她的债务，但是我在梦里看见她辛苦地履行着她艰辛的义务。哪怕不远的将来不会对我的游手好闲做出惩罚，往后的岁月也绝对不会饶过我，但是我觉得上帝对此是没有意见的，上帝关爱幸福之人，痛恨悲伤之人。我的姐姐很长时间没有感到悲伤了，因为我不停地让她快乐。我把自己变得滑稽可笑，以此来逗她笑，这一方面我很有天赋。嘲笑我的也只有我的姐姐，因为在她的眼中，我的身上有一种友好的幽默感，但在别人面前，我的行为总是表现出尊贵的样子，虽然绝对没有任何优越感可言。我现在停笔了，并希望能靠这篇小文章赚一点钱，如果不能的话，至少写作激发了我浓厚的兴趣，几个小时的时间就在这写作之间匆匆逝去了。几个小时？是的！因为在乡下，就连写作也都变得很慢，我的思路经常被打断，手指变得僵硬，思考也开始变得乡村化。城里人，祝诸位生活愉悦！

第九章

克劳斯来访。春天与林中空地。西蒙与海德薇。

西蒙去邮局寄信了。寄完信的第二个周日，兄长克劳斯前来拜访。那天下着雨，天气很冷，光是看见冰冷的雨滴拍打在复苏的花朵上，便已经觉得寒意十足了。克劳斯看见西蒙在海德薇这里安顿下来时，脸上露出了吃惊的表情，他本以为西蒙正在国外的某个地方；但他也尽可能地保持友好，因为他不想毁掉这个周日。他们三个人全都保持沉默，偶尔面对面站着，却一言不发，似乎在寻找话题。与克劳斯一同走进海德薇住处的还有某种引人深思的疏离感。只要环顾四周就能发现各种不太对劲的地方，而其中的主要对象，显然就是西蒙的在场。克劳斯今天并不想指责谁，即便他心底确实很想这样做，他还是打消了这个制造纷争的念头。他充满疑问并且意味深长地看着弟弟，似乎想说："我对你的行为感到吃惊。这该如何让人相信你是一个成年人。你利用她是你姐姐这层关系扮演着游手好闲之辈的角色，这是什么光荣的事情吗？说真的，这简直厚颜无耻！我本想和你开门见山地摊牌，但是我顾及海德薇，我不想因此伤害她。我也不想毁掉我的周日！"

西蒙看懂了他的意思。哥哥的眼神以及重聚之时那死板造作的嘘寒问暖、沉默和尴尬，这些究竟意味着什么，西蒙再清楚不过了。他很高兴克劳斯保持沉默，否则他免不了会提及他长久以来都不愿提及的事情当作理由。这是不言而喻的！对他这样的年轻人，他的状态值得批评，而他显然也不会因此而道歉。但是待在这里也挺好——挺好，挺好。他突然为一股温情所俘，于是开口对克劳斯说道："我知道你是怎么看待我的，但是我保证你很快就会改变你的想法。我觉得你还不够了解我，你相信我吗？"克劳斯向他伸出了手，这同时也挽救了这个周日。没过一会儿就到了吃午饭的时间，海德薇也注意到兄弟二人之间的关系有所改变，于是偷偷地笑了起来。"他人真好，克劳斯！克劳斯真好。"她心里一边嘀咕，一边高兴地把美味的食物端上桌。今天的午餐首先是一份美味的汤食——这是海德薇的拿手菜，然后是一份猪肉配酸菜，最后是一份夹着肥肉的煎猪排。西蒙不加拘束地谈论着世界和人，想方设法地让克劳斯加入讨论，然后又突然带着奇怪的热忱夸赞这美味的食物，他的每一次夸赞都会把海德薇逗笑，以至于她高兴得忘记了所有可能被称为焦虑的东西。即便下午天气阴沉，他们也出门去散步了。他们本来想要悠闲地穿过的那片田野却湿漉漉的，所以不久之后他们便被迫折返回家。晚上，他们三人又变得沉默起来。西蒙尝试去读报纸，克劳斯故意谈起一些无关紧要的事情，而海德薇也只是心不在焉地做出回答。告别之前，克劳斯把海德薇叫到厨房，并跟她说了一些不想让那个站在屋里的人——西蒙——听见的话。他们想要说些什么啊。爱说什么就说什么吧。克劳斯离开了。西蒙和海德薇走了几步，把客人送上回家的路途之后又重新坐在家中，他们心中再一次快活起来，就像小学生知道纪检人员已经离开时候的心情一样。他们的呼吸变得更加畅快，仿佛又回到了从前的状态。海德薇欲言又止，因为她对自己想要说的话感到十分担心，于是她故意提高嗓音试图让这话听起来稍微显得亲切一些："克劳斯还是原来的克劳斯。只要他在，大家都得强忍着一丝恐惧。他的出现会不由自主地把人变成一个自知犯错的女学生——因为自己的轻率而等待一次惩罚性的谈话。人们即便严肃对待自己的言行，在他的眼里却依旧显得轻率鲁莽。他的眼睛看待事情的方式不太一样，他用奇怪的目光打量这个世界，就好像人们必须要去害怕什么一样。他总是为自己以及别人制造焦虑。他的语气里夹杂着充满无尽顾虑的疑虑，他对这个世界以及把人与世界捆绑在一起的联系所持有的不信任也是自发而成的。他看起来很喜欢教育别人，事实上他确实也在教育别人，只是自己对此全然不知：他不喜欢教育别人却这样做，虽然这违背了他自己的意愿，但也只是天性使然，因此人们也无法怪罪他。他温柔、善良地对待所有的顾虑，但他总是对温柔、善良地待人是否妥当心存疑虑。严格绝非他的个性，但是他坚信严能成事，善会败事。他认为善良或许不够谨慎，然而他自己却那么善良。他只是不允许自己变得善良、显得毫无敌意，不过他最好成为那样的人，因为他总是害怕他会因此而毁掉一些东西，会因此成为世人眼中的草率之人。他只会对注意自己言行举止的人做出反馈，而对那些对其为人做出评判的人置之不理。人们无法凝视他的双眼，因为人们感觉这个举动会令他不安，因为他总是觉得别人在议论他，而他自然也想知道别人的想法。只要他在别人身上找不到任何可以指责的缺点，他似乎就会感到不自在。毕竟他是一个好人，所以他才感到不幸福。如果他幸福的话，他就会瞬间转移话题，这一点我是清楚的。他不嫉妒他人的幸福，但他喜欢对他人的幸福和无拘无束吹毛求疵。对他而言，这虽然有着经久不衰的魅力，但也无疑会让他感到痛苦。他不喜欢听别人谈论幸福，我也理解他为什么不喜欢。这是显然易见的，这是连孩子都懂的道理：如果自己不够幸福，一定也会痛恨他人的快乐。这一定会时常伤害他，那个足够高贵的他，因为他感觉这种行为是错误的。他完全是一个高贵的人,但是,我该怎么描述呢,他的内心深处遭受挫败,却努力地强行假装无所谓,内心也因此变得有些堕落——不过只是有一些而已。啊,他显然已为命运所挫败,而他不应遭受命运那无法预见的情绪与冷漠。我之所以想这么说,是因为他伤害了我。比如你,西蒙!啊,天呐。我对你的感觉却完全不一样,你是一个永远都那么有趣的弟弟。你知道吗?别人总是那样看待你:他应该挨打——真正的痛打,他值得挨打!人们对你感到惊讶,不理解为何你至今还未沉沦堕落。同情你从来都没有意义。人们只是把你当成一个无忧无虑、厚颜无耻的享乐之辈。这难道不是事实吗?"

西蒙大笑起来,这笑声似乎能持续一个小时之久。这时外面有人敲门。两个人站起身来,西蒙走向大门,想知道这个不速之客到底是谁。门外的人是隔壁的女教师,她是哭着跑来这里的。她的丈夫——一个粗暴专横、冷酷无情的男人今晚又对她施暴了。姐弟二人尝试去安慰她,她的心情不久之后便也雨过天晴了。

天气渐暖,大地回春。一层厚重而茂密的草坪铺满了整片大地,田野与农田之中冒出水汽,树林以其美丽、新鲜而饱满的绿色呈现出一片迷人之状。自然毫无保留地呈现在人们眼前，它延伸、拓展、弯曲、反抗，姿态万千；它发出嗖嗖、嗡嗡与沙沙的声响，不绝于耳；它散发着芳香，如同一场美丽多彩的梦境静谧地铺躺在那里。乡村也因此变得厚重、紧凑而饱和，再也无法一眼望穿。它因为过度饱和而不得不摊开四肢。乡村为绿色、深棕色、黑色、白色及黄色的斑点所点缀，仿佛一朵即将绽放的花朵，吐露着火热的气息。它如同遮着面纱的慵懒少女静卧在那里，摆弄着四肢，吐露着芬芳。花园散发的香味沿着道路飘进田野，男男女女正在那里劳作；果树发出的声响如同一支清脆的歌曲，而附近弯成圆拱形的树林则献上了一首由年轻男子合奏的唱曲，浅色的小径勉强地穿过这片绿林。站在林中空地可以望见梦幻而懒散的白色天空，天空仿佛俯下身来观望鸟儿并倾听它们鸣唱；那是一群人们从未见过、但是真正属于大自然的小鸟。回忆涌上心头，人们不愿对它进行分析、思考。这种力不从心的原因大致是因为回忆总是给人带来甜蜜的痛苦，而人却懒得去细细品味这种痛苦，只喜欢这么闲逛，时而驻足，时而环顾四周，时而眺望远方，时而前后左右打量一番，然后望向大地，感觉自己与这四处绽放的无力之感紧密相关。稠密树林之中的嗡嗡之声与林中空地的有所区别，其区别在于前者需要对一切幻想重新表态。人们总是以此斗争、反抗、稍作拒绝、思考或者摇摆不定。因为摇摆不定意味着一切，意味着挣扎以及自认为脆弱的表现。但是它很甜美，仅是甜美，还有一点苦涩，然后才会变得有些吝啬、虚情假意、诡计多端、毫无特征，然后愚蠢至极；到最后甚至很难察觉它有哪怕一丝的美丽，人们甚至不再有评判它的机会，就这样坐着、走着、闲逛着、奔跑着、踌躇着，随波逐流，人们成为了春天的一部分。难道这嗡嗡之声不会陶醉在自己的嗡嗡、咕咕和叽叽喳喳之中吗？有没有赋予野草观察自己优美摆动的机会呢？有没有山毛榉爱上自己的外貌呢？人们不会因此变得疲惫迟钝，却会放任自己不顾，就这样走着，就这样来回跟跑。整个大自然看起来就像一位姗姗来迟的姑娘，那样犹豫不决！那样提心吊胆！芳香四溢，整片大地都在翘首以待。缤纷的色彩便是这种快乐的表达。在茂密的灌木林中可以找寻到春困的足迹及盎然的春意。那是一种无所欲求的状态，一种独一无二的微笑。碧绿的群山低语一般的吟唱如同从遥远之处传来的号角，人们顿时觉得眼前的风景有些英式，如同一座花叶繁盛的英式花园，这种熟悉之感是由眼前这一盛状以及声音的起承转合所引起的。人们觉得眼下这个时节可能到处都如眼前此景一般，这一片地区把其他所有的地区都召唤进了人的内心。这种感觉十分奇怪，却不断地产生反应、发酵，甚至携来更多的感情。这是一种类似少年般的携来、孩童般的奉献，一种臣服或一种聆听。人们即便可以想其所想、言其所言，也可以始终保持那沉默不语与缺乏思考的状态。这种状态既轻松又沉重，既欢乐又痛苦，既诗意又自然。普通人理解诗人，哦不，他们并不理解，因为这样行走的人太过懒散，以致他们根本无法去思考是否理解诗人这件事情。人无需理解诸如此类的事情，它们可能永远都无法为世人所理解，或者突然就变得通俗易懂，只因其消解于对声音的聆听之中，或者一次眺望远方，或者只是想起应该到了回家的时候，或者想起应该去履行某一个微不足道的义务的时候。因为在春天也要履行义务。

这些日子的夜色蔚为壮观。月亮迷恋上了茂盛的灌木丛、树丛的那一抹白色以及为它自己所照亮的道路那狭长的百转与千回。月亮倒映在水井以及流动的河水之中。它将立着墓碑的静穆之地摇身变成白雾霭霭的仙境，以致夜访者一时间忘却了长眠于斯的逝者。它努力地挤进那些簇拥在一起、如同发丝一般下垂的树枝之间，只为照亮碑上的墓志铭。西蒙绕着墓地转了几圈之后，便继续走到一片地势相对较高且平坦的田野之上。他穿过被月光照亮的低矮灌木丛，来到灌木丛中一块向下凹陷的草坪，坐在一块石头上陷入了沉思——沉思起这种为观察和思考所充斥的生活究竟要持续到何时。这一切很快就会结束了，因为他已然穷途末路。他是一个男人，他应当严格要求自己去履行义务。他清楚他必须有所行动。回到家的时候，他用合适的措辞把自己的想法告诉了姐姐。可姐姐说他现在不应该有这种想法，至少现在不应该。他答应姐姐不再继续思考此事。不过继续留在姐姐这里确实具有十足的诱惑力。但是，他究竟想要做些什么呢，这种想法要将他驱向何处呢？他几乎没有什么出行的路费，他要去的那个地方究竟有什么在等着他呢？不会的，他愿意在这里继续逗留一小段不确定的时间。倘若他当真离开了，他或许也会十分怀念过往，可他究竟又会怀念些什么呢？不，回忆一定会让他清除干净，因为回忆并不适合他。但人不是经常做一些不太合适的事情吗？顺便说一句，他留了下来，他也没有继续沉溺于那些困扰他的念头之中。

就像这样，日复一日。时间悄无声息地到来，随即远去，无人知晓。即便时间离开之前会久久驻足踟蹰，它依然会以这种悄无声息的方式逝去。西蒙和海德薇二人的关系也变得更加活泼了一些。他们坐在台灯旁，靠聊天来打发漫长的夜晚，甚至从未觉得疲惫。他们吃饭的时候谈论食物，用精挑细选的词句称赞食物的简单与美味；工作的时候便谈论工作，用言语同工作作伴；散步的时候则谈论散步带来的快乐与享受。他们早已忘记他们只是姐弟关系，他们觉得将她们联系在一起并非血缘，而是命运，他们彼此的相处方式如同两名关押在一起的囚犯，他们正努力地忘却友谊之外的生活。他们虚度了很多时光，但是他们愿意这样虚度时光，因为他们都觉得严肃藏身于虚度时光的身后，因为只要他们愿意，他们的言行举止也是可以严肃的。海德薇觉得弟弟越来越懂自己，因为她从来不隐瞒感情给自己带来的慰藉。西蒙认为和姐姐生活在一起不仅是个明智之举，而且符合自己的现状，更重要的是十分有趣，这一点让姐姐十分高兴。为了表达对他的感激，姐姐比以前更加把他放在心上。双方都觉得对方十分重要，于是心里充满与对方共度一段人生的信心。他们谈天说地，也时常陷入回忆。他们约定把一切可以想到的发生在他们那个已经消逝的孩童时代里面的事情悉数说出。你竟然还记得！他们之间的对话经常是这样开始的。于是，他们沉浸在过去美好的画面之中，无论回想起来的是何事，他们总是努力借此去教化自己的情感与理智，磨砺自己的乐观，并在悲伤之中保持开朗。过去本身就会让现在再次清晰与敏感起来，这个被感知到的现在从而变得更加丰富生动——仿佛它被一面镜子反射出两三个镜像，指向未来的道路也变得更加顺畅与清晰。那是他们时常勾画出来的未来的模样，以便能以某种简单的方式沉醉其中。想象之中的未来总是美好的，而他们的想法也是明朗而纯粹的。

第十章

海德薇论教师工作。海德薇的求职信。夜间畅言。
最后的时光。西蒙离别。

某天晚上，海德薇说道："一堵轻巧但不透明的墙将会把我与生活隔绝开来，我几乎已经有这种感觉了。但是，我不能因此而陷入悲伤，我能做的只有反思。或许其他的姑娘也有同样的遭遇，但是这我不太清楚。当我想到应当为谋生学习一技之长的时候，或许我就已经错过了我的终身职业。我们姑娘家学习东西总是半途而废，学习根本就不是我们的事情。现在想起我竟然能够成为一名教师实在奇怪。我为什么没有成为一名模特，或者其他什么呢？我实在难以想明白究竟是何种情感促使我选择教师这样的职业。当时涌上心头的难道是什么无比美妙或者充满希望的情绪吗？难道当初的我坚信我要成为一个乐善好施的好人吗？难道我坚信我一定要感受到成为这样的人的义务和使命吗？没有经验的人总是相信太多的事情，而积累的经验又让人相信其他的事物。多么奇怪啊。理解生活本身就已具备某种对抗自身的严厉，正如我所领会的生活那样。西蒙，我必须告诉你：我把生活看得过于严肃与神圣，我甚至没有想过我是一个姑娘，我竟然做着只有男人才应该去做的事情。没有人告诉我，我是一个姑娘。也从来没有人用诸如此类的话语来取悦我。哪怕别人有必要说一句简单的话来取悦我，我听到之后也会第一时间就感到恼火。我会听从来自我内心深处的声音。但是，我只能听见那些内容空洞的轻声细语：'去做吧，去做吧。对你找工作有好处。会给你带来荣誉的。'诸如此类。做一个不幸、内心贫乏却充满渴望的姑娘本身就是一份特殊的荣誉，就像我凭借这份工作所获得的荣誉一样。对于一个有着厚实肩膀、有着不断上进的意志力的男人而言，工作只是生活的重担，而对于我这样的姑娘来说，它是负担。工作让我快乐吗？完全没有，我请求你不要因为我对你的坦白而感到震惊，因为你是一个让别人渴望向你坦白一切的对象。我知道你懂我的意思。别人可能会一样理解我的意思，但是出于这样或那样的原因显得不情愿罢了。你很情愿对吗？因为你没有理由对如此纯粹而毫无保留的坦白感到震惊。你的内心正和我——你的姐姐一起体验着我的全部生活。成为我弟弟你绰绰有余。很可惜你在我的生命之中不能扮演更多的角色。啊，但是你愿意，是不是？我看见你点头了。让我接着往下说吧。有你这样的听众，我很愿意说。那么你就接着往下听吧，我决定过一段时间就放弃我的教学事业，因为我已经没有力气忍受这样的生活了。继续引领孩子走向这个世界，给他们上课，打开他们的心灵去迎接美好的品质，监督并且教化他们，我相信这会是一个美好的人生。这是一份十分美好的工作，可老实说，这对我这样的弱者来说有些困难；我早已无法胜任这份工作了。我本认为我可以胜任，可是我看到了它的对立面：我看见自己在这份本来是享受、实际上却是压力的工作之中坠毁，我觉得这是一份过分并且不太公正的工作。压迫人的东西自然会被视作不公。难道我应该遭受这种业已感受到的不公吗？难道在我的感受之中没有衡量我所遭受的不公的标准吗？面对这种以它自己的方式表现出的无辜甚至可爱的不公，我能做些什么呢？孩子？就是孩子！我再也无法忍受他们了。最初的时候，所有孩子的面孔，他们微小的动作、期待的神情，甚至他们犯下的错误都会令我欣喜不已。我还快乐地沉浸在把自己奉献给这群年轻、害羞以及无助的人的想法之中。但是，仅凭这个想法就可以对生活瞒天过海、活过一生吗？某一天，人们对这种想法和牺牲无动于衷，再也无法心怀真挚的热忱去思考这种本该取代一切的想法，反而认为有必要在心灵深处为这种替换辩护正名，到了那个时候才是真的悲哀。总的来说，察觉到一种替换就是悲哀。于是人们开始去思考、区别、评估，心怀悲伤和愤怒去比较；他们开始变得不幸、优柔寡断与不忠；他们只会在一天结束之际才会感到开心，因为那时可以躲在安静的角落里哭泣。同'一朝被蛇咬，十年怕井绳'的道理一样，哪怕只有一丝不忠，人们便不再与以完美天赋为基础的生活思想有任何瓜葛，并且告诫自己：我只履行我的职责，其他的事情我一概不想！在我的心底，孩子依旧可爱，他们一直都那么可爱。谁会觉得孩子不可爱呢？我上课的时候总是想着其他的东西——比他们的心灵更加遥远、更加广阔的东西，而这也正是我对他们的背叛，是我再也不想直视的事情。一名女教师一定是心怀全部的爱意在琐事之中走向毁灭的，否则她也不愿实施暴力，而没有暴力她就一文不值。这或许说得有一些夸张，我也相信所有或者说大多数人都会觉得这样的言论过于夸张。这样的言论虽然并不符合我对生活的理解，但是让我换一种表述方式也不太可能。我从没有学过如何假装满足、满意或者幸福，至少我感受不到，如果别人认为我会学习假装，那一定是他们弄错了。在欺骗和伪装这一方面，我实在是差劲；即便我绞尽脑汁，我也找不到可以替说谎辩护的理由。现在和你这样说话，我完全是充分利用了某个我渴望许久的瞬间，以便我能卸下我所有的脆弱。在经历几个月折磨般的克制之后能够承认自己的弱点实在是大快人心，因为这种克制需要一种我无能为力的力量。很长一段时间我都无法承担这项让我感到不适的义务，我现在正在找一份可以接受我的傲气与弱点的工作。我是否能够顺利找到呢？我真的不知道，但是我知道在我找到并且相信幸福和义务可以合为一体之前，我必须永不停歇地寻找。我想成为一名家教，我已经向一位富有的意大利女士以信件的方式汇报了我可以效力的具体细节，或许那是一封过于冗长的信，信里写道，我有能力而且十分渴望给她的两个孩子——一个男孩和一个女孩上课。我在信里说道——我也不记得全部的内容了，我说，我喜欢把学堂当成幼儿园，喜欢并且关心孩子，我还会弹钢琴，也会修一些漂亮的玩意儿。我还说，为了能够有所效力，我也是一个需要去严格对待的女孩。我在信件之中十分骄傲地①表达了自我，并告诉那位女士我懂得如何去爱、如何服从，但是我却不懂如何阿谀奉承；即便我懂，我也一定只会听从自己的命令。我还告诉她，我想象之中的未来女主人应当一身傲气与严厉，而不是温顺或随和，如果真是后者，我一定会感到难过和失望；因为如果她真如我认为的那样，那么心怀不轨的人便能放肆而轻易地欺骗到她，而我并不怀有接近她以便能够倚在她身边的目

---

① 原文为 solz，可能是作者拼写错误。

的，我只希望能为我的心灵和双手谋得一份工作。我现在已经向她坦白，我知道我会用真心去爱护她的两个孩子；为了严格、倾尽所有地教育她这两个孩子，我也不缺少必要的对孩子的关照。我期待我被允许从这个意义上为这位女士效力，我对效力有着严格而轻松的见解，我也决不会轻易动摇并改变这种见解。对于那种平平无奇、阿谀谄媚式的工作我完全束手无策，对那种以粗鲁而羞耻的方式拔得头筹的做法我也丝毫没有天赋可言。我愿意放弃一种温和的方式，而选择一种冷漠而严格的方式，只要它不让人反感就好。我十分理解我的立场并且懂得随时用她的立场衡量事物。我并不要求公正，但是我要求有禁止她待我不公的那份自尊。如果她——哪怕每年一次向我发出善意的满意信号，我也会内心狂喜，因为比起那份对我意味着羞辱与无情的信任而言，我更加懂得珍惜这份象征满意的信号。我希望找到可以让我仰视的女士，以便可以学会如何在大小事务之中表现自己。我也希望她不必害怕我的内心深处住着一个为她服务的爱八卦的女人，因为她以泄露她的秘密为乐。我告诉她，我无法用言语表达出我是多么愿意去欣赏她、服从她，我想向她展示我懂得用何种方式避免让她感觉到压力。我同时说出了我的担忧和期望：虽然我现在对她的国家的语言一字不识，但是过一段时间我就会去学习，只要有人指点我该怎么去做就好。否则我真不知道究竟凭什么我被准许踏进她家的大门。我在信的结尾这样写道，或许是害羞拖住了我的脚步，不过这也正是我想克服的一点；笨拙与迟钝向来都不是我的天性……"

"你已经把信寄出去了吗？"西蒙问道。

"寄出去了，"海德薇继续说道，"有什么能阻止我这样做呢？或许过不了多久我就要离开这里了，可我心事重重；因为我经历了太多的离开，或许这次离开依旧会落得一场空，这一场场空总是让我忘记那些被我遗弃或置之不顾的东西。即便如此，我还是下定决心离开了，因为我再也不想孤身一人、执迷不悟了。哦对了，你也快要离开了，那我还有什么必要留在这里呢？你把我当作一块碎片留在这里，或者说一件破损的物品，或者说得更重一些：这整个地区，这整座村庄，这里的一切都是一块碎片，一件为人遗弃的、不被重视而被抛置一旁的物品，然后还要我留在这里？不要，我已经完全习惯借你的双眼去凝视我们现在的生活，并且发现其中的美好，就像你许久以来都认为的那般美好；你觉得这样的生活很美好，我也觉得。但是你走之后，这里的生活对我而言不再美好，不再宽广，我会鄙视它，因为它会变得狭小而沉闷。生活也会因为我冷漠的轻视而变得狭小沉闷。我无法生活，只能鄙视生活。我必须替自己找到一个全新的生活，哪怕这种生活的全部可能只是对生活唯一的一次寻找。何为'为人尊重'，又何为'感到幸福''满足内心骄傲'。就连不幸都比为人尊敬要好。即便我享受着他人的尊敬，我依然不幸，因为在我眼里只有幸福才值得尊敬。因此，无论是否可能，我都会努力变得幸福，不去要求他人的尊敬。对我而言，或许存在这样一种方式的幸福，以及一种人们只会向其致以爱意或渴望而非才智的尊敬。我不想因此变得不幸福，因为我缺乏勇气向自己坦白人可能因为追求幸福而变得不幸。这样的不幸值得尊敬，另外一种则不然，因为缺乏勇气并不值得尊敬。我怎么能够继续眼睁睁地诅咒自己过上这样的生活呢？这种生活只会带来尊重——来自他人的尊重，而他人总是以最适合自己的方式去期待别人。生活为什么非要如此呢？生活给人带来的一切到最后都会变得一文不值，人为什么偏要拥有这样的体会呢？担惊受怕、小心谨慎、左顾右盼，到最后发现只是被愚弄了一场。心甘情愿地去等待实在不太明智，如果我们不去追求它，不替自己争取，它绝不会亲自送上门。显然一个人之所以如此恐惧，全然在于那些担惊受怕之人的关心则乱。我现在几乎痛恨他们，但凡说点勇敢的事情，他们总是摇摇脑袋。要是他们听到别人做了一些要求勇气的事情，他们会作何反应呢？在一个自由完成行为所拥有的心灵力量面前，众多的忠告之人将会黯然失色！他们会如何利用他们甜美的爱意奴役那些无法鼓起勇气或者无法将其自身交付于他们的人！人们会带着无尽的遗憾看着我离开这里，不过他们也不想知道我为何离开一个如此舒适并且充满机遇的地方；我也会带着某种感觉离开这座乡村，而这种感觉一直试图说服我留在这里。我希望自己成为一名农妇，嫁给某个淳朴善良的男人，拥有一座房子，房子附带一块土地和一片花园，最好还有一抹天空；我会种植庄稼和花草，除了尊重之外不要求过多的爱意，并会沉浸在亲眼看着孩子长大的快乐中，我会将此视为我失去的一份更加沉重之爱的补偿。天空抚摸着大地，日子日复一日地滚动时间的轴轮；焦虑终会让我变成一个年迈的女人，阳光明媚的周日我会站在门下不解地看着来往的行人。那时的我再也不会去追求幸福，我也不会忘却那些更加炙热的情感，我会服从我的丈夫以及他的信使，还有一切以义务的名义浮现在我面前的事物。我的美梦会如同夜晚一样与白昼入睡，它们再也不会要求什么。我会变得满足豁达，满足是因为我对其他事情一概不知，豁达是因为我喜欢在丈夫面前不快地皱起挂满忧愁的额头。我的丈夫或许掌握策略，第一次的时候或许还有很多更加紧急的事情催促着他，所以他选择体谅我,并在我下一次发作的时候温柔地教训我,而我则对发生在我身上的这一切心怀感激;后来,事情便会不了了之,某一天我会惊奇地发现我内心深处再也无法容忍有着强烈的妄想式性情的女人,我原来就是这种性格啊,因为我觉得这样的女人伤人害己。总的来说:我会成为像别人一样的人,我也会像别人那样去理解生活。不过这一切终归也只是一场梦而已。除了你,我不会对其他任何人说这些话。在你面前,幻想之人不会显得可笑,你也不会瞧不起任何幻想之人,因为你根本不会瞧不起任何一个人。我平日里也不是一个如此异想天开的姑娘啊。我怎么可能呢?我现在说得有点太多了,我但凡一开口,就很难打住。人们喜欢向别人倾诉自己所有的情感,可一次都做不到,因为人说着说着就激动起来了。走吧,我们上床睡觉去吧。"

她温柔地道了一声晚安。

"不过我很高兴我现在还在这里,"次日清晨海德薇说道,"人为何要如此强烈地渴望离开某个地方呢?然而问题的关键并不在于离开这里!我差一点儿就笑出声来,并为昨天那个滔滔不绝的我感到些许的羞耻。但我还是很开心,因为人必须倾诉一回自己。西蒙,昨天你是那么耐心地倾听着我的诉说!甚至可以说是虔诚般的专注!我也因此感到高兴。人在晚上的时候跟在早上的时候并不一样,不对,是完全不一样,表达和情感也截然不同。我听说安静地睡上一晚完全可以改变一个人。我也相信这种说法。昨天说话的场景在今天这个明媚的早上看来仿佛就像是一场不安、夸张而悲伤的梦境。不然还能是什么呢?一定要把这些东西看得那么重要吗?最好不要去想!昨天我一定是累坏了,就和我平日晚上那么疲惫一样,但是我现在觉得十分轻松、健康而且清醒,仿佛重生一般。我现在有一种飘飘然的感觉,好像有人把我抬起,又好像有什么抬着我,就像坐在被人抬着的轿子里一样。虽然我还躺在床上,但是麻烦你把窗户打开。就像你现在把窗户敞开那般,躺在床上实在是舒服极了。现在这些完全围绕在我身边的欢乐我究竟是从哪里获得的?我感觉外面那片美丽的地方正在舞蹈,空气向我扑面而来。今天是星期天吗?如果不是的话,那么这也是专门为星期天而存在的一天。你看见天竺葵了吗?它们如此娇艳地在窗前绽放。我昨天到底想要什么呢?幸福?难道我现在还没拥有幸福吗?难道应该在未知的远方那根本没有时间去思考幸福的人群之中去寻找幸福吗?没有时间去思考很多事情是一件美好的事情,实在是美好,因为人一旦有时间,便会毁于狂妄自负。我现在的头脑清醒极了。脑子里没有任何悲伤或沉默的想法，就像它的主人——也就是我一样。西蒙，你可以把早餐送到我的床边吗？你的服务会让我感到开心，仿佛我是上流社会的人一样，而你就像是个能够轻易理解我眼神的黑人小子。你肯定会把早餐送到我床边的。你为什么要拒绝向我表示你的体贴呢？你在我这里待了多久了？等等，你来的时候还是冬天，那时候还下着雪，我记得太清楚了，自那以后，已经过去了很多晴朗和多雨的日子。过不了多久你就要离开了，但是，能把你在我身边多留一些日子的那种快乐，绝不允许你偷走。三天之后我会对你说：'再留三天吧。'你或许同样不会拒绝我，就像现在你没有拒绝把早餐拿给我一样。你是个出奇地没有抵抗力并且毫无顾忌的人。无论别人怎么要求你，你都一概照做。你追求别人追求的所有东西。我觉得在你反感别人之前，别人会对你提出很多无理的要求。人们无法克制对你产生某种轻视的感觉。西蒙，我有那么一点点瞧不起你。但是我知道，哪怕别人对你这么说，你也根本不在乎。顺便说一句，你要是问我的话，我觉得你完全有能力干出一桩英雄事迹。听着，我完完全全想着你的好。别人愿意为你做任何事情。你的行为将其他人的行为从某种束缚之中解救出来。之前我扇过你耳光，我只是在你犯错的时候代替母亲的角色惩罚过你，现在我请求你给我一个亲吻，或者，最好让我去亲吻你。吻在你的额头上，谨慎小心地亲吻！就像这样！比起昨天晚上，今天白天的我就像一个圣人。我感受到了接下来的时光，就让生活的一切都放马过来吧。你别笑！不过你要是真笑，我也会感到开心的，因为这是这个蓝色的清晨最合适不过的声音了。现在我请求你离开我的房间，给我一点时间穿衣服。"

西蒙把她独自留在了房间。

这一天海德薇还对西蒙说道："我早就习惯把你当成某一个不如我的存在来对待。或许其他人也是这样看待你的。你总是不会给人留下聪明的印象，反而留下一种充满爱意的印象。你是知道别人大概如何评价这种感觉的。我不相信你会凭借你的行为或者奋斗在人群之中脱颖而出并取得成功，但是你自己也绝对不会因此而感到苦恼，以我对你的了解，这根本不是你的作风。只有认识你的人才会把你深沉的情感与冷静的想法视为一种能力，而其他人并不会。这正是你至今为止在生活中一事无成的重点和原因：人们在相信你之前，一定先要认识你，而这个过程需要时间。成功所留下的第一印象在你这里总是行不通的，但你也根本不会因此打破内心的平静。不会有很多的人爱你，但是他们之中一定会有一些人期望你有所成就。那些喜欢你的人是一群单纯善良的人，因为你的愚蠢过于夸张。你身上有一种令人厌烦的东西，某种不够理智的气质，我该怎么去描述呢？那是一种无所畏惧的幼稚。这一点会伤害到很多人，别人也会因此觉得你很无礼，你将拥有粗鲁的敌人，而他们早就对你了如指掌，光这就足够让你应付到汗流浃背了；但是你也绝对不会感到害怕。你会觉得其他人不够温柔，别人会觉得你不知廉耻；你们肯定会发生口角，你要当心啊！在更加宽广的社交圈子之中通过出色的讲演来表现自己并使自己受到欢迎是十分重要的，即便有很多人正在互相夸夸其谈，你也总是沉默不语，因为根本就没有什么可以吸引你去张开嘴巴说话。你也会因此被人忽视：你会变得扭扭捏捏、行为举止不够得体。相反，某些已经认识你的人会觉得这是一个优势，因为可以和你单独进行交心的谈话；因为你懂得如何去倾听，谈话之中的倾听或许比谈话本身更加重要。人们喜欢跟你这样沉默寡言的人吐露秘密和心事；大多数情况下，你会在这种不引人注意的沉默与诉说之中证实自己大师的身份，我的意思是以一种不自知的方式，而并非你刻意煞费苦心的设计。你说话有一些迟钝，你有一张笨拙的嘴巴，它总是在你开始说话之前就张开了，并且就那么一直张着，好像你在等待词语从外面某个方向飞进你的嘴里。对于大多数人而言，你是一个不够有趣的存在：对于姑娘而言，你有些平淡无奇；对于女人而言，你无关紧要；而对于男人而言，你完全不值得信任，也不够果敢。如果有可能的话，那就稍微改变一下你自己吧！多加注意自己的形象，更加自信一点儿；因为过不了多久，你一定会把完全的不自信视为一种过错。西蒙，比如现在你看一眼你的裤子：裤腿破了！我当然知道，这只是一条裤子，但是裤子应该跟心灵一样完整无损，因为这证明穿着破损不堪的裤子是一种疏忽，而这种疏忽正是来自心灵。也就是说，你的心灵也一定破损不堪。我想要跟你说的是，你不会觉得我在和你说笑吧？他竟然笑了。你不觉得我比你更加有经验吗？哦，不！你更加有经验，但我说还有很多事情等着你去体验，这不就再一次证明了所谓的经验吗？不是吗？"

她思考了一会儿，继续说道：

"如果你要离开我——这事迟早会发生，你最好不要写信给我。我并不想这样。你不必说你有义务向我汇报你在远方的活动之类的话。你就像以前那样忽视我就好了。通信对我们两个人又有何益呢？我会继续留在这里生活，把这里的生活当成一种享受，我也会时常想起你在我这里逗留过的三个月。这个地方会让我重新振作精神，它会向我呈现你的模样。我会找回所有我们认为美好的地方，而我也觉得它们会变得更加美好，因为一个错误或者一种损失会让事物变得更加美好。我和这个地方都会失去某个东西，但是这个空缺以及这个错误本身都会给我的生活留下更加亲密的感觉。我不会把某种缺失视为一种压力。我也根本想不到这一点！相反，这种缺失之中蕴藏着某种令人满意、使人轻松的东西。因为空缺会等待新的事物并为之重新填满。早上快要起床的时候我便会相信自己可以感受到你的步伐、你的脑袋，还有你的声音，也会因为这种幻觉露出微笑。你可知道，我喜欢这种幻觉，我知道你也一定会喜欢。实在奇怪，这些日子我究竟说了多少话啊。这些日子！我的意思是，这些日子一定能让我感受到它们的宝贵，考虑到我的缘故，它们应当缓慢地、可以逆转地、慢悠悠地、不肯稍纵即逝般地无声无息出现。它们也确实如此。我感受到了它们如亲吻般的靠近以及如握手般神秘的远离，仿佛一只充满爱意的熟悉的手正在挥手作别。以及这些夜晚！你在我这里究竟度过了多少个熟睡的夜晚啊，因为你能够在位于对面小房间的那张稻草床上安稳地睡觉，然而那张床很快就要失去主人而因此彻夜不眠了。往后的那些夜晚只会害羞地向我靠近，就像自知有罪的孩子低垂着双眼走向母亲或者父亲那样。西蒙，你走后的那些夜晚也会变得没有那么安静，我想告诉你其中原因：夜里的时候，你总是那么安静，你靠睡眠让这份安静肆意增长。这些夜里，我们两人一直安静少言；现在我必须一个人去面对，这其中或许有一些强迫的意味，不过不会像之前那样安静了；因为我会经常一个人坐在床上，在黑暗中仔细去聆听一些什么。那个时候，我会感觉安静之感少即为多。或许我会落泪，但并非全然都是你的原因，我也请求你不要因此而胡思乱想。你们快看，他就要入戏了。不会的，西蒙，不会有人为你而哭泣的。你的离开只意味着离开。并无其他。你难道相信有人会为你而哭泣吗？你想都别想。这种事情绝对不会在你身上发生。人们感觉到你将要离开，也察觉到了你的离开，可是然后呢？产生向往或者诸如此类的感觉吗？不会有人对你这种性格的人产生任何向往的。你不会引起任何人的向往。没有任何一颗心灵会随你而颤抖。任何想你的念头？我，曾经如此！① 没错，人们只会偶尔在倏忽之间想起你，就像一根细针从手中掉落那样。哪怕等你步入期颐之年，你所应得也不过如此。你也没有任何留下回忆的天赋。你什么都无法留下。我实在想不出你能留下什么，因为你本身就一无所有。你没有理由如此无礼地大笑，我在认真说事呢。现在就从我眼前消

---

① 原文为英文"I, was!"。

失！滚吧！"

接下来的几天天气一直不好，总是下雨，于是这便成了西蒙继续留在这里的理由。西蒙完全无法顶着这样的天气开始自己的旅程。他本来可以，不过话又说回来，难道非要在这样糟糕的天气里上路吗？所以他干脆继续待下去了。他心想再待个一到两天，不会更久。他几乎整日都坐在偌大的空旷卧室里读小说，他希望在他离开之前可以读完这本小说。有时，他手里攥着小说在成排的长椅之间来回走动，因为小说的内容完全吸引了他，以致他的思绪完全无法从中摆脱出来。他没有办法继续往下读了，因为他陷入了沉思。他想：天下多久的雨我就继续读多久吧；如果天气转好，我就要"继续"，但并不是继续读书，而是继续上路，真的。

最后一天，海德薇对他说道：

"现在你决定要走了，这件事情总算是尘埃落定了。祝好。来我身边吧，把手给我。可能不久之后，我会对一个根本不值得我去拥有的男人投怀送抱。我会拿我的生命做赌注。我会享受无尽的重视。人们会说，这是一个精明能干的女人。我本来就不曾希望再一次听到关于你的消息。尝试去做一个勇敢的男人吧。参与公共事务，扬名立万,一切能够从别人的口中听到的关于你的消息都将让我万分欣喜。或者就像你可以或者你所理解的那样去生活,置身黑暗之中,在黑暗里与那些即将到来的无尽岁月作斗争。我从来都不希望看见你的懦弱。我还能说一些什么来祝你旅途顺风呢?你不感谢我吗?是的,就是你啊!你难道不打算感谢我同意你在此停留吗?算了吧,就这样吧,因为这根本就不是你的作风。你根本就不懂得鞠躬,也不善言辞,不知如何表达感谢。你的行为就是你的致谢。我和你一起追逐、驱赶时间,以致时间在我们面前变得炙热。你真的没有其他可以装进这个小行李箱里的东西吗?你是真的穷啊。行李箱便是你在这个世上唯一可以居住的场所了。这虽然迷人,却又有一丝悲情。走吧。我会站在窗口目送你走。等你走到小山坡顶的时候,就转过身来,再看我一眼。我们究竟还有什么可以互相交换的柔情呢?你这个弟弟和我这个姐姐?如果做姐姐的再也见不到她弟弟了,那她还能说些什么呢?我十分冷漠地让你离去,因为我认识你,我也知道你痛恨分别之际的温情。这种温情在我们之间什么也不是。那和我说一声再见,然后就走吧。"

第十一章

重返大城市。陌生女士。仆人工作：
　　日常家务；照顾小主人；采购。

大约下午二时许,西蒙乘坐火车再次回到他离开了大概三个月的大城市。火车站里挤满了人,乌泱泱一片,充斥着一股在乡间小站难以嗅到的味道。西蒙下车的时候,浑身颤抖,因为他饥肠辘辘、身体僵硬、无精打采、灰心丧气。他无法摆脱某种压抑,即便他已经告诫过自己他感受到的只是一种愚蠢的压抑。同大多数旅客一样,他在窗口寄存完行李后便消失在了人群之中。行动自由的他立刻觉得舒服起来,同时也注意到自己的身体在乡下逗留期间完全处于良好的健康状况。他在一间奇怪的平民餐厅吃了点东西。他现在又吃了一些,但已没有太大胃口;因为这里的食物又少又差,对于一个贫穷的城里人来说,这或许相当不错了,但对于一个娇生惯养的乡下人来说并非如此。大家仔细地观察着他,好像知道他是从乡下来的。西蒙心想:"这些人一定会觉得我已经习惯吃些美味佳肴了,因为我对待这份食物的态度就证明了这一点。"实际上,他也确实剩了一半食物就买单了;他忍不住轻描淡写地向女服务生说出了他的不满。她只是轻蔑地看了一眼这个爱在鸡蛋里挑骨头的人，不过那是一种带着些许友善的轻蔑，好像她觉得根本没有必要为此而生气，因为这话是从他这样一个人口中说出来的，而不是什么其他的人。如果是其他人的话，她一定会生气，但绝不会因为这样一个人而生气！——西蒙离开了餐厅。他并没有因为劣质的食物和女服务生侮辱性的神情而感到难过，反而觉得心情愉悦。天空透着淡蓝。西蒙望着天空，是的，他在这里还拥有一片天空。从这层关系上来看，青睐乡村而对城市持有偏见是个十分愚蠢的想法。他打算从现在起不再回想乡村，而要去适应这个新的世界。他看见行人向他迎面走来，速度比他快得多；因为他已经习惯了乡间的那种悠闲与缓慢，似乎害怕快速地往前挪动自己的步子。他允许自己今天保持这种乡巴佬式的走路方式，而从明天起应当换一种走路方式。但是，他是心怀爱意去观察人群的，完全没有丝毫的怯意。他观察他们的眼睛，通过观察双腿探寻运动的规律，也通过观察帽子研究时尚的发展趋势；他还发现比起他忙于研究的那些不大好看的衣物，他自己的衣服还是称得上好看的。这些人走路可真着急啊。他确实有兴趣随便拦下一个人，然后跟他搭上几句话：走这么快是要去哪儿？但是他没有勇气做出如此荒唐的行为。他虽感觉良好，但还是有些紧张，不够自在。一股轻微的、丝毫不加掩饰的悲伤攫住了他，不过他很快便和那轻盈美好中带着些许浑浊的天空达成了和解。它也和这座城市达成了和解，即便在这里露出一副过度快乐的样子显得不太合适。西蒙承认，他在城里游荡绝对不是在找寻什么，但是他也认为，其他人为了避免扮演初来乍到的无业游民而做出的那副若有所寻或是匆忙向前的表情也无可厚非。他不喜欢引人注意，他发现没有人因为他的言行注意到他，他反而觉得自在。他总结出如下结论：他觉得自己还有能力在城市生活，而且比以前更加自信，他的一举一动仿佛携带着某种微小而优雅的目标，他平静追逐的这个目标仿佛只会激发他的兴趣，不会引起他的焦虑，也不会弄脏他的鞋子，更不会耗费他哪怕双手的掸灰之力。正如此刻，他行走在一条美丽繁华的大街上，大街两侧种满了茂密的树木，因为街道十分宽敞，所以目之所及的天空也就显得更加宽阔。它果真是一条梦幻般的阳光大道，它满足了一个人对最舒适生活的所有幻想，它也允许每一个幻想的存在。西蒙本来打算用一种做作而呆板的姿态走完这条大街，而现在他已把这个计划忘得一干二净了。他就这样漫无目的地行走或者由人群推着向前走，时而低头盯着大地，时而抬起双眼，时而又望向街道两侧众多的橱窗。最终，他驻足在某个橱窗之前，却没有刻意去观察什么。他觉得能用双耳倾听自己身后美好热闹大街发出的嘈杂之声十分舒服。他用感官区分每个行人的步伐，而这些行人一定会认为，他站在这里是为了能把摆在橱窗里的商品尽收眼底。他突然听见有人和他搭话。他转过身子，看见一位女士；她把手中的包裹递给他，并请求帮她拿回家。她算不上一位特别漂亮的女士，但是眼下的西蒙根本没有时间去思考她是否漂亮，因为内心一股声音正呼唤着他欣然答应她的请求。他接过这个并不是很沉的包裹，跟在女士的身后。这位女士踩着小碎步横穿过马路，一次也没有转过身子来看一眼身后的这位年轻人。他们到达一座看起来十分富丽堂皇的豪宅门前，女士命令他一起上楼，他照做了。他找不到任何不去听从命令的理由。和这位女士一起去她家是件自然而然的事情，听从这位女士的命令也完全符合他眼下的处境，因为他现在无事可做。走在台阶上的他在想，要是他没有跟来，或许现在还站在橱窗前面发呆呢。走到上面后，女士邀请他进屋。她往前走了几步，好让他能跟上，她打开一个房间的大门让他走进去。对于西蒙而言，这是一个豪华的房间。这时，女士走了进来，坐在其中的一把椅子上；清了一下嗓子，看着站在她面前的年轻人，并开口问他是否决定在她那里做工。她接着补充说，他给她留下了一个世间懒散之人的印象。为这样的人提供一份工作其实是在积德行善。她还顺便说道,他大体上还是招她喜欢的,并且想让他告诉她是否愿意接受她的建议。

"为什么不愿意呢?"西蒙答道。

"看样子我没有搞错。我第一眼看见您的时候就觉得您是一个懂得知足并且随遇而安的年轻人。烦请您告诉我,您叫什么名字,到目前为止,您在这个世界上又都做过什么事情呢?"

"我叫西蒙,迄今为止,我什么事情都没做过。"

"怎么会这样呢?"

西蒙说道:"我的父母给我留下了一小笔财产,我花到一分钱都不剩。我当时觉得没有工作的必要,也提不起兴趣去学习一门手艺。我觉得日子已经太过美好,根本提不起兴致用工作去亵渎它。您是知道的,日常的工作会让我们失去很多。我没有能力掌握一门科学知识,但也不会因此失去看到太阳和月亮的权利。我需要数小时的时间去观察夜幕下的风景,我坐在草地上度过了一个又一个夜晚,而不是坐在写字台旁或者实验室里;小溪从我的脚边流过,月亮则透过树枝观望着这一切。你可能会对这样的表述流露出吃惊的不屑,但我难道应该向您讲述一些并非真实的事情吗?我在乡下和城里都生活过,但是到目前为止，我还未曾向这个世界上任何一个人提供过哪怕稍微值得注意的服务。我对您提供的工作十分有兴趣，机会现在似乎就摆在我的眼前。"

"您怎么可以活得如此随便？"

"我从来都没有重视过金钱，亲爱的夫人！如果允许我这样去做的话，我反而会打心底觉得别人的金钱比较有价值一点。您似乎希望录用我，现在这种情况，我当然会仔细观察您的利益；因为在这样的情况下，除了您的利益外，我自己是没有任何利益可言的，因为您的利益将是我的利益。我自己的利益！我到底是怎么想到我自己的利益的呢？我什么时候才能做些正经事情呢？我一直以来都在虚度生活，我之所以这样做，是因为生活于我而言实在毫无价值可言。我会完全投身于他人的利益之中，这是不言而喻的，因为没有目标的人正是为了他人的目的、利益和意图而活的。"

"您必须拥有自己的未来啊！"

"我一秒钟都没有想过自己的未来！您现在看我的目光有些许焦虑，甚者不够友好。您并不信任我，也不相信我有什么正经的打算。我必须承认，到今天为止，我从来都没抱有任何打算，因为从来也没有人要求我去坚持我的打算。我是第一次遇到一个愿意接受我服务的人，这让我备受鼓舞并促使我大胆地向你坦白真相。如果现在我想要成为一个更好的人，那么曾经那个随便而懒散的我又有何妨呢？为了证明我是一个'非人之人'，您把我从宽敞的大街上拉到您的家里来。难道您不觉得我希望对此向您表达谢意吗？我并没有未来，我只打算招您喜欢。我也知道，履行义务的人会招人喜欢的。现在我的未来明确了，那就是履行您给我分配的义务。比起一个过于遥远的未来，我更喜欢畅想就在眼下的未来。我对我的职业生涯不感兴趣，只要能让我招人喜欢，断送它也就随它的便吧。"

这位女士接过话头说道："即便录用一个一无是处、且没有一技之长的人纯属草率，我也愿意这样做，因为我相信您希望拥有这份工作。您会成为我的仆人，然后完成我的嘱咐。您可以把承蒙的恩惠视为一种特殊的幸运，同时我也希望您能通过自己的努力赢得这份恩惠。想必您也没有什么证件在身边吧，不然我会要求您出示的。您多大了？"

"二十岁多一点！"

这位女士点了点头说道："这是到了人必须去思考并要为自己的生活制定任务的年纪了。现在我会暂时忽略您本性之中很多并不让我欣赏的东西，并且我会给您一个成为可靠之人的机会。我们走着瞧吧！"

这次面谈就这样收尾。

这位女士领着西蒙穿过一排雅致的房间，走在这位年轻陪同者前面的她突然意识到打扫这里的房间就是他的任务之一。于是，她问他是否可以把房间的地板擦拭干净，她没有等他回答，好像早已知道他可以胜任一样，好像她提问的目的也只是向他抛出一个问题而已，好让他的耳边产生一丝颐指气使的嗡嗡响声。她打开一扇门，让他走进一个面积稍小、铺着各式温暖地毯的房间。她用简短的话语向躺在床上的小男孩介绍了西蒙：他将服侍这位生病的小主人，具体怎么服侍她一会儿会告诉他。那是一个脸色惨白的小男孩，虽然病魔把他折磨得不成样子，但是他依旧不失姿色。他冷漠地盯着西蒙的眼睛，一言不发。只要盯着他的嘴巴看就会发现，小男孩不会说话，或者是口齿不清；他的嘴巴毫无用处地长在脸上，仿佛根本就不是其中的一部分，好像只是粘在那里，并不总是存在于那里。然而，男孩的双手十分漂亮，它们看起来就像承担了病魔带来的所有疼痛和屈辱，好像它们能拖起整个躯体，承担起悲哀地哭诉所有美丽的负担。西蒙不顾冒昧，情不自禁地多看了一眼那双手；因为这时女士已经向他下达了随从的命令，她要领着他穿过走廊前往厨房。她在厨房里对他说，如果没有给他安排什么要紧工作的话，他就要给女厨师打下手。西蒙答道，他很乐意效劳，并同时看了一眼那个似乎是厨房女主人的女孩。第二天早上，他就开始工作了。也就是说，工作走近他并向他要求这要求那，根本不给他时间思考这工作是否友好。夜晚他则在那个男孩——年轻的主人那里度过，他总是一次次地睡着，又一次次地醒来；因为女主人要求他只能浅睡，只能稍微闭眼打盹，也就是说她故意不让他好好睡觉，因为这个病人哪怕发出任何一丝低声的喊叫，他都要习惯迅速地从床上一跃而起，询问病人的需求。西蒙相信自己可以成为一个这样睡觉的人，因为但凡他稍微动下脑子思考，他便不会重视睡眠，而且也会意识到这个工作机会本来就注定会让他无法好好睡觉。第二天他丝毫没有感觉自己前一晚上没有睡好，但他也无法说出自己从睡梦之中一跃而起的次数。随后，他又精神饱满地去工作了。他的首个任务便是来到门口的大街上，让那里售奶的妇女在他手里那个白色厚实的锅里灌满新鲜的牛奶。他可以趁着这个仅片刻之久的机会去观察这个刚刚苏醒、湿润光亮的晨昼，并让自己的双眼陶醉于此，随后沿着楼梯一蹦一跳地返回家中。着急上下楼梯的时候，他发现四肢乖巧灵活地听从了自己的使唤。在女主人从睡梦中醒来之前，他要和厨房女孩一起打扫指定的那些房间：餐厅、客厅和书房。打扫的任务包括扫地、刷地毯、擦桌椅，对着窗子哈气并将其擦拭干净，轻拿放置在房间里的所有物品并在手中擦拭，之后再归置原位。这一切都必须以迅雷不及掩耳的速度进行，但西蒙心想，只要干完三个来回，他就算闭着眼睛也能完成任务。这里的工作结束之后，厨房女孩便示意他可以去清理鞋子了。西蒙把鞋子拿在手里，这确实是女主人的鞋子。这些鞋子既好看又小巧，用软如细丝的皮革打底并用皮毛饰边。西蒙一直以来都很爱慕鞋子——但并非所有或者粗糙的鞋子，而是这种精美的鞋子。他现在手里就拿着一只这样的鞋子，即便他察觉到这只鞋子根本没有需要清洁的地方，他也深感需要清洁的义务。女人的双脚对他来说一直都是神圣的，在他的眼中和感知里面，鞋子就如同幸福地享受眷顾的孩子，因为它们有幸包裹、围绕在稍微一动就十分敏感的玉足旁边。他一边用毛巾掸着鞋子——好像他这样就算是擦鞋一样，一边感叹道这样的鞋子是人类美好的发明。出现在厨房的女主人用严厉的目光打量着他，这一幕吓到了他；西蒙慌慌张张地跟她道了早安，她只是稍微点头作为回应。自己跟别人说早安，却只换来一个点头作为答复，西蒙竟然觉得这十分可爱，甚至令人着迷，好像别人在说：好的，亲爱的小伙子，谢谢你，我听见了，你说话的语气十分友好，我很喜欢！

"您擦鞋必须再多花点心思啊，西蒙。"女主人说道。

西蒙对她的指责感到十分高兴。每当他像无业游民一样四处游荡，在热到如火炙烤、空无一人的街巷里闲逛的时候，他多少次打心底渴望听到尖酸恶毒的指责、脏话、谩骂或者侮辱，而这仅仅是为了确定自己不是完全孤身一人，也不是毫无参与感的存在——即便这是一种残酷而且否定自我的参与感。"从这个女人之口说出的这种指责实在太亲切了，"他心想，"它把我和她结合起来，把我和她联系、捆绑起来，而且这种关系牢不可破。人们感觉这样的指责就像是因为犯了一个错误而挨了一记力度不大，甚至完全没有痛感的耳光。"西蒙暗自打算继续犯错——不，不能只去犯错，否则就会被人贴上笨蛋的标签，但要定期地故意犯些小错来享受这种看一个敏感、习惯秩序的女人发怒的快乐。发怒——不，也不完全是发怒，它更像是一种对西蒙的笨手笨脚的疑惑和诧异。那么接下来就有机会在其他方面崭露头角，并且可以享受观察她的表情从严肃生气转变为友好满足的整个过程。看见一个原先失落委屈的人感到发自内心的满足——这种心情的转变是何等的快乐啊。"今天早上就已经收获了一次充满爱意的指责，"西蒙继续往下想，"成为一个被人指责之人多么令人感到舒适啊，从某种程度上来说，这是一种更加成熟、更加优越的状态。我就是为了被人指责而生的，因为我对指责心怀感恩，然而只有懂得采取相应的姿态去感恩的人才值得被他人友好地加以指责。"

西蒙确实以相应的姿态站在那里，他感觉："现在我才算得上是这个女人的仆人，因为她指责我，因为她发自内心地感觉她拥有无须多加思考便可以责备我的权力，并同时期待我合乎时宜的沉默。上级指责下属职员会对其造成伤害，因为上级总是心怀不可告人的目的，通过让下属注意到上级拥有更高的级别这种方式来对其造成伤害。而指责仆人的目的只是劝导或者教育，就像主人愿意接收他为仆人时的初衷那样，因为仆人隶属于主人；然而从下班钟声敲响的那一刻起，上级就和他的下属职员没有任何人际上的交集了。比如现在的我就是怀着内心的温暖接受指责，再说，指责我的可是我的主人，况且她还是一个女人，女人做起这些事情来总是可爱而迷人。事实上，男人必须要去听一回女人如何指责他人，以此说服自己女人其实要比男人更加懂得如何不带脏字地批评别人犯下的错误。或许这种观点是错误的，但是对我而言，男人的指责让我受伤，而女人的指责不仅不会羞辱我，甚至还能够鼓励到我。在男人面前，我总是能感到一种令人骄傲的平等关系，而在女人面前我从来都没有这种感觉，因为我是一个男人，或者说我已经准备好成为一个男人。在女人面前，男人要么感到优越，要么感到低人一等！——服从一个可以发出迷人命令的孩子，我觉得轻松，但是服从男人，啊呸！唯有胆怯和商业上的利益才能让一个男人在另外一个男人面前卑躬屈膝：这些卑微的理由！因为我只服从女人，所以我十分开心；因为这是正常的事情，它从来都不会伤害自尊。女人永远都不会伤害男人的自尊——除非通奸，但这个当事男人通常都会扮演懦弱的傻瓜形象；欺骗根本就不会令他蒙羞，因为在他熟人的眼中，欺骗的可能性早就将他钉上了耻辱柱。女人会让人不幸，但绝不会让人蒙羞；因为真正的不幸并不糟糕，它只会在那些性情粗暴之人身上产生滑稽的效果，他们通过嘲笑他人来让自己蒙羞。"

"您跟我来吧！"

女主人的这一句话打断了她的仆人那狂妄自大的思绪，她命令他马上去给生病的小男孩穿衣服。他听从命令并按照她的要求去做了。他手捧一盆凉水走到床前，用洗脸海绵小心翼翼地清洗男孩的脸蛋，把装有半杯清水的玻璃杯递给男孩漱口。男孩用他的双手优雅地接了过去。然后西蒙拿起刷子和梳子，打理好这位卧病在床之人的头发，最后把放在银制托盘上的早餐递给了他。西蒙仔细地观察男孩如何从容不迫地吃完早餐。男孩总是吃吃停停，但是没有因此变得有丝毫疲惫或者不耐烦，因为此刻的不耐烦会显得非常难堪与不雅。西蒙把餐具端了出去，随即又回到房间给这个无法自己更衣的病人穿起衣服。他先是给病人的腿脚套上长筒袜，然后带着一丝恐惧把病人纤瘦体弱的身躯从床上扶了起来，把他的双脚塞进一双小巧的拖鞋里，随后把裤子抓在手里往上提起，扣紧裤子的腰带，把裤子背带从肩膀上往胸前一扔。这一切进行得如此迅速，没有丝毫声响，每一个动作都各尽其分，毫不多余。他现在把男孩的衣服领口往下翻（那是一个可以向下翻折的宽大男式领口），然后娴熟地把领带固定在衬衫纽扣上；衬衫当然早就帮他穿好了，现在他把男孩的双臂穿过袖口套上马甲和外套，配上男孩平时习惯佩戴或者携带的一些物品，比如手表、表坠、折叠小刀、纸巾以及笔记本。这样一来，这项工作就完成了。现在西蒙必须开始整理这个小主人的床铺，还要按照女主人示意的方法打扫整个房间：打开窗户，把枕头、床罩还有床单放在窗子旁边。他按要求照做一切事情，也察觉到这一切必须这样来做。女主人密切地关注着他的一举一动，就像击剑大师紧盯着他的学徒一样，她觉得他有天赋胜任这项工作。但是她一句认可的话都没有说。她也绝不会想到去认可他。此外，她希望她的仆人能从她的沉默之中察觉出她对他行为的赞许。她很高兴西蒙十分温柔地对待她的儿子，因为她注意到，西蒙帮她儿子穿衣服时的每一个动作都流露出对这位病人的重视。她察觉到西蒙起先有些许恐惧，然后发现他克服了这种恐惧并且言行也变得更加有力、沉着以及和谐，她忍不住露出了微笑。她必须向自己坦白，这个年轻人目前还算招她喜欢。"如果他善始善终的话，我会十分喜欢他的，因为他没有辜负我一开始对就他产生的感觉。"她心想。"他安静正直，似乎拥有迅速熟悉任何一种处境的天赋。我觉得，从他的行为我能够判断出他出身于有教养的家庭，因此看在他或在世或已故的母亲的分上，也看在他或许已经身居要职并为他的命运感到担心的兄弟姐妹的分上，我愿意督促他成为一个在为人处事方面既聪明又出色的人。如果我能看见他获得的成功以及他如人所愿的表现，我会万分欣喜。或许过些日子我应该更加信任地对待他，而不是摆出一副被迫和仆人打交道的样子。但是我也会多加注意，绝不过早给他不知羞耻地向我迎面走来的机会。他性格之中暗藏轻微的不知羞耻与反抗，二者不容唤醒。如果我希望他一直期待我的喜欢，那我就要一直压抑我对他喜欢的情感。我觉得他喜欢我严肃的面孔，先前我十分不友好地指责了他，他面露微笑之时我就猜中了这一点。想要拥有他人美好的一面，就必须先学会猜透这些人。这个年轻的男人拥有情感，因此人们必须感情充沛、有情感意识地去面对他，这样才能够在他那里有所收获。做人要体贴周到，但同时要表现得像无所顾忌一般，因为真的没有必要有所顾虑。但是，如果能在不瞎操心的情况下表现得体贴周到，想必会更好、更明智。"——她决定让西蒙出去冒险，于是打发他出去采购。

手里提着一个篮子或者皮革手提袋匆忙地在大街穿行，采购肉食和蔬菜，走进一家家商店，然后赶着返回家，这一切对眼下的西蒙而言重新新奇起来。他看见大街上的人都在忙着自己形形色色的事情，每一个人也都有目的在身，他自己也不例外。他似乎觉得大家都对他的样子感到奇怪。难道他的步态和他手里轻轻提着的装满物品的篮子不够协调吗？难道他的动作太过随意，跟他的任务——也就是跑腿的活不够统一吗？但至少那是一些善意的目光，因为人们看见他急而匆忙，想必他一定给别人留下了尽职尽责的印象。西蒙心想："脑子里装有义务从街上熙熙攘攘的人群旁朝着这里走来实在美好，偶尔有一些长着大长腿的人超过自己，然后超过那些无精打采的行人，好像他们的鞋底都装了铅珠一样。能够被穿着整洁的女仆视作与她们平等的人，观察这些单纯人物犀利的目光，看见她们一时兴起迅速地站在某个人身旁搭起讪来并聊上十分钟的天，这一切都非常美好。小狗在街道上奔跑，好像它们的身后尾随了一阵风，弯腰驼背的老人身手还是那么灵活！这个年纪的人竟然还有兴致闲逛！能够不引起注意地从那些单独出行的女人身边跑过也十分诱人。又有什么可以引起她们注意呢？不引起注意才好呢！自己有一双用来观察的眼睛就足够了。难道人所拥有的感官只是等着接受刺激，而不是主动去刺激它们吗？在这种街景的清晨里——就像今天这样，望向远方女人的眼睛是一种美好至极的体验。惊鸿一瞥的眼睛要比那些用来注视他人的眼睛更加美好，好似它们因此而迷失。走路快速的人，他们的思考和感知也相应地迅速。不去观察天空！不要观察，最好只去感受，在脑袋和房屋上方悬浮着某个美好而广阔的东西，这个飘浮之物可能是一抹蓝色，但一定如薄雾一般细腻。人是有义务在身的，而这本身也如同某种飘忽不定、令人神驰的事情。为了能够成为一个可靠之人，人们身上需要携带某些可以用来清点及交付的东西，目前的我便是如此，成为可靠之人是我唯一的乐趣了。大自然？但愿它只是暂时藏匿了起来。没错，我觉得它仿佛躲起来了，它就躲在那一长排的房屋后面。树林，如果它目前无法引起我的兴致，那就干脆不要了吧。毕竟能够想到一切都还没有变化就已经很好了。匆匆忙忙在热闹大街上奔走的我,除了能用鼻子去顾及一些事情之外,便无暇顾及其他了,就是这样。"——他没有把钱从背心口袋里拿出来,只是用手摸着清点了一番,然后就回家去了。

他现在要把餐桌铺好。

他要把一块干净洁白的桌布铺在桌子上,桌布的褶皱要朝上放着;然后摆上餐盘,盘边不能超过桌子边缘;接着放好叉子、餐刀和勺子,摆放水杯以及一壶饮用水;把纸巾放在餐盘上,最后把盐罐放在桌子上。摆放,叠放,排好顺序,触碰,布置,先是温柔地触碰,然后更用力地用指尖捏起纸巾,并小心翼翼地触碰、摊开并摆好餐碟。布置诸如银器一类的餐具时不能发出任何声响,要动作迅速,但也要谨慎,要小心翼翼而大胆,僵硬而丝滑,平静而有力;不能让杯子或者盘子发出相互碰撞的声响,但也不能对碰撞的声响感到惊讶,反倒要觉得这一切可以理解;然后向主人报告餐桌已经布置完毕,准备去端食物,随后走出餐厅,接着返回餐厅;餐桌按铃响起的时候便去查看用餐的情况,那时会感受到一阵快乐——可以表达看见别人用餐比自己用餐更加美好的快乐;餐后收拾桌子,把餐具端回厨房,把剩下的烤肉塞进嘴里并露出眉飞色舞的神情,仿佛这是什么值得眉飞色舞的事情一样;最后自己再吃一点东西，这时才发觉现在真的值得去吃一些东西。上述的这一切必须由西蒙来完成。他也不一定要完成上述所有的事情，比如他偷吃的时候就没有必要满足得眉飞色舞，但这是他生平第一次温柔地偷窃，所以他抑制不住自己的喜悦；因为这让他想起了自己只因在食物柜里偷了一点儿东西就高兴至极的童年。

用餐之后，他要帮厨房女孩清理、洗刷及擦干餐具。看到他手脚灵活，女孩表现得有些吃惊。她问他是否在哪里学过帮厨。"我在乡下待过，"西蒙答道，"在乡下就要做这样的事情。我在乡下有个当教师的姐姐，我总是帮她擦干洗好的餐具。"

"您真好。"

第十二章

厨房与办公室。朗读者。碎盘事件。夜间外出。致信卡斯帕尔。西蒙的"朋友"。

在一座大城市中心一间安静的厨房里做些手头工作，西蒙觉得美妙无比。谁又曾想过此情此景呢。不会的，人永远都无法描绘出自己的未来。曾经的他在群山的草地之上漫游，如同猎人一般在广阔的苍穹之下睡觉；他享受着躺卧在他眼前不断延伸与扩展的大地景象，天空在他眼里便变得狭小起来；他不顾季节的更替与气候的变化，搓着双手，喘着粗气，如同寻觅者一般四处游荡；他渴望太阳更加炙热，狂风更加猛烈，黑夜更加深沉，寒冷更加刺骨。而如今的他却置身于一间狭小的厨房之中，擦拭着滴落水滴的餐盘。但是他很高兴。他对自己说："这样的阻碍、限制与束缚让我觉得快乐，人为何总是渴望拥有广阔呢，而这种渴望本身却是如此狭隘的东西！我虽然被束缚于厨房的四堵墙壁之间，但我的心灵却很宽广，它充满了我履行谦卑义务之时的兴致。"

知道自己在厨房从事一份通常只会安排给女生的工作，让他觉得有些丢脸。这样的工作虽然有些丢脸，甚至还有一丝可笑，但是确实既神秘又特殊。没有人能够想象他现在的处境。这个想法让西蒙感到满意与自豪，而想到这里，他也不禁嬉笑起来。厨房女孩问他之前从事什么工作，他回答道："写字员！"她无法理解他为何如此没有志气，竟然放弃了写字办公，屈身于家政行业。西蒙解释道，首先，这件事并没有她委婉表达之中的屈身一说；其次，坐在办公桌后和作为洗碗工的现状，究竟哪个更胜一筹还有待考证。比起冷清的办公室，他更加喜欢自由透气、冒着热烟、生机勃勃的厨房，因为办公室里的空气通常都很差劲，人的心情也很苦闷。然而在这个炖着肉、煮着菜、煲着汤、架子上的铜器发着微光、敲击碗碟发出美好声音的地方是没有理由感到苦闷的。但是，作为仆人的他身微言轻，甚至没有意义可言，面露不屑的女仆说道。他不想拥有所谓的意义，西蒙温柔地回答道。她没有接话，却深深地发觉他是一个奇怪、难以捉摸的人。但是她心里想道："他是一个正直的人。"但是又感觉："他不该如此放纵自己！"西蒙刚刚做完手头的活儿，女主人就走进厨房示意他跟过去，说是给他安排了另外的工作。"她究竟给我安排了什么好工作呢？"西蒙一边思考，一边紧随走在前面的女主人身后。"考虑到您午休期间无事可做，那您可以为我和我儿子朗读书中的内容吗？"西蒙同意了。

他用有些许压抑的气息读了整整一个小时，他的发音准确、有力而到位。他温暖的声线表明这位朗读者共同经历了他所读的内容。女主人似乎很喜欢他的朗读，小男孩也全神贯注地听到了结尾，并对他带来的美好享受表示感激。西蒙的脸颊因为剧烈的肢体活动涨得通红，他十分珍惜他人的感谢。因为不知道接下来要做些什么，于是他走进被晚霞照得通红的仆人房间，在窗户边抽起烟来。

"我觉得您在这里抽烟不太好吧？"走进房间的女主人说道。

但西蒙还是接着抽，女主人有些生气地离开了。"尽管我能理解她所说的不好，但难道我的一切都要让她觉得好吗？烟我是不会戒的。不会的！见鬼去吧，绝对不会！就算有二十个女人一个接着一个地来劝阻我，我也是不会戒的！"他变得十分恼火，但是很快就平静下来的他对自己说："我本应该把烟丢掉的，我真无耻！"

他本来想利用此刻来反省自己，但是走廊里先是传来一声尖叫，紧随其后的则是餐具落在地上发出的剧烈声响。西蒙打开门，看见女主人一言不发、面露悲伤，盯着地上碎了一地的名贵瓷盘。她本来是想托着盘子把蛋糕从餐桌端到自己房间的，途中盘子却不小心掉了下来，她自己都无法解释为什么。只需要脑子随便开一个小差，或者其他什么原因，这种不幸正是这样发生的。她注意到西蒙站在她身后,便恼羞成怒起来——她的语气足以说明一切:"快给我捡起来!"西蒙弯下身子,拾起地上的碎片。捡碎片的时候,他的脸颊蹭到了女主人的裙子,他心想:"请你原谅我刚才恰巧就站在那里目睹了你笨拙的行为。①我理解你的愤怒。我承认,从你手中掉落的盘子碎了是我的过错。它是我打碎的。你为何非要难过呢?一个如此精美的盘子。你一定非常珍爱它。是你让我感到难过。我的脸颊触碰到了你的裙子。我拾起的每一个碎片都对我说'可怜的家伙',而你的裙角却对我说'幸运的家伙!'我故意捡得很慢。你要是注意到这一点,难道还会重新燃起你的怒火吗?做恶人让我开心。我喜欢对我发火的你。你知道我为什么喜欢你发火吗?因为它很温柔,你的怒火!只是因为我看见了你笨拙的行为,你便对我发火。你必须留意我,因为在我面前出洋相可能会伤害你的自尊心。高贵的你在我这种低贱的人面前出洋相!你愤怒地命令我捡起碎片的时候多么迷人啊。我压根就没有着急去捡,因为我想看你真的怒气冲天,因为如果我磨磨蹭蹭地捡,这些碎片一定会告诉我,同样也会告诉你——你究竟有多么笨拙。你还站在那里吗?想必现在你的心中交杂着各种奇

---

① 此处人称发生了变化,由尊称"您"改成了"你"。

怪的感觉吧：惭愧、心痛、愤怒、生气、镇静、神经质、沉着、惊喜、高傲以及很多细微的无法用言语表达的感觉——它们在人真正感受到它之前，便如针刺、香散或者眨眼一般瞬间消失不见了。你丝质的连衣裙十分漂亮，因为我想到在它之下还包裹着一副会因激动或虚弱而颤抖的女性身躯。你那坠向我的修长双手也是美的。我期望你能用那双手赏我一记耳光。可是现在你终究还是走了，对我不打不骂。你离开的时候，你的连衣裙在地上低语窃笑。之前你就禁止我抽烟。但是，如果跟在你身后赶集采购，我会保持抽烟的恶习。那个时候，你可能会看见我抽着上等的白色香烟，我也真心希望那时你可以毫不犹豫地把我叼在口中的香烟打掉。现在，我必须用一切可供我使用的手势请求你原谅自己打碎了盘子。我想——我也本有机会做一件足以让你把我扫地出门的事情。噢，不！我在想什么呢！我已经疯了。说实话，这个碎盘事件确实把我给整疯了。现在屋外的街道已经入夜了。灯笼即将闪烁起淡黄的色彩，照进熄灭的白昼。现在我想走到大街上去。没有其他选择了，我必须出门走到大街上去。"

"我想出去待一会儿，"他走到她的房间并问她，"可以吗？"

"可以！但是不要在外面待太久！"

西蒙夺门而出，顺着楼梯奔向楼口，楼梯间一个模糊的女人形象正目送着他；他走上大街，置身户外，投入流动、潮湿、通亮、夜晚一般的自由气息之中。他心想，如同囚犯一般生活在这座房子之中，这种归属感有些奇怪。长大成人也很奇怪，更奇怪的是，作为一个成年人竟然还要跑进一间乌漆麻黑的屋子里去询问一个只见半身的女人他是否能够出门。我仿佛就是她的一件家具、一件物品、一件购置的商品、某样东西或者任何一样东西，好像这个东西一文不值，抑或是它的价值仅在于它作为这样的东西或曰她的东西而存在！奇怪的还有，即便我身处这样的窘境，我依然能够感受到一种家乡或者在家的感觉。现在走在大街上的我要优雅十倍之多，因为毕竟那个我哀求的人要求我优雅。获得他人许可虽是小学生的行为，但就连耄耋老者也时常要毫无抱怨地请求他人的许可。这样一来，生命之中的一切反倒美好起来，即便这种美好时常露出奇怪的嘴脸，而人也必须安于这种美好。

他沿着大街走着，爱上了这幅美好的街景：冉冉升起的星辰、耸立在街道两侧成排的茂密树木、安静的步行者、夜晚的灯火以及深沉的流动的夜之气息。他也安静地走着，几乎置身梦境一般。在夜里做出一副梦游般的样子无可厚非，尤其是在这种香气扑鼻的早春之夜的气氛中，因为每一个人都情不自禁地做起梦来。许多妇女戴着手套，提着精致的小包正在散步，她们的瞳孔里闪烁着夜晚的灯光，她们英伦样式的紧身连衣裙、褶皱裙子以及长袍在大街上尽情地摆动。西蒙觉得女人美化了城市的街景。女人是天生的街景漫步者。人们能感觉到，女人散步时就连她们自己都在享受那摇晃的优雅步姿。她们的形象、忧郁而丰满的双臂以及因呼吸而颤动的胸脯都与她们所决定的夜的基调融为一体。她们戴着手套，手里总是握着东西，示意时挥动双手如同遮住口鼻的孩童。她们的整个姿态将夜晚的世界转换成响亮的乐章。如果大家现在和我一样跟随她们，便会发现自己其实早已与她们融为一体，连同思绪以及情感的波动都是如此，它们如同滚动的浪潮拍击着心房。本以为她们会和人打招呼，可是事实并非如此。即便她们手中并没有扇子，你依然能在她们某只秀手之中看见一把扇子，它如同抛光的银器一般在逐渐消失、逐渐灰暗的灯光里闪烁着银光。成熟丰满的女人形象特别贴合这样的夜晚，如同白发老人之于冬季，花季少女之于刚刚苏醒的白昼，孩童之于雾气腾腾的清晨，以及年轻的新娘之于烈日当空的正午。

西蒙到家的时候是晚上九时许。他回来晚了，免不了讨骂，如下：要是还有下次，哪怕一次，那么你就——他没有听见责骂的内容，只听见了责骂的声音，他表面似乎十分委屈，内心却在大笑，也就是说，他装出一副傻样，觉得完全没有必要张开嘴巴回答任何事情。他给房主儿子脱完衣服，把他平放在床上，并给他点了一盏小夜灯。

"我可以给自己也点一盏灯吗？"西蒙探问女主人。

"你要灯做什么？"

"写一封信。"

"您可以到我房间来写！"女主人答道。

他可以坐到她的书桌旁边。她给了他一页信纸、一只用来填写地址的信封、一张邮票以及一支钢笔，并允许他把她的信件夹垫在信纸下面。西蒙写信的时候，她就坐在旁边的软椅上读着报纸。他写道：

> 亲爱的卡斯帕尔，我又来到你熟悉的城市，现在我正坐在一个灯火通明的房间里一张精致的深色书桌旁边。而楼下的大街上，人们正沉浸在夏日的夜晚之中，在挂满下垂枝叶的树下悠闲地散步。可惜我无法与他们共度此刻良宵，因为我被束缚在这间屋子里，束缚我的并非手脚，而是我逐渐培养并最终成型的责任意识。我现在是一个女人的仆人，负责照顾她瘦弱多病的儿子，这与一个母亲照顾她自己的孩子没有太

大的区别。因为我为这个孩子忙东忙西的时候,他的母亲——我的主人也会监视我的每一个动作,仿佛她的眼睛是我行为的向导,仿佛我才是那个让她担忧的人。我给你写这封信的时候,她正坐在我旁边的软椅上,因为这是专属她的房间,我是经过她的允许才坐到这里的。事情是这样的,但凡我要出门办点私事,我都必须先去问她:"我可以出趟门吗?"就像学徒问师傅一样。毕竟她是女人,我必须向她提出我的请求,而请求本身也让这件事情变得美好。所谓的仆人本分无非就是遵守命令、有眼力见儿、随叫随到以及随时做好摆放餐具、清洗地毯的准备——这些你必须知道,如果你恰好还不知道的话。我给夫人——我干脆称她为夫人好了——擦鞋的技术已经到了炉火纯青的程度。虽然这只是一件微不足道的小事,但是它却像大事一样要求你做得尽善尽美。过几天要是天气好的话,我就和年轻的小主人一起出门散步。另外,这里还有一辆棕色的小车,我可以用车推着他出门;但是如果我认真考虑,其实我一点也不期待,因为这一定会很无聊。但是老天啊,这是我的义务啊。我的主人属于那种类型的女人,她们身上最引人注目、最具有特点的就是市民性。她是一个不折不扣的家庭主妇，但是严格意义上也可以这样说：这不失为一种优雅。在生气这方面，她绝对是行家，但是惹她生气我算得上高手。比如说她今天不小心打碎了一只瓷碗，她却生我的气，因为她恼火打碎瓷碗的人并不是我。她迁怒于我，因为我是那个不合时宜地目睹了她愚蠢行为的目击者，她摆出一副《飞叶周刊》[①]里经常描述的那种嘴脸。一副完完全全《飞叶周刊》式的滑稽嘴脸！我不慌不忙地捡起碎片，目的就是为了激怒她，我必须承认，我很喜欢惹她生气。她生气的样子十分迷人。她长得倒不算漂亮，但是像她这类严厉的女人一旦手忙脚乱起来就会散发出某种深沉的魅力。她们端庄的过往便会在她们激动的情绪之中颤抖，而这些激动的情绪之所以美好，完全是因为它们由温柔的原因所致。对我来说就是这样的，我一定会喜欢这类女人，因为我既欣赏她们，同时也同情她们。这样的女人在言语和行为上都会显得傲慢，以致她们的脸颊几近爆裂，嘴巴紧缩成极为痛苦的讥讽。我深爱这样的讥讽，因为它会令我颤抖，我喜欢被羞耻与愤怒所侵占：这让我更加高贵，并驱使我有所行

[①] 1845年至1928年间德国著名的幽默周刊。

动。但是我的夫人——那个可笑的女人却是一个温柔善良的女人，这一点我是清楚的，但是"我清楚这一点"恰是这件事情的可悲之处。当我对她命令的口吻悉听尊便的时候，我总是会大笑，因为我注意到她很高兴看到我既乐意又迅速地服从命令。但凡我有求于她，她便会训斥我，但还是会好心地同意，或许同意之中夹杂了一些生气，但是对于我这种求人的方式她难以拒绝。我总是伤害到她，但我又转念一想：完全没错！就要这么做！就是要去伤害她。对她来说，这是一种享受。她也愿意。她也不指望其他什么事情了！女人很容易叫人看透，不过她们也有很多难以捉摸的地方。这难道不奇怪吗？亲爱的哥哥！她们绝对是这个世界上最需要男人去研究的对象。——要是坐在我身边的她知道这封信的内容该有多好啊！我现在最强烈的愿望就是尽可能快地荣获她的一记耳光，可惜我不得不忍痛怀疑她是否有能力做到。一记拍在脸上的耳光：我可以为此放弃所有我期待已久的亲吻。这一记耳光虽然十分可恶，却是一种真正资产阶级式的感受：这种感受可以追溯到童年时期，而人什么时候不渴望回到那些相去甚远的旧时光呢？我的主人身上有一种属于过去的东西，但凡人们注意到它，便会回想起那个比童年还要早的时期。或许某一天我会亲吻她的手背,然后她会把我扫地出门,正如"驱逐圣殿"①传说里描述的那样。我会喜欢这样吗?她也会喜欢吗?那又会发生什么呢?——噢,我可以告诉你,我已经察觉到我快要疯了。我的精神忙着去折叠纸巾、擦拭餐刀,然而糟糕的是,我却十分喜欢。现在你可以把我想象成一个头脑简单的人了!你过得怎么样?我在乡下待了三个月,但我感觉那段时光已经离我相去甚远。我已经下定决心要成为一个投身于白昼的务实之人,不再去幻想那些与之相关却飘忽不定的事情了。有时候,我甚至懒得去想你,对我而言,这已经算是不可小觑的懒惰了。我希望可以再次见到克拉拉。或许你已经把她给忘了,那么我就不必再去提及这个对象了。我不提她了。祝好,我的哥哥。

读报读得有些累的女主人看西蒙写完了信,于是问道:"您写信给谁啊?"

"我的一个朋友,他住在巴黎。"

"他是做什么工作的?"

---

① 耶稣曾拿着鞭子进入圣殿,并将所有亵渎神圣的商人赶出了殿堂。参见《圣经·新约·约翰福音》。

"他之前是一名图书装订员,但是因为他并没有取得什么成绩,所以他就改行成了餐厅服务员①。我十分爱他,他和我一起上了小学,我和他关系十分亲密,因为他的孩童时代就已经不幸了。我有一天看见他的同班同学欺负他,他们把他从石阶上面丢了下去,我注意到了他那双美丽、充满恐惧和悲伤的眼睛。从那天起,我便成了他最亲密的伙伴,如果同情之心真的能将人与人联系在一起,那我一定是与他紧紧联系在一起的,这一点是毋庸置疑的,永远都不!他只比我年长一岁,但举止行为却要比我成熟好多岁,因为他一直生活在享誉世界的国际大都市,相比之下,那里的人更早熟一些。他之前沉迷于美术,在从事订书工作之余,总是尝试着作画,可惜并未取得任何进展。某一天,他羞愧地向我坦白,他决定全心投入这个世界的涡流之中,忘记自己的艺术梦想,于是他成了一名服务员。这是一种堕落,但是同时也是一种值得赞赏的飞跃!在那些寂静与孤独的时光里,他无奈地看见自己坠入回忆的痛苦之中,为了安慰他,我告诉他我爱惜他、欣赏他。即便聒噪不安的生活围绕在他的身旁,他还是时常能

---

① 原文为"Restaurationskellner"。如今,"Restauration"一词大多取其"复辟"这层含义使用;但是,"餐厅"(Restaurant)一词最初就源于"Restauration"一词。20世纪初,该词还作为"餐厅"在部分地区广泛使用。

够感受到那种对美好生活的渴望。但是，亲爱的夫人，这个人骄傲而善良。骄傲是为了缅怀错过的人生，而善良则是为了能够放下这桩心事。我理解他的每一种感受。有一次他给我写信，说他沉闷无聊得快要死去了。这就是他的内心状态。还有一次他又写道：'这些愚蠢的梦想！生活才是美好的。我喝着苦艾酒，内心却无比甘甜！'这是他作为男人的骄傲。您要知道，女人总是为他倾倒，因为他的身上既有挑战内心的热情，也有一丝冰冷的气质。哪怕他穿着服务员的衣服，他的整个形象也散发着情爱与律动。"

"这个不幸之人叫什么名字？"女主人问道。

"卡斯帕尔·唐纳。"

"什么？唐纳？可是你也姓唐纳啊。也就是说，他是你的哥哥喽，可您刚刚却说他是您的朋友。"

"没错，他就是我的哥哥，但是更像是我的朋友！如果真要有个正确的称呼的话，我必须把这样的哥哥称作朋友。成为兄弟是偶然的安排，但是成为朋友却是我们自己的意志，我觉得这样更加有意义。何为兄弟之爱呢？我们那时还是兄弟，某一天我们紧紧抓住对方的脖子想要把对方掐死。美好的感情！嫉妒与仇恨在兄弟之间并非什么不同寻常的事情。如果朋友互相仇恨，他们便会绝交；如果兄弟互相仇恨——因为命运早就决定他们在同一屋檐下相处，所以情况远不止那么简单。但这是一件久远而不够美好的往事。"

"您为什么不把信合上呢？"

"我也想让您知道我所写的内容。"

女主人笑着说道：

"不，我不会看的。"

"我在信里把您描述得很过分。"

"不会太糟糕的"，她起身说着，"您去睡觉吧。"

西蒙照她的命令准备上床睡觉，走出房门的时候，他的心里嘀咕着：

"那我就变本加厉地放肆。她要不了多久就一定会把我扫地出门的！"

第十三章

背阴房间。巴黎梦境。

三周之后，没有义务在身的西蒙置身于一条狭窄陡峭、热气腾腾的巷子里，他在考虑要不要走进那间房子。正午的太阳炙烤着大地，挤压出房屋外墙令人作呕的粉尘。连一丝微风都没有。哪里会有微风刮进这条巷子里来呢？外面的摩登大街上可能微风徐徐，而这里似乎几十年来都没有被风眷顾过。西蒙的兜里还剩下一些钱。他应该乘坐电车进山去吗？现在所有人都跑进山里去了。无论是罕见的异乡人，还是本地男女，人们或只身一人，或三五成群，抑或拖家带口地穿过这日光晃晃的大街。妇女的帽檐上飘动着迷人的纱巾，男人穿着过膝的短裤和黄色的凉鞋。难道西蒙不应该作出跟随这群陌生人一起进山的决定吗？山上一定十分凉爽，在山上的酒店里他也一定能找到工作。他可以担任导游一职，他身强体健，也足够聪明，他也能借此机会说："女士们，先生们，请各位看看这个瀑布，或者这个山谷，或者这座村庄，或者这段悬壁，或者这条波光粼粼的碧蓝河流。"他有能力用言语向旅行的人描绘沿途的风景。要是遇上突发状况，比如需要通过一条仅有三脚之宽的羊肠小道，他也能抱起某位筋疲力尽、担惊受怕的英国女士走过去。他也十分乐意这么做。最主要的是，同行的人当中会有美国人和英国人，这样一来，他就可以学讲英文。他觉得英文是一门可爱的语言，它发出的嘶嘶声和送气音是那么地清晰又那么地柔和。

但是他并没有跟着进山，他选择走进位于巷子里那间古老阴森、墙体厚实的高楼。他敲响了某户的大门，一个女人应声走出家门一探究竟。西蒙向她打听这里是否有房间出租。

女人说这里有一间房要出租。

西蒙追问着她是否能够先去看一眼房间，它是否真的是一间既不大又不贵、并且穷人能够负担得起的房间。

她领着西蒙看完房间之后，问道：

"您是做什么工作的？"

"噢，我什么也不是。无业游民。但是，我会找到一份工作的。请您别担心。我先提前给您支付一些定金，这样一来，您也能安心一些。这钱您收好！"

他把一大堆称之为定金的硬币塞到了她的手里。那是一只肥胖的女人之手。女人十分满意，并解释道：

"可惜这个房间并不向阳，它正对着巷子。"

"我就喜欢这样的房间，"西蒙回答道，"我喜欢背阴。

在这样暖和的季节里,照进房间的阳光只会让我感到厌烦。我必须说的是,这房间真的好看,而且还非常便宜。它就像是为我而建的。这张床似乎也不错。哦,对了。我们稍微检查一下房间吧。这里有一间衣柜,放我的衣服绰绰有余。我还惊喜地发现这里有一张可以舒舒服服坐下的靠椅。老实说,房间里能有这样一张沙发椅,在我眼里已经算是顶级配置了。墙上还挂了一幅画:我喜欢房间里只挂一幅画,因为这样就可以更加专注地欣赏它。我还看见一面镜子,我可以靠它来观察我的脸。镜面的玻璃不错,能把面部特征清晰还原出来。不过也有很多把脸照失真的镜面。这面镜子堪称一绝。为了给找工作做准备,我会坐在这里写求职信,然后寄送到不同商场的人事部门。我希望我能成功找到工作。我无法理解不成功的理由,因为我已经不止一次成功找到工作。您要知道,我经常换工作。这也是我想克服的一个缺点。您在笑!不过我是认真的。您的这间房对我而言是一种恩赐,因为像我这样的人住在这里是会感到幸福的。我会一直努力及时地履行我对您的义务。"

"我也相信您。"女人答道。

"我本来想先进山避暑去的,"西蒙接着说道,"但是这间背阴的房间比那明晃晃的群山舒服多了。我觉得有些疲惫，想休息一个钟头，可以吗？"

"哎，当然可以！现在这里可是您的房间啊！"

"还不是呢！"

随后，西蒙便躺到床上睡下了。

他做了一个奇怪的梦，这个梦后来困扰了他很长一段时间：

他梦见自己身在巴黎，可是为什么在巴黎他也无法知晓。他先是来到一条铺满柔软落叶的大街上，妇女的裙摆撩起落叶时发出沙沙的声响。总有一颗颗微小的绿色雨滴从轻声低语的树叶之间坠落下来，也总是从那里刮来一阵阵难以言状的柔风——仿佛一抹云彩。那里的房屋高耸，或灰白，或淡黄，或雪白。养着披肩鬈发的男人在街上行走，也有穿着黑色燕尾服、戴着红色帽子的侏儒在别人交叉的双腿之间自由地行走。裙摆遮盖之下的则是女人美丽修长的躯体，她们的个头甚至要比男人高出一大截。法式的长柄眼镜贴着身子垂挂在柔弱的胸脯前，茂密的秀发覆盖在她们美丽的头颅之上。她们的头顶戴着极小的帽子，而帽子附带的小型羽毛装饰则更加迷你，但是也有一些人戴着又大又宽、摇摇欲坠的羽毛，它似乎正把她们的脑袋往后下方拉扯。女人的双手和双臂也是一道靓丽的风景线，细长的黑色手套一直裹到臂肘之上。似乎目之所及的一切都是那么美好。高大的楼房像剧院里逼真的布景一样总想一上一下地摆动。光线一半属于白昼，一半则又属于即将到来的黑夜。他现在到了一座被一抹浓烈的绿意所覆盖的房子前面。但凡有人问起这座房子，便会得到如下答案："那里住着巴黎最美丽的女人。"突然之间，一朵轻柔的白云向大街弯下身来。如果有人惊讶地问起"这是什么？"便会有人回答："如您所见，这就是一朵白云。在巴黎的大街上看见云朵并非什么罕见的现象。但您是外国人，所以可能会对此感到惊讶。"云朵如同一个白色的泡沫落在大街之上，形似一只巨大的天鹅。很多女人都朝着云朵奔去，从中薅下一小块，用极其优美的摆臂动作将其放在帽子上，或者快乐地将其抛向彼此，小块的白云就这样粘挂在她们的衣服上面。人们会感叹道："看看吧，你们这些巴黎人！他们正在嘲笑这个一脸惊奇的外国人。每逢新的一天来临，难道这些巴黎人自己不会对他们城市的美丽感到惊奇吗！"随后出现的是巴黎的街头混混，他们用擦燃的火柴给白云挠起痒痒，白云便再次一跃而起，轻柔而庄重地飞向高处，直到消失在屋群的上空。人们再次把目光放在大街之上。在环境优美、品质突出的餐厅里，穿着淡绿色燕尾服的服务员正招待着客人，女士们喝着咖啡，用她们优美的嗓音相互交谈。抒情诗人站在高出一截的木板上演唱着自己在家就已经创作好的歌曲。他们身穿高贵的棕色丝绒。没有比这更加可笑的存在了，没有什么比这一幕更加滑稽的了。观众以抒情诗人的最佳表演为乐，却不给予他们特别的关注，这样的事情在巴黎是不可能发生的。身材狭长的可爱小狗尾随人群来到这里，它们摆出这副样子，好像它们知道在巴黎举止必须得体一样。每个形象或者现象与其说在走路，不如说在飘动；与其说在迈步，不如说在舞蹈；与其说在奔跑，不如说在飞行。一切都在跑着、走着、跳着，大步流星，一路向前，一切都是那么自然。大自然似乎就定居在这条大街之上。身穿深色衣物的牧羊人走在前面，成队的羊群系着发出叮当声响的羊铃穿过这里，大街瞬间如同暮色时分的山谷。随即而来的是系着铃铛的牛群，发出丁零当啷的响声。那确实就是一条大街，并不是什么山间牧场，它就位于巴黎的中心——欧式优雅的心脏。然而，这条大街宽得就像巨大的河流。忽然之间，身手灵活的小男孩手持巨长的打火棒点亮了灯火。他们用打火棒拨开灯笼上的旋塞，以便让燃气从管道之中冒出，他们就这样点燃了灯笼。他们就这样从一个灯笼跳到另外一个灯笼，直到所有灯笼都被点亮。现在所有的灯笼都闪烁着微光，仿佛与移动的行人一起漫游。那究竟是一种什么神奇的白色灯光，这些点火的魔鬼男孩究竟又从何处而来、往何处而去？他们的家在何处？他们也有父母和兄弟姐妹吗？他们也要上学堂吗？他们也会长大成人、娶妻生子、生老病死吗？他们一概穿着蓝色的短款衬衣，似乎穿着胶鞋，因为人们只能听见他们一闪而过，根本就听不到走路的声音。他们已经走了。天已经入夜，变化万千的大街上可以看见妙不可言的引人注目的女人身影。她们的头发十分茂密，有的淡黄，有的深黑。她们的眼睛炯炯有神，闪烁微光，让人感到阵阵悲楚。她们身上最靓丽的是她们的双腿，它们没有被裙摆或裙子遮住，一直露到膝盖上方，膝盖以上则穿着十分华丽的裤子。从脚几乎一直到那柔软的膝盖处则穿着一双由精致的皮革制成的长筒靴子。这双鞋子本身也是适合包裹女人移动之足的最柔软之物。人们只能用眼观之，并在心里偷乐。这些女人的步伐先是有一种欢呼时的雀跃之态，继而出现力量之感，最后露出舞蹈时候的轻盈。她们走路的方式只可描述或者意会，先是抬起一只脚，然后另外一只脚跟上，它让人用眼睛便可梦见甜美的事物，它让心灵苏醒，并让人思考上帝何以把女人创造得如此完美①。人们可以强烈地感受到："如果上帝真能藏身

---

① 最后一个分句的原文为"wie es komme, dass Gott die Frauen so schön erschaffen"，该句语法似乎出现错误。原文主语为"女人"，意即：女人创造上帝。但于逻辑不通。

于这世间的某个地方——虽然这件事不可设想,这个地方一定是巴黎。"西蒙还完全没有准备好,便突然置身于一个木雕的楼梯之上,楼梯通向一间房间,里面的沙发上睡着一个姑娘。他凑近去看才发现她是克拉拉。一只小猫在她的身旁打盹,她用手臂将其揽在怀里。一个黑人仆人端着晚餐走了进来;西蒙坐到桌子旁边,此时从房间的天花板上传来一阵轻柔舒缓的音乐。这音乐就像是一口独一无二的珍贵喷泉所发出的潺潺水声,时而在远处,时而在他耳畔回荡。"在巴黎是很少能享受服务的。"西蒙一边心想,一边享受着这可口的美食,仿佛置身格林兄弟的某个童话中。这时睡觉的人醒了过来。"你过来,我想给你看点东西。"她轻声对他说。他站起身来,她用看起来像魔法棒的东西打开了房间的双开大门,至少西蒙没有看见她是用哪只手打开了门。"我现在成魔法师了,"她朝着一脸惊讶的西蒙笑道,"你别怀疑,但是也绝不要让它吓到你。我不会给你看让你觉得恶心的东西的。"他跟着她走进另外一个房间,她用芳香温暖的气息朝着他轻轻吹了一口气,他便突然看见哥哥克劳斯就坐在他的书桌旁创作。"他很努力,正在书写他的毕生之作。"克拉拉用暗示性的语气轻声说道。"你看,他一脸沉思,正沉湎于观察河流的走向、群山的历史、岁月和山谷与地层的蜿蜒曲折。但是在这期间，他却想起他的兄弟，他在想你！你看一看他皱起的额头。似乎是你才让他放心不下，你这个坏人！可惜他无法说话，否则咱俩就能听到他对你的看法，听到他对你引起他担忧的行为的看法。他爱着你，你看着他！他如此深爱着他的兄弟，并希望他成为这世界上一个勇敢、受人尊重的人。但我看见这个画面正在消解。跟我来，我现在再给你看点其他的。"她一边说着话，一边用她的魔法棒打开了第二扇稍微小点儿的门，魔法棒确实攥在她的手里。西蒙看见她姐姐海德薇躺在一张铺满白色亚麻布的床上。这间屋子充满好闻的草药和鲜花的味道。"看看她，"克拉拉说道——一个寒颤让她清晰温柔的声音厚重起来，"她去世了。生活让她太痛苦了。你知道姑娘家承受痛苦意味着什么吗？我曾给她写过信——一封热忱、充满渴望的长信，你是知道的，就在那个时候，她再也无法提起笔来给我回信了。她离开了，并没有回答这个世界抛出的问题：'你为何不来？'她沉默地离开了，如少女一般，如花朵一般！她是那么友爱。作为弟弟的你和作为朋友的我一样，已经很久没有感受到这份爱了。你看她在微笑。要是她现在能够说话，一定会十分友好地跟我们交谈。她说话十分严肃。她楚楚可怜地咬紧嘴唇，你却没有看着她的嘴巴。死亡一定亲吻过她，她才能在死亡的睡梦之中一直保持微笑。她是个勇敢的姑娘。她的死如同花朵的枯萎。我们接着往下走吧。在我的魔法区域可千万不能发呆。我伤害到你了吗？说出来听听。不会的吧：如此美丽的死亡何来痛苦？你们让她承受着苦痛，这才是痛苦所在。我可不想伤害你。来吧，你现在还会看到不一样的东西。"她嘴里还在说着这些话，第三道门就弹开了，西蒙朝着一间宽敞的画室望去。他闻到了油彩的味道，看见四面的墙壁上挂着哥哥的画作。卡斯帕尔背对着大门，坐在画架前的他仿佛全身心投入在创作中。"安静点，不要打扰他，他在创作，"克拉拉说，"我们不应该打扰正在创作的人。我一直都明白他只为艺术而活，当时的我觉得我应该并且可以依着他的意思。但是事实证明，我最好还是去阻止、干扰他。如果他想创作，他必须忘记他周遭的一切——包括他的最爱。为了赋予创作爱意与真挚，这样的创作要求扼制一切关乎爱与内心的情感。这你不懂，唯有他懂。如果你看见我这样看着他，难道你不觉得我渴望投入他的怀抱吗？如果我轻声细语、心惊胆战地问他：'卡斯帕尔，你爱我吗？'你猜他会对我说些什么。他一定会轻轻地抚摸我，而我会发现他额头表露的那一丝不悦。然而这个发现会把我这个永远遭受诅咒之人从他面前的高山之巅抛向那难以启齿的肮脏深渊。不，克拉拉才不会这样做。她对我那么好。他对我也很好，也很友爱，他的为人就是如此。①我就这样站在他的背后，我可以安静地看着他创作，看他向前滚动那巨大、火红、冒着热气的球体——他笔下的艺术，把摔跤运动员用尽最后一点力气去击败对手的场景表现出来。你看他运笔时的投入，他用画笔让色彩之钟响起万千的声音，他让每条线条更具有线条感，每种色彩更加鲜艳，每次强调更加明确，每个渴望更加强烈。我深爱他可以捕获所有形状的目光，因此他在巴黎只需要一间简易的小屋，就可以在画中领会整个世界。他将自然当成体态丰腴的爱人揽入怀中，然后不停亲吻着她的嘴唇，以致二者——他和自然都无法呼吸。我几乎都觉得自然在真正的艺术家的投入面前显得弱小无力，仿佛它是一个可以随便使唤的爱人。如你所见，卡斯帕尔是用头脑、感觉和双手进行创作的；他像一匹脱缰的野马疯狂着、创作着，夜里他在狂野的梦境中继续他的创作。因为艺术是艰苦的，于我而言，这也正是一个正直坦率之人能够挑战的最艰难的任务。永远都不要去打扰他那项神圣的任务，因为他为后代的幸福进行创作。如果现在我把我脆弱又可怜的爱意强加于他，那才真的是一件该受谴责的破事。亲吻会戕

---

① 此处叙述视角由克拉拉视角转换成西蒙视角。

害、扼杀他对艺术的念想,如果女人察觉这种念想在亲吻中隐隐抽搐,她是不愿意去亲吻的。否则她会稀里糊涂地背上谋杀者的罪名!但是现在倒是一切安好;站在他的脊背、肩膀以及鬈发后面虽然有些令人心痛,但能听见他的心灵为此而响彻的钟声,也能感受到他身居这个世界那种甜美的合理以及完整。这些感受一定会在某处得以缓和、整合,并表明自己的立场。就连一个柔弱的女人都会清楚地知晓自己在这种处境之中扮演怎样的角色。注视一位艺术家并若有所思地去领会他的每一个动作,这要比想着如何去影响他来得更加美好,否则便会凸显自己的贪婪——试图想要获取一些既于自己、又于这个世界意义非常的东西。任何一种态度都有它存在的意义,但是擅自插话或干扰绝对不会!我还有很多事情要和你说。跟着来吧。"——克拉拉带走西蒙的时候,所有房间的天花板和墙壁之中再次响起一阵美妙、难以领会的音乐,仿佛是来自遥远的小树林里千鸟的啼鸣。他们回到第一个房间,在那里看见黑色的小猫正把爪子伸进一个细颈奶壶。小猫看见他们立即跳开了,躲藏在一把椅子的后面并用那灼热的黄色眼睛小心翼翼地向它的前方望去。克拉拉打开窗户:绝妙的景象!夏日绿树成荫的大街上正飘着雪花,一片接着一片,密集到无法望穿整个街景。"这在巴黎实在不是什么罕见现象,"克拉拉说,"这里总是在每年正热的时候下雪,这里没有分明的四季,就像这里没有特定的说话方式一样。人在巴黎要对一切迅速做好准备。如果你在这里住久一点,你会掌握这个本领,也会改掉你身上那种不太应景的惊讶。这里的一切都是一种快速、优雅和谦虚的领会。敬畏世界:这一点在这里被视作最高、最佳的法则。你会学会这一点的。比如说对这场雪你有什么想法?你觉得大雪会一直下到与房屋齐平吗?事实确实如此,从现在起我们很有可能要在雪里面躺上一个月了。这又能给我们造成什么影响呢?我们有照明设备,还有一间温暖的房间。我大多数时间会睡觉,因为魔法师必须要有充足的睡足;你可以和那只小猫玩耍或者读书。我这儿的图书馆里收藏了内容最为精彩的巴黎小说。一个月之后——等等,顺便说一下:我们还有音乐,不是吗?就像我说的,再过一个月巴黎的大街就又回春了。那时的你会看见长时间闭门不出的人在宽敞的大街上相互拥抱,因为重逢的喜悦而流下眼泪。所有的一切都会拥抱在一起。那种长时间压抑的情致会从眼睛、嘴唇和嗓音之中爆发出来,人们会在五月天里亲吻,不过这一切你会亲身体会到的。你想象一下:天空湛蓝,温暖潮湿的空气流向大街,天空会在巴黎漫步,然后混进如痴如醉的人群之中。树木会在一日之间绽满花朵，释放出迷人的香气，群鸟啼鸣，云彩舞动，花朵会如雨滴般在风中起舞。每个人——就连贫苦不堪或衣衫褴褛的人的口袋里都会装着钱。但是，我现在想睡觉了。你看我已经困意十足了。你就利用这个时间去钻研一下这些作品吧，找出一本能够让你痴迷一个月的作品。这样的书这里是有的。晚安！"——她就这样睡着了。但是那只猫却想躺在她的身边。西蒙朝它跑去，它却快速逃走了，他接着去追它。即使西蒙已经把它抓在手里了，它也总是能从西蒙的手里脱身而去。西蒙自己也跳进了一种难以呼吸的状态之中，不过最终他从这种状态中清醒了过来。

"我做了一个悲伤的梦。"他一边想，一边从床上起身。

已经是傍晚时分了。他走到窗户边，第一次朝脚下那条深不可测的巷子望去。两个男人正走着路，在高耸于两侧的墙壁中间，他们正好有可以舒服地并排行走的空间。他们说着话，声音沿着同时作为传播导体的墙体出奇清楚地传到了他的耳朵里。天空抹上了一层金色和高饱和度的蓝色，这抹蓝色唤醒了他某种无法确定的渴望。此刻，位于西蒙正对面另外一栋房子的窗户边上出现了两个女人的身影，她们用相当无礼、嘲笑般的眼神打量着他。他感觉有肮脏的双手正触摸着他。其中一个女人用平常音量朝他说道——因为感觉好像他们三个人就坐在同一间房间里，而那一抹狭长的天空也恰巧位于这个房间里面："你简直太孤独了！"

"啊，没错！但是，孤独照样美好。"

西蒙关上了窗户，而那两个女人却突然大笑起来。能和她们聊得来的内容想必也不会太庸俗吧。不过今天晚上他没有什么兴致。再次撕裂他生活的重大变化让他开始严肃起来。他合上白色的窗帘，点起灯，继续读司汤达的小说，也就是他在乡下海德薇那里没有能够读完的那本。

第十四章

埃米尔·唐纳。家庭还是不幸?

酒馆谈话或论不幸。深夜小巷。

他读了一个小时的书后便熄了灯、关上窗户，走出房间和楼下的大门，来到繁华壮观的大街上。扑面而来的是沉重而温热的黑暗。老城区里挤满了各式各样的小型商铺，数量之多严重地增加了逛街时的选择难度。他在人头攒动的热闹大街上走了几步，便进了一家酒馆。在一张圆桌旁边聚集了一小群人，气氛融洽，其乐融融，他们的焦点想必是在一个会制造快乐的人身上；因为只要他一开口，其他人便会开怀大笑。有这样一群人的存在，无论他们说什么都会显得滑稽可笑，或许他便是其中之一。西蒙坐在同桌两个年轻男人的旁边，不自觉地听起了他们之间的谈话。他们谈话的语气十分严肃，表达也相当巧妙。他们争论的对象似乎是一位不幸的年轻男子，他们可能对他十分了解。但是其中一位并没有打断另外一位，而是让他继续往下说，于是西蒙听到了如下内容：

"没错，他是一个秀气的小伙子。孩童时代的他还留着长发，穿着短裤，小女孩牵着他的小手沿着小城的街巷散步。看过他的人都会赞叹地说道：'真是如画一般秀气的小男孩啊！'他的成绩与他的天赋不无关系，我是说他在学校的成绩。他的老师都很喜欢他，因为教他无需花费过多的精力。他的聪明才智能够保证他轻而易举地完成学校规定的作业。他的体操、绘画和计算成绩均十分突出。至少有一点我很清楚，他的老师让低年级的学生，甚至是高年级的学生把他当作学习的榜样。但凡和这个少年有些关联的人，都会为他温和的神情以及他那充满男子气概的绝美双眸所吸引。父母把他送到高级中学的时候，他已经享有一定的知名度了。众所周知，由于受到母亲的溺爱以及众人的景仰，他的精神必定提前感受到了为人青睐、认可所带来的那种温和，也正是那种随心所欲与美好的无忧无虑才让这个年轻人轻而易举地掌握了享受生活的密码。假期归来，与他相伴的除了漂亮的成绩单之外，还有一群年轻的同学，而他的母亲则全神贯注地听他讲述他在各方面取得的成绩。当然，在女孩那里开始并且已经取得的成就他对母亲避而不谈，女孩们觉得他亲切而友好，而他觉得她们草率轻浮。他利用假期去低地远足，或者和志同道合的伙伴在绵延高耸的群山之上度过数日——不是单纯的若干小时。群山让他痴醉，因为群山纵向耸立，横向则朝着无法确定的远方无限地绵延下去。他的同行者都被他吸引并沉醉其中。无论是从精神，还是肉体方面的健康与灵活程度而言，他仿佛就像一个纯粹为了娱乐留在学校里学习一段时间的神祇。他离开的时候，女孩的目光会追随着他，好像她们为他蓦然回首的目光所牵制一般。在他漂亮的金色脑袋上面俏皮地立着一顶蓝色的学生帽。他有一些天真的草率。有一次正值年市，平日里用来驱赶牲畜的广场上摆满了木屋、茅棚、旋转木马、滑梯以及跑马场。他手持一把枪膛装满子弹的步枪——不是那种普通的危险系数不高的猎枪——朝着射棚射击。他站在射棚的前面，以便引人注目，因为那个为他递枪的女孩让他着迷。子弹穿过木屋的射板，射进了紧紧停靠在木屋后面的汽车里，差一点就伤到了那个躺在摇篮里熟睡的小孩。那辆车是四处漂泊之人一大家子的住所。这个恶作剧自然是成功了，而且其他一些恶作剧也相继而来；接下来的一次又是假期的时候，校长在这个年轻大学生的成绩单上写了一些讽刺性的评价，同时也给他的父母写了一封信，信的内容慷慨大方，尽是一些客套话，不过校长真心希望父母能够主动把他们的儿子领回家去，否则就有必要把他开除了。理由如下：毫无意义的举止行为，影响别人并造成不良影响，不负责任。信里还写到了校长的深重责任和他同样应予以考虑的义务——总之，就是那些总是在此类情形下出现的套话："道德正面临危机，我们需要保护那些还未堕落的学生，云云。"

这位说故事的人沉默了一会儿。

西蒙于是利用这个机会来让别人注意到他。他说道：

"您故事中的某些观点很吸引我。请允许我继续听您讲下去。我是一个刚刚辞去工作的年轻人，或许我可以从您的故事中学习一二，因为我认为聆听一则真实的故事总能有所收获。"

这两个男人仔细地打量着西蒙，似乎西蒙并没有给他们留下什么不好的印象，其实要是西蒙乐在其中的话，倒是刚才那个讲故事的男人应该邀请他继续往下听，于是那个男人继续往下说道：

"这个年轻人的父母因为这次开除感到大为震惊，陷入了巨大的苦闷之中；因为没有父母会在这样的情况之下视若无睹，并以一种平常的心态去坦然地面对呢。他们认为，首先最好把这个叛逆少年彻底从学业生涯之中解救出来，然后让他去学一门艰苦的手艺，比如技工或者锁匠。'美国'这个词语或者国家浮现在他们的脑海之中，鉴于他们儿子现在的处境，想必这个词是自己飞进他们脑海之中的。但是，事情的进展并非如此。即便父亲极力干涉——在这件事情上也是如此，母亲温柔的那一面一如既往地再次大获全胜。他们把这个年轻人送进了一家偏僻遥远的师范学院，他在那里必须为入行教师职业做准备。那是一个法语师范学院，他在那里除了好好塑造自己之外什么都做不了。不过，他至少认为在那里度过一段时间之后，便能作为年轻的实践老师踏入社会了。他在家乡附近的地方暂时找到了一份教师的工作。他教孩子教得很不错，如果时间允许的话，他能在家里读一些法语或英语经典作品的原著；他对语言真的拥有过人的天赋，所以他悄悄地考虑是否要换一份工作，于是他往美国写信咨询了一个家庭教师的岗位，然而事情却以失败告终，因此他只能过着一种介于义务和畏缩不前的自由之间的生活。因为正值夏日，他就经常和他的学生一起在水流湍急的深河里游泳。他向想要学习游泳的学生展示怎么开始游泳。但有一天一个旋涡把他卷走了，当时的情况就像他肯定已经溺水身亡。学生们便跑回镇子上大喊：'我们的老师溺水了。'但是这个年轻体壮的男人却从危机四伏的漩涡之中挣脱出来，返回家中。他不久之后又去了另外一个地方，那个处于深山之中的村子虽然不大，却富裕。他在那里发现了可爱的人，因为他们把他更多地当作一个人、而不是一个老师去尊重。他还是一个出色的钢琴演奏者，也是一个十分有魅力的小伙子。处在一个由几个人组成的社交圈子之中，他善于让娱乐的魔力之线完全围绕着他转。一个十分友好但是韶华已逝的女人爱上了这位教师，她为他提供一切可能的舒适和安慰，并把他介绍给村里第一批人，以此来表达她的爱意。她出身古老的军官之家，祖先曾在异国他乡服过兵役。某一天晚餐的时候，她送给他一把彰显英勇的精致军刀，可是它毕竟很有可能是一件危险的武器，或许在它的那个年代还沾染过鲜血。这是一个精致的物件，这位善良友好的小姐把这个精致之物递给了他，她低垂的双眼或许是要压抑住她深沉的叹息。他以浪漫高雅的姿势坐在钢琴旁边演奏，她就仔细地聆听，无法将目光从他的身上移走。冬天的时候，她经常和他一起去一个位于高处的小湖滑冰，两个人都十分享受这种美好的快乐。但是，这个年轻人却希望尽快离开那里，因为他过于强烈地感受到了那种温暖而诱人的联系，这种联系似乎希望将他永远束缚在这座村庄，而他必须逃离此处，因为他依旧怀揣着追逐这个世上伟大事物的憧憬。他离开了，他用这个富有女人送他的钱支付旅途的费用；毫无保留地把钱给他让她感受到一种既可悲又可怜的快乐。他就这样去了慕尼黑，在那里像当地的大学生一样过着十分潇洒的日子；他继而返回家乡，重新找工作，在长满杉木的群山脚下的一家私人机构找到了一份工作。他在那里的任务就是给来自各大洲的富人子弟上课，他心怀无限的爱意与巨大的乐趣坚持了一段时间，后来与他的上司——这家机构的持有人发生冲突之后便离开了那里。接来下轮到了意大利，他因为家庭教师一职前往那里，然后是英国，他在一家庄园给两个正值青春期的女孩当家教，但是在这期间他只跟她们做了一些疯狂的事情。他再一次回到家乡，疯狂的想法在他脑子里作祟，他空虚的心灵之中只有一些无助的幻想在挣扎，然而这些幻想却没有任何权利驾驭现实。要求他投入其怀抱的母亲在这期间去世了。他变得空虚而绝望。他幻想着投身政治事务，但对于这门学科他既缺少足够的知识体系与平和，也不具备必要的修养和策略。他也撰写过股市报告，但是毫无意义；因为撰写这份报告的时候，他的理智已经残缺。他创作诗歌、戏剧以及音乐作品，他也绘画、素描，但是一切都显得那么业余而幼稚。在这期间，他找到了一份工作，显然也只是短期的工作，然后他又重新找到一份工作，如此反复！在这好几十个地方之间来来回回，他觉得到处都在欺骗、伤害他，他在学生面前失去了体面，在他们那里借钱，因为他从来都身无分文。他的脑袋还没和身体分家的时候，他还是一个身材苗条、相貌出众的人，他的外表温柔舒服，他的言行还是那么高尚。但是这也是极少数的情况。这个世界上没有任何地方会长久地需要他，一旦摸清了他的本性就会把他打发走，或者他自己出于异乎寻常、连自己也无法说清的原因决定离开。这当然会让他的生活完全瘫痪麻木。当时他还从意大利给他哥哥写了一些充满热情和理想的信件。他在伦敦走投无路的时候，曾走进一个富有的丝绸商人的海外办事处，以他当时贫困的处境想必是会有人伸出援助之手的。那个富商是他的一个叔叔，他想请求他借点钱给他，虽然他没有说出口，但是完全可以看出他的想法。他的叔叔耸一耸肩表示拒绝并打发走了他，一分钱也没有给他。他鼓起勇气、放下尊严跑去求助之时，他那美好温柔、作为人的自尊心早已经苦不堪言了。他确实不该这样去做，可是他走投无路啊！人们可以谈论自尊，但也不能忘记生活的意外，然而在意外事件面前还一味要求人要有尊严，这简直毫无人性可言。那个苦苦哀求的他多么不堪一击啊！从他哀求的那一刻起，他的心灵就如同孩子一般脆弱，那充斥着迷失生活的悲痛和悔意便开始轻而易举地摧残这个心灵。在四处游荡之后的某天，他再次回到家中，那时的他面色惨白，筋疲力尽，衣衫褴褛。他父亲对他的归来冷酷无情，姐姐却十分高兴，只是她在盛怒的父亲面前也怯于表现。他打算再去谋一份编辑的工作，他在城市四处游荡，在城里他可以给所有女孩送上戒指并告诉她们，他想和她们结婚。显然他太天真了。别人自然会在背地里议论、嘲笑他。于是他继续他的流浪，最终谋得一个教师的岗位，但是事实表明，他已经变得无法被这个世界所接受了。有一天他光着脚丫前去上课，不过也只是其中一只脚没有穿鞋子和袜子。他不知道自己在做什么，或者说他正在做他那异常糊涂的大脑要求他做的事情。就在这期间，他从自己的军事服役名册之中抹去了降级的记录，那次降级是因为他犯下了一个重大错误。这个不为人知的行为曝光之后，他因此锒铛入狱。在监狱里人们意识到他的精神状态，所以把他送进了一个精神病院，直到今天他还在那里。我之所以知道这一切，是因为我经常和他在一起。无论是百姓生活，还是兵役生活，很多年来都是如此。我也帮忙把他送到他现在所处的那个地方——那个可惜他必须前往的地方。"

"太惨了！"另外一个男人惊呼道。

"我们把酒喝完就走吧，"说故事的人补充说道，"有些人断言，和他有过关系的放荡女人才是把他推进深渊的罪魁祸首，但是我不相信这种说法，因为我坚信大多数情况都放大了这些女人在他身上施加的不良影响。关于女人的一切并没有那么糟糕，或许问题出在他的家庭。"

西蒙从座椅上跳了起来，显得十分激动，脸颊上也露出了一丝不满的怒意：

"什么？问题出在家庭？我高贵的说故事先生，您弄错了吧。请您仔细把我打量一番。或许您也能在我身上发现诸如此类原因在于家庭的问题？难道我也要去精神病院吗？如果问题真的出在家庭，那么我一定会不假思索地去精神病院，因为我也是这个家庭的一员。您故事里的年轻人就是我的哥哥。公开地将这个仅仅只是不幸，但绝非堕落的人称作我哥哥，我完全不以为耻。他叫埃米尔，埃米尔·唐纳，不是吗？如果他不是我亲爱的哥哥，我怎么会知道呢？他的父亲，也就是我的父亲，难道不是一个面粉商吗？难道他不还经营着规模可观的勃艮第葡萄酒和普罗旺斯食油的生意吗？"

"老实说，句句属实。"那个之前说故事的男人说道。

西蒙继续往下说道："不会的，问题的原因不在于家庭。只要我还活着，我就会拒绝这种说法。事情的关键在于不幸。女人也不是其中原因。您说女人并不是其原因，这一点我十分同意。难道男人陷入不幸总是这些可怜女人的过错吗？我们为什么不能把事情想得简单一些？难道这种不幸和性格或心灵的某个部分不无关系吗？因为这样，并且一直这样，所以他的心灵这样了。请您看一下我现在做的手势：这样，然后心里这样！原因就在于此。人总是会按照自己的感觉做事，随后才会遇到挫折和坎坷。人总是会先想起令人毛骨悚然的生物遗传，然后才会想起其他方面。我觉得这一点十分可笑。把他的不幸归咎于他的父母以及祖先，这是多么懦弱、不光彩的行为啊。这种行为缺乏体面与勇气，还缺什么呢？那就是心肠过于软弱！不幸之所以会降临在某个人身上，仅仅是因为这个人已经提供了命运制造不幸所需的一切。您知道对于排行较小的我们——我和我的另一个哥哥卡斯帕尔——而言，我们的哥哥意味着什么吗？我们一起散步的时候，他教我们去领会美好、高尚的事物，那个时候我们还是只会胡作非为的毛头小子。从他眼睛里面，我们感受到了他对艺术如火一般的热情。您能想象那是一段多么美好的岁月吗？我们寻求理解、充满追求，而且那是最美好、最勇敢意义上的'充满追求'。我们再喝一瓶葡萄酒吧，算在我账上，没错，我来，即便我是一个衣衫褴褛的失业者。嘿，服务员，来瓶沃州①产的葡萄酒。把您这里最好的酒拿过来！——我是一个十分无情的人。我早就忘记了我可怜的哥哥埃米尔。我也完全不会主动去想起他，因为您看我也是一个在这个世界上依靠手脚奋力反抗才能站直的普通人。只有当我不再想去站立时，我才愿意倒下去。没错，只有我自己

---

① 瑞士的一个州，其首府和最大城市是洛桑。

值得别人同情时，我或许才有时间想起那些不幸的人，才会去同情他们。不过现在我还没有走到那一步，我打算继续开怀大笑，面对死亡开开玩笑。您在我身上看见了一个无坚不摧的人，他知道如何承受一切的不幸。生活根本不需为我如此闪耀，它现在的样子在我眼里已经算得上光芒四射了。大多数情况下，我觉得生活十分美好，我无法理解那些认为它不够美好、甚至还对它骂骂咧咧的人。现在葡萄酒端上来了。喝葡萄酒的时候我总是觉得自己很优雅。我可怜的哥哥还活着！我的先生，我十分感谢您让我的记忆在今天重逢这个不幸之人。现在，绝对不再心软，我的先生们，举起您的酒杯，愿不幸长存！"

"为什么，如果我可以问您的话？"

"您太夸张了！"

"不幸具有教育意义，因此我邀请您举起您摇曳光辉的酒杯祝福这种不幸永远长存！我十分感谢您。让我告诉您，我是不幸的朋友，一个非常亲密的朋友，因为不幸值得拥有信任和友谊的感觉。这种状态让我们彼此过得更好，事实也证明它给我们带来巨大的帮助。这是一种真正朋友式的帮助，正直之人必须对此加以回报。不幸是生活中一个闷闷不乐、但也因此而更加真诚的朋友。我们忽略它则是一种放肆和耻辱。遇见不幸的第一眼我们总是无法理解它，因此我们在它到来的那一刻起就开始憎恨它。不幸是一个悄无声息、不请自来的优秀伙伴，它总是让我们感到惊讶，就好像我们是一群很容易惊讶的笨蛋一样。如果一样东西拥有能让人感到惊讶的天赋，无论它是什么或者来自何处，它必定是一个极其精致的存在。它完全不为人察觉地突然出现在那里，不露哪怕一丝好奇或者期待的味道，然后突然如此亲昵地拍着某个人的肩膀，对他说'嘿，你'，并对其面露微笑，于是一张苍白温柔、无所不知的美丽面孔就出现在他的眼前：这比吃面包需要更多的技巧，也比人类发明那些怪异的飞行装置需要更多的技术——后者现在还没被发明好呢，人类就已经开始用冠冕堂皇的华丽语言自吹自擂了。是的，这就是命运，不幸是美丽的。它是有益的，因为它也包括了它的对立面——幸运①。它用双重武器武装自己，出现在我们面前。它拥有一个愤怒、极具毁灭性但同时又温柔可爱的声音。它杀死它不喜欢的陈旧生活来唤醒新的生活。它呼吁更好地去生活。如果我们依然希望体会所有的美好或者美好的事物，我们就应该对它感激不尽。它让我对陈旧的美好感到

---

① 原文为"Glück"，该词在德语中包含"幸运"和"幸福"两层基本含义。原文虽然对"不幸的对立面"——"幸运"进行了探讨，但为了译文的流畅，有时也取"幸福"这一说法。

厌烦，它用伸开的手指向我们展示全新的美好。难道不幸的爱不就是感情最为丰富的爱吗？由此它不也是最温柔、最精致和最美好的爱吗？难道那种被人抛弃的感觉不是以柔和、谄媚和舒缓的声音而久久不绝吗？我的先生们，我和诸位所说的这一切难道不是一种全新的看法吗？如果要这么说的话，这显然是一种全新的看法，因为很少有人这么说。大多数人都缺乏勇气把不幸当作沐浴心灵——就像水可以清洗躯体那样——的东西来看待。要是看一眼自己脱光衣服之后裸露的身体，然后裸着身子站在那里：多么美好啊，一个裸体、健康的人！这种纹丝不挂、裸身而立的状态是一种幸福！来到这个世上便已是一种幸运了，除身体健康之外没有其他幸运也不失为一种幸运，这种幸运比最宝贵的石头，比所有精致的地毯，比美丽的花朵、宫殿以及奇观更加耀眼夺目。最美好的财富便是健康，这是一种幸运，这种幸运没有任何其他事物可与其比拟，除非随着时间的流逝，人类变得野蛮，希望疾病缠身，并因此不劳而获坐拥巨款。如果人们真的乐于把赤裸、紧致而温暖，并可以体验尘世生活的躯体视作一种由美好和幸福构成的饱满状态，那必然会出现一种与之抗衡之物：不幸！不幸可以防止我们感情过度，它赋予我们灵魂。它训练我们的双耳去感受身体和心灵相互交融、相互触碰之时共同的呼吸所发出的那最美的声响。它让我们的身体成为某种身心合一的东西，心灵把我们带入内心的一种稳定的生存状态，而这种状态会赋予我们一种特权：如果我们愿意，我们可以将我们的整个身体当作心灵来感受，双腿是可以跳跃的心灵，手臂是可以或提或抬的心灵，耳朵是可以聆听的心灵，双腿是高贵行走的心灵，眼睛是可以观看的心灵，嘴巴是可以亲吻的心灵。不幸教会我们去爱，因为在没有不幸或者只有很少不幸的地方谁会去爱呢？在梦境中要比现实中更加美好，因为我们做梦的时候会瞬间明白不幸所具备的那种欢乐及令人着迷的善意。否则我们的理解在大多数情况下都是受阻碍的，比如不幸是以钱财损失的方式来到我们身边。但是钱财损失真的是一种不幸吗？如果我们失去钞票，我们究竟失去了什么？毫无疑问，失去钞票确实让人感到不快，但它不应成为你久久绝望的理由，你要意识到那并非真正的不幸。诸如此类！对此我还可以说很多。但到最后，人是会对这个话题感到疲惫的。"

"我的先生，您说起话来活脱脱就是一位诗人啊。"其中一个男人笑着说道。

"很有可能。葡萄酒总是让我的话变得富有诗意，"西蒙回道，"平常的我很少能和诗人沾上边。我习惯给自己制定规矩，一般而言，我很少喜欢让自己被幻想和理想冲昏头脑，因为我觉得这极不明智，也很骄傲自大。请您相信我，我可以是一个非常无聊的人。不过，人们也绝对不可以把每个谈论过美的人当作诗人，就像您现在把我当成诗人一样；因为我认为，就连平时思考十分冷静的当铺商人或者银行出纳员，也会突然想去思考除了他那捞钱行业之外的其他事情。通常情况之下，人们很难接受那些情绪千变万化、具有思考能力的人，因为人们没有学会换个角度去观察他们。和每一个这样的人展开一次勇敢、真诚的谈话，我将其视作我的任务，这样一来我便能以最快的速度看清楚和我打交道的人。经常有人因这样一种生活法则出尽洋相，比如说某一位女士赏了他一记耳光，但是这又有什么损失呢！我就很享受丢脸。然而却有那么一类人，因为你随便说了一句话便与他们缘分尽失，我始终坚信这类人的尊重一文不值，所以哪怕如此我也完全没有感到悲苦的必要。人类的尊重必然遭受人类之爱所施加的痛苦。这便是我对您对我作出的稍带讥讽的评价所作出的回应。"

"我完全不想伤害您。"

"您这样真好。"西蒙笑着说道。沉默了一会儿，他突然又开口说道："顺便说一句，您说的关于我哥哥的故事毕竟也和我有关。我的哥哥，他还活着，现在几乎没有人会想起他；因为谁要是像他一样偷偷溜走，特别是溜去那样一种暗无天日的地方，那么他便会被从别人的记忆里清除。可怜的小伙子！您看，我可以这么表述，他的心里只需要做出一点小小的改变，或者他的灵魂再多那么一点，他就可以成为一个其作品令人欣赏的创作型艺术家。变得强大仅仅需要那么一丝改变，而再多一点就能结束他的不幸。我到底想说些什么呢。他生病了，他身处太阳永远不再升起的那一面。从现在起，我会经常想起他，因为他的不幸太过残忍。这是一种连十个罪犯都不应承受的不幸，更不要说有这样一颗心灵的他了。是的，这种不幸有的时候并不美好，现在我愿意承认。我的先生，您必须知道，我是一个顽固之人，我喜欢向这个世界疯狂地宣称一些根本没有意义的东西。我有时非常铁石心肠，尤其在我满怀同情地看着他人之时，我会变得特别铁石心肠。我总是想对那种温暖的同情破口大骂并大加嘲笑。我是一个坏人，十足的坏人！我早就不是什么好人了，但是我还是想成为一个好人。我很高兴能够和您交谈。偶遇总是最具有价值的。我似乎喝得有些多了，酒馆里面太热了，我想要出去了。再见了，我的先生们。哦，不，不要再见了。千万不要。这不是我想要的。我只想出去，不想回头。还有很多人等着我去认识，所以我可不能那么轻浮地说：再见！这句话纯属撒谎；因为我并不希望再一次见到二位，除非偶遇，要是偶遇我倒是觉得挺高兴的，即便那是一种有所克制的高兴。我不喜欢徒增麻烦，我只想活得真实，或许这也是我出众的原因。我希望我在您的眼中也是如此，即便您现在对我感到惊讶，而且认为我很愚蠢——就好像我羞辱您了一样。不过这样也挺好。您有种再说一遍，我怎么就羞辱您了？您说啊？"

服务员走了过来，提醒西蒙保持冷静：

"您最好离开这里，到了您该走的时间了。"

他就这样被温柔地撵了出去，进入那条漆黑的巷子。

那是一个漆黑而闷热的深夜。夜晚好似什么潜行之物正沿着墙壁悄悄移动。偶尔会有一栋高大的房子黑漆漆地耸立在那里，然后又出现一栋闪着黄色或白色光源的房子，好像它有什么特殊的魔法能够在漆黑的夜里发出光亮一样。房屋的墙壁也散发出奇特的气味。那是从墙体里散发出的某种潮湿发霉的气味。偶尔出现的几盏路灯能够照亮巷子的小块区域。上方线条分明的屋顶从平滑高立的屋墙凸了出来。整个广阔的夜晚似乎就躺在这个小巷的混乱之中睡觉或者做梦。还有几个夜不归宿的人在这里游荡。这儿有个人跟跟跄跄地走着，嘴里哼着小曲；另外一个人则破口大骂，感觉想要把天捅个窟窿出来；第三个人已经躺在了地上，此时戴着警帽的警察正站在墙角后面朝着这里看来。走路的时候，脚步就会在脚底下发出响声。西蒙遇到了一个上了年纪的醉汉，他在整个巷子之间来来回回地左右晃动。那是一副不幸的，但同时又很快乐的画面：这个笨拙的身影抛来抛去的样子，好像被一只灵活的隐形之手来来回回地击打。这个年迈的白胡子老人不小心把拐杖弄掉了，于是想把它从地上捡起来，但是对于一个酩酊大醉的人来说，这是一项艰巨的任务，似乎他自己也快要跌倒一样。但是西蒙为一股微笑式的同情所感染，于是迅速走到老人的拐杖旁边，捡起了它，然后交到老人的手中。老人则操着一口醉汉式的奇怪语言，嘴里嘟囔着表达谢意，那种语气十分欠骂。那个眼神瞬间让西蒙清醒过来，他随即从老城区取道去了更加雅致的新城区。他走在隔开新旧城区的大桥上，呼吸着奔流的河水那独特的气息。他走向三个星期之前那位女士站在橱窗前跟他搭话的那条大街上面，看见之前的女主人家还亮着灯，想到她昨天还是自己的女主人。他在群树下面继续走着，直到那片宽阔漆黑的湖域出现在他的眼前，湖泊似乎正在它整个壮观的延展之中熟睡。还有这种睡法！整片湖泊连同它所有的湖沟一起入睡了，这个场景实在令人印象深刻。是的，这是罕见的，几乎是难以理解的。西蒙朝着湖泊继续看了一会儿,直到睡意来袭。哦,现在他很想好好睡上一觉。黑夜会悄悄地向他袭来,明天他会赖床不起,因为明天是周日。西蒙回家了。

第十五章

魏斯太太。周日场景。与护理员的谈话。
护理员海因里希。论宗教。海因里希与西蒙。

次日，他一直睡到教堂的钟声响起才醒过来。躺在床上的他便意识到，外面碧蓝的天空必定预示着美好的一天。从窗户玻璃折射的光线可以推断出街巷上方正悬挂着一方美妙至极的初晨的天空。如果长时间注视对街的屋墙，就会察觉一些闪烁淡淡金光的东西。很难想象这堵沾满污渍的墙体在一个阴云密布的天气会显得多阴暗污浊。他久久地望向那里，想象着现在载着帆船的湖泊在晨间金光四射的碧蓝天空之下的场景。一些林间草地，一些景致，一些位于茂密绿树下的长椅；森林、小路、林荫大道，位于覆盖着树木的大山背部的草坪、斜坡以及峡谷；峡谷之间植被丛生，山溪布满大石，山泉潺潺，人们可以坐在小溪边打盹。西蒙朝着对街的墙面望去，这一切都清晰可见。虽然这只是一堵墙，但是它能显现出祥和周日的整幅图景，这一切仅是因为一抹碧蓝的天空在来回飘动。此外，钟塔传来的熟悉的声音也功不可没，没错，塔钟懂得如何唤醒画面。

依旧躺在床上的西蒙决定从现在起更加努力，学习一些本领——比如学一门语言，以及更加自律地生活。他耽误了多少时间啊！学习一定能给人带来快乐。真切而生动地去想象学习——从不停止学习的场景，这本身就让人感到快乐。他感受到自己内心深处某种人性的成熟：完全心怀这种已经获得的成熟去学习，那学习这件事本身才会更加美好。没错，他现在就想这样实施计划：学习，制定任务，在任务中发现魅力，自己既是自己的学生，也是自己的老师。现在开始学习一门优美的外语怎么样？比如说法语？"我会学习词汇，然后把它们深深地记在脑子里。那个时候，我那无论何时都栩栩如生的想象力一定会派上用场。Der Baum：l'arbre。① 我会在我完全投入的感觉之中看见树木真实的样子。我会想起克拉拉，看见她穿着宽褶的白色长裙站在深绿色的宽大树荫下面。我会再次想起很多事情，那些几乎已经完全遗忘的事情。这种感觉会在这样的体会之中变得更加强烈，更加生动。所以说，不学无术的人会变得愚钝。正是这种不起眼的小事情才可爱，我是说这种开始学习的状态！现在我从中瞥见了巨大的魅力，我无法理解我为何可以固执、懒惰如此之久。哦，这种十足惰性的原因在于那种想要知道更多以及误以为更懂

---

① 分别是德语和法语的"树木"。

的固执。只有意识到自己所知甚少，情况才会有所好转。外语词的发音会让我更加真诚地怀念与之对应的德词语，它的意义也会在我的思绪之中继续铺展开来；这样一来，那些由完全不熟悉的画面所构成的一种全新的、更加丰富的声响便会成为我自己的语言。Le Jardin：Der Garten。[①]我在此处会想起海德薇乡村风貌的花园，就是那座我帮忙一起栽花种草的花园。海德薇！我会迅速想起我在她那里度过的所有日子里所发生的一切：她说过的话，她做过的事，她承受过的痛苦以及她的所思所想。我没有任何理由这么快忘记所有的人或物，我最不能忘记的就是我的姐姐。当时我们还在打理花园，夜里再次下起了雪，我们十分担心我们的花园将一无所获。照顾花园对于我们来说十分重要，因为我们承诺彼此要用这个花园种出许多好看的蔬菜。能和一个人分享这种苦恼是件多么美好的事情啊。承受整个民族的痛苦与挣扎并且为之共同战斗又会是什么样子呢？没错，这一切都会在我学一门语言的时候浮现在我的脑海之中，甚至更多——多到我现在还无法将它们悉数表述出来。只有学习，不断地学习，不管怎么样都要学习！我还想投身去研究自然史，孤身一人，手里只需攥

---

① 分别是法语和德语的"花园"。

着一本廉价的书；我也不需要老师。书我明天就去买，因为今天是星期天，所有的店铺都紧闭大门。一切都会顺利的，我十分确定。人活在这个世界上究竟是为了什么呢？难道这段时间以来无所事事不是我自己的过错吗？我必须振作起来了，现在真的到了关键时刻了。"

他从床上爬了起来，好像他需要现在就立即开始他的新计划一样。他迅速穿好衣服。镜子告诉他看起来他真的不错，这让他十分满意。

他正想要下楼梯，魏斯太太——他的房东，即房间租主——就遇见了他。她身穿一身黑，手里拿着祈祷小书，刚从教堂回来。她看见西蒙的时候笑得十分开心，并问他是否希望和她一起去教堂。

他说他已经很久没去过教堂了。

听到从年轻人嘴里说出这番有失体统的话，她本来好端端的脸上露出了惊吓的表情。她并没有因此生气，因为她毕竟不是什么小肚鸡肠的信徒，但她也没有忍住告诉西蒙这样做是不对的。对此她完全无法相信。对她来说，西蒙看起来完全就像一个常去教堂的人。如果事实果真如他所言，那他就应该去思考思考自己不去教堂的不是了。

为了让她保持好的心情，西蒙承诺下一次跟她一起去教堂，她看他的眼神也因此开始友好起来。就在说这话的时候他下了楼梯，免得继续留在她的身边。"一个友爱的女人，"西蒙心里想道，"她喜欢我，我总是能察觉女人是否喜欢我。她因为教堂跟我生起气来，这可真有意思啊：生气和女人总是绝配。我喜欢看女人生气。此外，她还很尊敬我。我会进一步学习如何在她那里维系这份尊敬。但是我不会过多或者过于频繁地跟她说话，那么她就会期待主动和我开启一段对话，也会对我对她说的每一个字都感到高兴。我喜欢像她这样的女人。她身穿黑色迷人极了。她丰满的手里拿着的那本祈祷小书看起来也很可爱。一个祈祷的女人本来就具有一种感性的魅力。她那只从衣袖的黑色之中探出来的雪白的手是那么优雅。还有她的脸庞！现在也已经由阴转晴了！拥有可爱之物作为备胎——以备不时之需，这实在让人感到舒心。于是我便会拥有另一种家，一种在他人那里回家的感觉，一种依靠，一种魔力，因为没有这种现存的魔力我将无法存活下去。之前在楼梯上的时候，她就希望继续和我聊天。但我终止了这次谈话，因为我喜欢给女人留下未竟的愿望。这样一来，人们就不会轻视它的价值，反而会抬高它的地位。就连女人自己也希望别人这样来做。"

大街上簇拥着衣着舒适的人群。所有的女人都穿着光亮洁白的连衣裙在大街上行走，小女孩们的裙子上系着宽大的彩色飘带，男人们穿着简单的夏季衣物，小男孩们穿着水手服，小狗们就跟在这样一群人的身后；钢丝栅栏隔开的湖面之上正游着一群天鹅，一些年轻人越过桥梁的扶手探出身子，目不转睛地看着它们；其他一些男人则十分庄重地走到选票箱旁，把他们的选票投了进去；塔楼的钟声第二次或者第三次响起，湖面反射着蓝色的光，燕子一跃而起飞向高空，越过在阳光底下闪闪发光的屋顶；太阳首先是一轮周日晨间的太阳，然后才是一轮为喜欢与人群为伍的艺术家的双眼专门定制的太阳。在这期间，城市公园里的树木开始变得枝繁叶绿，另外一群男女则正在深色的树荫世界里散步；帆船在远处碧蓝的水面上逆风飞驰，系在木桩上面的船只在湖岸无精打采地摇晃。这里飞来一群鸟，人们安静地站在这里，观察着蓝白相间的远方以及远处的山顶，山顶如同妙不可言、几乎无法看清的白色尖状物悬挂在遥远的天际之上，整片天空则像一抹淡蓝色的晨间面纱。万物都有观察、闲聊、感受、展示、暗示、注意以及微笑的对象。现在亭子里传来乐队的声响，就像振翅啼鸣的群鸟从树丛之中发出的声音一样。西蒙也在那边的树林里散步。阳光透过叶丛把斑驳的光影洒向道路、草坪、长椅、女人的帽子和男人的肩膀之上，小女孩则在长椅前面来来回回地推着童车。一切都在与彼此交谈、观察、交换眼神、致意、散步。豪华的贵族马车在大街上行驶，偶尔也有有轨电车呼啸而过。蒸汽轮船嗡嗡作响，人们透过树木的缝隙看见厚重的浓烟从船体升起。年轻人正在湖里游泳。虽然在绿荫之下来回散步的行人看不见他们，但是人们知道他们正裸着身子在流动的碧蓝里如鱼得水，大放异彩。今天到底有什么不光彩夺目呢？又有什么不闪闪发光呢？一切都闪闪发光，光彩夺目，一切都在五彩斑斓之中游动，然后随着声响逐渐消失在眼前。西蒙连着好几次告诉自己："星期天多美啊！"他看见孩子和所有人，他虔诚又困惑地观察着这一切；他时而捕捉到某个单一的优美动作，出现在他眼前的时而又是一个整体。他坐到长椅上一个似乎还很年轻的男人身边，望向他的眼睛。一场对话缓解了他们之间的紧张气氛，因为在一个万事万物都很幸福的地方，展开对话总是最容易的开场。

那个男人对西蒙说道：

"我是护理人员，但目前我除了是一个闲逛者之外，没有其他身份。我来自那不勒斯，在那里一家外国医院照顾病人。或许十天以后我会去中美洲的什么地方或者俄罗斯，因为我们护理人员总是会被派到需要我们的地方，去南太平洋的岛屿也是有可能的。人们通过这样的方式认识世界，这一点不假，但这样一来，家乡会变得疏远起来，我无法完全表达这种感觉。比如您或许一直都住在自己的家乡，那家乡则会一直都围绕在您的身边，您感觉您的周围都是熟人，您在这里工作，您在这里感到快乐，您也在这里经历同样多不顺心的事情。如果我可以这么说的话，至少您可以和这里的一方土地、一座村庄或者一抹天空有所关联。与事物产生联系是美好的。人们感到舒适，也有感到舒适的权利，还能期待周围的人的理解和关爱。但是我呢？完全不一样！您看，对于我的故里而言，我已经糟糕至极，又或许过于优秀而无法融入那个群体。我再也无法跟家乡之人拥有共同的感受。比起他们的偏好，我更能理解他们的厌恶和反感。无论如何，我已经沦落为异乡人了。我感觉，变得陌生会让人感觉恶心。显然人们有权利这么做，因为让自己变得陌生毕竟是我的过错。如果我的见解只会伤害他们，就算它们比任何事物都要老练、智慧，那又有什么用呢？造成伤害的见解终归是浅薄的。如果你不想某天和我一样沦为异乡人的话，那就必须将一个国家的习俗和观念视为神圣的东西。过不了多久我就要再次启程去照顾我的病人了。"

他笑了笑并问起西蒙："您是做什么工作的？"

"我在我的家乡算是一个奇怪的人了，"西蒙回答道，"我本来是一名写字员，您可能会轻易地问起我在我的祖国究竟扮演一种什么样的角色,因为在那里写字员是位于阶层秩序之中的最后一等人。其他努力上进的年轻人都会出国深造,然后学有所成返回祖国,祖国为他们提供的尽是一些体面的工作。您必须知道,我现在一直留在我的祖国。我似乎十分担心其他国家没有太阳或者天空中只悬挂着一轮奇怪的太阳,但这是我切实的感受。我仿佛被牢牢系住一样,我总是能在旧的事物之中看见新的,这或许就是我不愿离开的原因。我在这里堕落,我觉得并无大碍;为了能够活着,我似乎必须在家乡的天空之下畅快地呼吸。我当然享受些许的尊重,别人也认为我轻浮草率,但是我觉得没关系,完全没有关系。我现在和将来都会继续留在这里。留下本身就是一种可爱的行为。自然难不成也会出国吗?难道树木会为了让自己在其他地方长出更加翠绿的树叶而选择远足,然后回到家乡炫耀地展示自己吗?河流和云朵虽会行走,可那是一种不一样、更加深刻的远行,它们的远行意味着永不回头。与其说那是一种行走,不如说那是一种飞行的或者流淌的静止。我觉得这样的行走很美!我总是注视树木,然后告诉自己:它们也不行走,那为什么我就不能留在这里呢?如果冬天的时候我在城里,那我就会期待看见城市在春天里的模样;如果我看见树木在冬天的样子,我也想看见它在春天里的绚烂及其第一批迷人新叶的舒展。夏天总是紧接着春天的脚步而来，夏天有着无须解释的美好和静谧，它的到来就像从世界的深渊里卷起的一道滚烫的绿色巨浪，我想留在这里享受夏天，我的先生，您懂吗？就是这里——我看见春天绽放的地方。比如说这片叫草地或者草坪的东西。早春之时，在太阳底下的积雪在它上面融化的时候去观察它，这场景多么甜美啊。重要的是这棵树、这片草坪以及这个世界：在其他地方，我觉得自己压根意识不到夏天的存在。事情是这样的：我对留在这个地方真的抱有极大的兴趣，还有一大堆令人反感、阻止我远赴他乡的理由。比如：我有出行的路费吗？您是知道的，坐车或者坐船都是要花钱的。我还有大概够吃二十顿饭的钱，我并没有钱远行。不过我很高兴我没有这个钱。祝愿其他人出行顺利，学有所成吧！我足够聪明，总有一天我会在这里——我的祖国——体面地死去。"

西蒙沉默了一小会儿，其间护理员目不转睛地看着他。之后西蒙继续说道：

"另外，我完全没有要干出一番事业的渴望。对别人而言最重要的事对我来说是最不重要的。我无法以上帝的名义珍视事业狂的野心。我想生活，不想一头钻进职业生涯之中。职业生涯应该算是一件大事吧，可与这件大事相伴的都有些什么呢：在低矮的办公桌前弯腰工作导致的年纪轻轻的驼背，皲裂的双手，苍白的脸色，破烂不堪的工裤，不停发抖的双腿，肥大的肚腩，脑袋上的秃头，狰狞、狂躁、黯淡、无精打采、皮革般粗糙的眼睛，布满皱纹的额头，还有成为一个尽职尽责的傻瓜的意识。谢天谢地！我情愿虽然贫穷一点，但至少健康；如果一间廉价的房间朝向黑暗的巷子，我愿意为了它放弃一套豪宅；我情愿生活在缺钱的困境之中，也不愿意为每年夏天要选哪个地方去恢复受损的健康而头疼不已；可以肯定的是，我如今只享受来自一个人的尊敬，那个人就是我自己，但是此人的尊重，对我而言意义重大；我是自由的，如果有必要的话，我会出卖自由换取一些以后能重获自由的时间。为了自由留在这里清贫度日是值得的，因为我具备知足常乐的天赋。当人们用'人生位置'这个词以及它所包含的无理要求来苛责我时，我会生气。我想保持为人的状态。总的来说：我热爱危险、深不可测、悬而未决以及无法控制的东西！"

"我喜欢您。"护理员说道。

"我完全不想激起您对我的喜爱，但是我依旧高兴我能让您喜欢，我也算是心直口快的人。另外我也完全没必要对别人动武或动粗。这相当愚蠢，即便人与人之间的关系不能让人满意，也没有权利去辱骂这一层关系。别人可以继续往前，我也是如此！还是不了，我现在十分满意。我喜欢我现在的处境。我就喜欢人本来的样子。从我这方面来说，我在寻找一切方法让周围的人喜欢我。如果我有一项任务要去完成，我会努力而勤劳，但是我绝对不会为了任何人牺牲我对这个世界的渴望——最多会为了我神圣的祖国；不过直到现在为止这样的机会从未出现，将来也不会出现。但愿这些人一直追求事业，我能理解他们，他们想要舒适的生活，他们想要确保自己的孩子也跟他们一样，他们是打算成为父亲的人，他们的行为值得尊重，他们也希望我走上和他们一样的道路，他们想让我用自己的方式尝试剥夺生活的魅力，所有人都想这样做，只不过每个人的方式不尽相同。足够成熟，能够让所有人按照他们自己理解的方式去做事情，是一件十分美好的事情。哦，不，如果一个人别无二心地经营他的事业三十年之久，那么他在生命结束的时候绝对不会是一个像我之前激动时说的那种笨蛋，反而是一个值得让人在他的墓碑旁献上花环的可敬之人。您等着看吧，我的墓碑前是不会收到花环的，这就是全部的区别。他们——我指那些其他人——总是告诉我，我一定会为我的傲慢付出沉重的代价。那好吧，我现在就付出代价，那我就知道何为付出代价了。我愿意体验世间万物，因此我并不像那些为未来是否顺利而担心的人那样感到害怕。我总是害怕我的生活经历会贫乏单一。对此，我比十个拿破仑还充满雄心壮志。我现在饿了，我去吃点东西，您要一起吗？您来的话，我会很高兴的。"

他们一起走了。

在这一通废话之后，西蒙突然变得温顺平和起来。他用充满欣喜的眼睛观察这个美丽的世界、高耸树木茂盛的圆形树冠以及人来人往的街道。"这些可爱而神秘的人！"他一边想着，一边允许他的这位新朋友用手搭着他的肩膀。他喜欢看见同伴变得如此可信，这一点十分合人心意，它连接彼此，消弭隔阂。他用饱含笑意的幸福眼神观察这一切事物，于是又感叹起来："眼睛多美啊！"一个孩子把头抬起望向他。和这样一个伙伴——一个像他一样的护理人员一起走路，对于西蒙来说是一件完全新鲜的事情：一件虽从来没有体验过，但绝对算得上愉快的事情。这个护理员在路边菜贩那里买了一碟新鲜的豆子，又在肉铺买了培根，然后邀请西蒙去他家吃午饭。西蒙十分乐意地接受了这个邀请。

"我一直都是自己做饭，"二人抵达护理员住所的时候，护理员说道，"我已经习惯了。请您相信我，做饭很有意思。一会儿必须留意一下这一道豆子配鲜美的培根究竟有多合您的口胃。比如我也会给自己织长筒袜，衣服也自己洗。这样可以省下很多钱来。这些都是我自己学来的，如果一个男人对这些工作有着十足的理解能力，为什么这些工作不能破例符合男人的气质呢？我看不出这样一种工作之中有什么值得羞耻的东西。我也给自己做鞋，现在穿的这双就是我自己做的。这样的工作是需要一些注意力的。为冬天织些保暖腕套、做些背心，这对我来说没有任何难度。如果人一直都是孤身一人——就像一直在路上漂泊的我一样，必然会遇到这些奇怪的事情。西蒙，您要让您自己舒服一点，或者说你要让你舒服一点！难道我不应该允许自己以'你'来称呼你吗？"

"为什么不呢？十分乐意！"西蒙以一种连他自己也无法理解的方式涨红了脸。

"从看见你的第一眼起，你就赢得了我的喜欢，"这个自称海因里希的护理员继续说着，"人们只需要注视着你，便能相信你是一个友好的小伙子。西蒙，我想吻你。"

西蒙觉得房间里有些闷热。他从椅子上站起身来。他注意到海因里希极其温柔地注视着他。但是这又何妨呢？"我希望这件事就这样吧，"西蒙心想，"这个海因里希平日里十分友好，所以我不想对他太过残忍！"西蒙把嘴凑过去，让海因里希吻了上去。

这也没有什么糟糕嘛！

他觉得发生的一切以及他所处的那种柔软的状态十分美好，他也觉得这样的温柔相待恰如其分。哪怕这次的对象是一个男人！西蒙清楚地知道，海因里希对他的冲动还欠谨慎的考虑，只能暂时任其如此。他从来都不想毁灭一个男人的希望——哪怕这一次的希望有失体面。难道西蒙要因此而生气吗？"没有必要，"西蒙心想，"我就允许他这一回。目前发生在我身上的一切还可以接受。"

两个人靠闲逛一个又一个酒馆来打发夜晚的时间；这个护理员是个热衷喝酒的人，因为他在空闲的时候不知道能做些什么其他事情。西蒙觉得在任何一段关系之中一起做些什么事情并没有什么不妥。他在那些潮湿发霉的小酒馆里认识了一群人，他们打牌的耐力持久到令人难以置信。打牌对于这些人来说就是整个世界，他们身处其中，不愿被人打扰。其他人的牙齿之间则叼着一支又尖又长的雪茄，他们整晚都坐在那里，完全不会引起别人的注意；雪茄快抽到头的时候，为了能够在双唇之间继续挤推雪茄，他们用随身携带的小刀刀尖轻轻戳动剩下的雪茄，这样一来他们就能够把雪茄尽量抽到最短为止。一个憔悴不堪的女钢琴家告诉他，她的姐姐是一个不称职的姐姐，但她是音乐会的歌唱家，不过她早就和姐姐停止家人的往来了。西蒙觉得这可以理解，但是他的表现十分温柔，并没有告诉她他觉得这可以理解。他觉得这件事更多是不幸，而不是堕落。他尊敬这种不幸，同时也把堕落视为这种至少要求体面的不幸的后果。他看见肥胖矮小、精力非凡的女服务生毫不胆怯地靠近客人，而这些男人却在沙发上或者靠椅上睡着大觉。有人时不时唱起好听的古老民歌，就这些古老歌曲的音调及转音而言，这个人的演唱可以说是大师级别了。这些歌曲优美而悲伤，人们情不自禁地感觉，一些粗重和明亮的喉咙在先前或者更早的时候就一定已经唱过这些歌曲了。一个个头不高的年轻人不断地开着玩笑，他戴着一顶又大又宽、又高又深的旧帽，这顶帽子一定是他在某个傻瓜那里搞来的。他的嘴十分油腻，他的玩笑却不差，不论大家想不想笑，这些笑话总是迫使大家发笑。有个人告诉他："您啊，我佩服您说的笑话！"但是这个幽默的年轻人用惊讶不已的样子拒绝了这种愚蠢的佩服，这才是一个真正的、甚至能让修养极高的人开怀一笑的笑话。护理员告诉每一个坐到他身边的人：对于他自己的家乡来说，他实在是太糟糕了，可话锋一转，他又说他如果想得没错的话，自己又太过优秀了。西蒙心想："多么愚蠢啊！"但是，护理员讲起了关于那不勒斯的更加动人的故事，比如他说在那里的博物馆里可以看见古代人类的遗体，从中可以看出，以前的人无论从高度、宽度还是厚度上都远超现在的我们。那些人的手臂就和我们的大腿一样！这一定是男女的性别之分！相比之下，我们又是什么呢？破败、残缺、失去活力、尖锐、发育瘦长、撕裂、破碎、憔悴的一代人！他也用优美的语句去形容那不勒斯的海湾。很多人都认真地在听他说，但还有很多人睡着了；因为他们睡着了，所以他们什么也没听见。

西蒙到家时已经很晚了。他发现房子大门紧锁，而他身边没有带钥匙，于是十分不知廉耻地按起了门铃；因为他已经习惯处于一种总是不计任何后果的状态之中。门铃发出一声巨响之后，一扇窗户就打开了，一个白色的身影——毫无疑问是穿着睡衣的女主人——把裹着厚纸的钥匙扔了下来。

第二天早上她并没有生气，反而十分友好地跟他说了声"早安"，对昨晚的惊扰只字未提。西蒙因此觉得自己再提起这事有些不太妥当，于是出于一半好意、一半懒惰的缘故，他并没有和她道歉。

他离开家门去找那个护理员。星期一的早晨再次美好起来。所有人都在工作，因此街巷空旷而明亮。他走进房间，护理员还昏昏沉沉地躺在床上。西蒙今天才注意到，他昨天并没有看到房间墙壁上挂着好多相当可爱的基督教装饰：红色小头的天使剪纸以及写满格言的挂牌，挂牌镶着神秘的干花花边。他读了读所有的格言，那是一些深刻、引人深思的格言，它们或许要比八个老人加起来还要古老；但是也有一些意思明了的当代格言，它们读起来就给人一种像在某个工厂批量生产出来的感觉。他想："这太奇怪了！到处都是这种人可以随时走进来的房间或者小房间，并且你能在这里随便做些什么，还可以看见这里墙上挂着的古老宗教的作品，它们有些诉说着智慧，有些稍逊一筹，有些则毫无智慧。这个护理员信仰什么？肯定什么都不相信！或许宗教对于今天很多人来说都是一种半吊子式的肤浅、毫无意识的关乎品位的事情，一种兴趣和习惯，至少对于男人来说就是这样。或许是护理员的某一个姐姐把这个房间装饰成这样的。我觉得是这样。因为女性要比男人拥有更加真挚的理由去信奉虔诚以及宗教式的沉思，男人的生活自古以来都与宗教相互冲突——只要他不是僧侣或和尚的话。但若是一个头发雪白、步伐优雅、面带温和耐心的微笑的新教教士穿过孤僻的林中空地，这个场景或许会产生并能够维系一种美好。城里的宗教不如居住着农民的乡村里那般美好，因为农民的生活方式本身及其目的都有一种深切的关乎宗教的东西。城市里的宗教如同一台机器，这本身就没有美好可言；在乡村却相反，人们把对上帝的信仰感受成一块种满谷物的庄稼地，或者一片无限展开的茂密的草地，或者说成容易弯曲的山丘那迷人的凸起，而山丘之上坐落着一座隐蔽的房子，沉思对于房子里安静的人来说如同挚友一般。我并不知道，我只是感觉城市教士所住的地方离那些交易所的投机者或者没有信仰的艺术家太近了。在城市里，对于上帝的信仰缺少一种应有的距离。宗教在这里拥有过少的天空、过多世俗的气息。我无法将其准确地表述出来，不过这又关我什么事呢？根据我的经验，宗教是一种对于生活的爱，对于尘世发自内心的眷恋、瞬间的快乐，对于美好以及他人的信任，与友人狂欢之时的无忧无虑、感知的欲望，在不幸的事件之中不负责任的感觉，面对死亡之时的微笑以及在生活提供的任何一种形式的行动之中所表现出来的勇气。最后，这种深刻的人性的体面便会变成我们的宗教。如果人与人之间相互保持体面，那么人在上帝面前也会如此。上帝还有什么其他要求呢？心灵和细致的感觉能够一起唤醒一种体面，而这种体面能让上帝更加舒适，而它作为一种黑暗而偏激的信仰也一定会误导美好的事物，以致上帝到了最后也不再希望听见任何祈祷之声响彻在他的上帝之云。如果我们的祈祷以如此冒失、笨拙的方式出现在他的面前，好像他听不见一样，那么我们的祈祷对他来说算得了什么呢？如果心念上帝，难道我们不应该用最敏锐的双耳去想象他的存在吗？讲道和风琴的声音对他来说是否真的舒服，他——那个无法描述的存在？他会对我们总是不怀好意的歇斯底里嗤之以鼻，并且希望我们终有一日能够想起还他一丝安宁。"

"您真的是爱思考。"护理员说道。

"我们走吗？"西蒙问他。

护理员已经打理好自己，两个人一起沿着陡峭的山路走下山去。太阳热得火辣。他们走进一个长满茂盛植被的小啤酒园，让人端来了早餐。他们想要离开的时候，老板娘——一位漂亮的女士奉劝他们继续留在那里，于是他们在那里一直待到天黑。"人在反应过来之前，就已经在这明媚的夏日里喝了一整天了。"西蒙心怀某种感觉想道，这种感觉交杂着翻云覆雨的欲望和一种温柔、美好而忧伤的疼痛。绿荫丛中傍晚的颜色令他沉醉。他的朋友充满深情与渴望地望向他的眼睛，手臂搂着他的脖子。"其实这很讨厌。"西蒙心想。回家的路上他们两人以最引人注目的方式跟所有的女人和女孩搭话。工人下班回家，那些走起路来依旧精神十足的人，他们的肩膀几乎不怎么摆动，好像他们现在终于可以自由地呼吸了。西蒙在他们之中发现了美丽的身影。他们走到山顶的树林，树林虽然还很闷热，但已经是暗了下来，此时太阳正在遥远的世界尽头落下山去。他们躺进绿色的树叶和灌木丛里，一句话也不说，只能听见呼吸的声音。这时等待西蒙的事情终于发生了，那就是同伴的亲热，而这次亲热也让西蒙彻底凉透了心。

"一点意义都没有，"他说，"请您停下，或者说，你给我停下。"

这番话让护理员平静了下来，但是他变得有些闷闷不乐；总是有人来往，于是他们必须起身离开这个地方。西蒙心想："我为什么要和这样一个人度过一整天呢？"但是他又立马承认，即便对方的倾向奇怪且令人不适，但在他身上也能发现某种快乐。他们踏上了回家的路。"要是换作别人一定会鄙视他的，"西蒙继续往下想，"但我是这样一个人，我觉得每一个人，无论有好的还是坏的习惯都很有趣，也值得去爱。我根本做不到去鄙视别人，或者其实我只鄙视懦弱和死板，但是我在堕落之中又能轻易找到有趣的东西。事实上，堕落能够解释很多事情，让人更加深刻地看待这个世界，让人更加有经验，让人更加温和，更加准确地作出判断。人必须熟悉一切事物，只有更加勇敢地去接触才能真正地认识它。因为害怕而躲开任何一个人，这种行为我都将视为可耻。另外，拥有一个朋友，其价值不可估量！即便是个有点奇怪的朋友，那又何妨呢。"

西蒙问道：

"你生我气了吗，海因里希？"

但是海因里希什么都没有说。他的脸上露出不悦的表情。他们又回到了那个啤酒花园，现在它在其娇小的轮廓中显得有些暗沉。微微泛光的彩色灯笼照亮了深色树丛的局部地方，嘈杂声和欢笑声从里面传了出来，两个人都被这种快乐热情的生活所吸引，于是再次走了进去。老板娘十分友好地接待了他们。

深红色的葡萄酒在明亮的酒杯中闪烁着光，闪烁的灯光和微微泛红的脸庞汇集在一起，树丛中的叶子轻抚着女人的裙子；毫无疑问，人们会在这个簌簌作响的花园里喝酒、唱歌和大笑来度过这个闷热的夏夜。火车的声音从位于远处的火车站传进这群寻欢作乐之人的耳朵。一个身材高挑、长着红胡子的富有的葡萄酒商人之子和西蒙进行了一次大胆而富有哲理的对话。护理员反对他们的一切说法，因为他还是感到不快和生气。一个身材纤细、长着褐色头发的女服务生坐到西蒙身边，不断地卖弄风骚，好让西蒙慢慢靠近她并亲吻她。她用那自信的弧形嘴唇欣然接受了这个亲吻，仿佛她的嘴唇就是为了饮酒、大笑以及亲吻而生的。护理员变得更加生气了,想要离开那里,不料有人阻止了他。一个长着棕色头发、皮肤黝黑、戴着绿色猎帽的年轻小伙子唱起歌来,紧紧偎依在他怀里的他的姑娘用幸福的声音轻轻地跟着哼唱。那歌声听起来令人陶醉,有一种深沉的南方的感觉。西蒙心想:"歌曲总是这么忧伤,至少动听的歌曲如此。它们催促着我们离开。"但是他继续在这个夜间的花园里待了很久。

第十六章

写字间与失业人员。论同行之人。运河。"外面"的工作。

西蒙和这个病人护理员就以这种无所事事的方式继续相处了一个星期。他们时常吵架,不过很快就又和好了。西蒙打起牌来就像一个拥有数年经验的老手;炎热的正午时分,所有长着双手的人都在工作,而他却在打桌球。他观察起洒满阳光的大街以及阴雨天气里面的小巷,但是他是透过一扇窗户进行观察的,而且手里还拿着一杯啤酒;无论夜里、午间还是傍晚,他总是和形形色色的陌生人进行冗长并且毫无意义的对话,直到他意识到自己已经一无所有。某天早上,他没有去找海因里希,而是选择走进一间屋子,好些老老少少的男人正站在桌子旁边写着东西。那是一个专门提供给无职人员的写字间,这里聚集了因为某种原因陷入此种境地的人,在这里想要再去某个行业找到一份职业已经成为一件无法想象的事情了。这群人的工作内容就是用手快速地填写地址——其中大多数都是大型公司委托给这个写字间的数以千计的商业地址,但是他们的日薪却十分微薄,而且他们还受到一个监视者或者秘书的严格监视。作家把他们涂改得一塌糊涂的手稿、女大学生把她们几乎难以辨认的博士论文交至此处,让这里的工作人员用打字机重新打一遍或者用笔流利干净地抄写一遍。那些需要写些东西,但对写作又一窍不通的人会把他们要写的东西带到这个写字间,而他们不久之后就能得到一个满意的答复。卖自助餐的女士、女服务员、熨衣女工以及负责清扫的女仆则把她们各类证书拿去那里让人誊写以便向他人进行展示。善事协会把数以千计的年终报告交付此处,这些报告需要在这里填上地址并寄往周边各个地区。自然疗法协会需要在这里复制民间报告的邀请函,教授们也会为这些写字员提供足够的工作量,重新拥有工作的写字员会再次开心起来。整个"书写产业"由社区所缴的年费维系并由一个主管所管理,这个主管人以前也是一个无业人员,设立这个岗位的目的就是为了给这个男人在他生命最后的岁月里提供一个合适的工作。从一定程度上来说,这个男人出身于一个古老的显贵家庭,在市议会也有显赫的亲戚,他们自然并不愿意看见自己家族的一员以这种耻辱的方式走向毁灭,于是他就成了所有流浪、迷失和悲伤之人的国王以及保护神。他以一种处之泰然的高高在上之感履行这一职责,仿佛他从未尝过曾经让他深陷美国、四处游荡一段时间的生活所带来的潦倒的痛苦。

  西蒙在这个写字间的主管面前鞠了一躬。

"您想要干什么?"

"工作!"

"今天没有什么事情可做,您明天早上再来吧,或许能给您找点合适的事情去做。今天您暂时先在纸上写下您的姓名、居住地、家乡、职业、年龄以及您的住址,然后明天八点准时报到,晚了就什么工作都没了啊。"主管说道。

他说话的时候总是习惯拖着鼻音,面带微笑。除此之外,在失业人员面前他总是不带任何目的地流露出一种温和而嘲讽的语气,而且这种语气除了以这种方式之外,不会以其他任何方式从这个男人嘴里流露出来。他的脸憔悴而凹陷,呈现出冰冷惨白的石灰颜色,最后则以一撮凌乱灰白的山羊胡收尾,好像这一撮胡子是从这张脸上撕扯下来并挂在那里的尖尖的一小部分。他的眼睛深深地凹陷在眼窝之中,他的双手证明了他的疾病以及每况愈下的身体状况。

次日早上八点,西蒙就来写字间工作了,几天之后他就和在那里工作的同事打成了一片。他们在生活之中犯下某种放荡不羁的过错,从而失去了摇晃双脚之下的那方土地。他们曾经因为犯下重大过错而锒铛入狱。这个上了年纪,但是相貌出众的老人在这里人尽皆知,他因为犯下严重的道德罪行而蹲过多年的大牢，她自己可爱的女儿向法官告发了他在她身上犯下的罪行。即便西蒙长久地注视着他，他那安详而古怪的脸也丝毫不动声色，仿佛沉默与服从已经在他的脸上形成了一种特属与必然。他工作起来十分安静、从容、缓慢，他看起来十分随和，如果有人盯着他看，他也会安静地看着别人；他似乎对痛苦的回忆已经没有了哪怕丝毫的意识。他的心脏似乎就像他工作时的双手一样安静地跳动。他的脸上看不见任何一个表情的扭曲。仿佛他在赎罪，洗刷曾经摧毁以及玷污他的一切。即便他一贫如洗，他的衣着也要比这里的主管还要整洁。他特别注意保养自己的牙齿、双手、鞋子和衣物。他的心灵似乎十分平静，而且极其纯洁。西蒙心想："为什么不呢？难道罪孽无法洗脱吗？难道一次惩罚就要毁掉一整个人生吗？不应该如此！在这个男人身上既看不见他犯下的罪行，也看不见他遭受的惩罚。他似乎早已将二者忘记。这个男人的身上一定隐藏着善良和爱意，还有很多、特别多的力量。但是，他终归还是一个奇怪的人！"

贪污、偷窃和骗局都能在这个写字间里找到代表。除此之外，这里只有一些不幸之人以及笨手笨脚的人，他们为生活所愚弄，还有一些失业的异国他乡之人，因为他们也在希望之中看见了欺骗。毫无疑问，还有那些臭名昭著的懒鬼和永远不知满足的人。那里也存在任何一种自责与倒霉的混合体，也不乏以堕落为乐的草率轻浮。西蒙可以在那里认识这个男人的不同性格，但是他自己也不会特意想起去进行观察，因为他和其他人一样以这种方式打发时间，在这个充斥着焦虑、辛苦、细小问题以及琐事的写字间所带来的生活和工作中沉没，就像在洋流之中那样。比起这件事情本身，沉迷于此的西蒙和其他所有人一样，想得更多的是生理的需求。他们靠着这些手写工作赚了一些钱，但为了活下去，他们很快又要在吃喝上花掉这些钱。这些收入从他们手里流进嘴巴和嗓子眼里。西蒙想再给自己买一顶草帽和一双便宜的鞋子。但是当他想起房租的时候，他无奈地承认他手头已经没有钱去支付房租了。晚上结束手写工作时，他很疲惫，但也很幸福。于是，在一个写字间同事的陪同之下，他抬头挺胸走在大街上，敷衍地朝着擦肩而过的行人微笑。他完全无需努力去摆出一副优雅而高傲的姿态，这一切都是自发的：当他从写字间的大门走到室外的时候，他的胸膛会自然挺起，拉伸得就像一个紧绷的弓弦。他突然觉得自己是天生主宰四肢的主人和大师。于是，他开始有意识地注意自己的步伐。他没有继续把手插在裤兜里，因为他觉得这样有失体面。他现在也不再溜达，而是颇有意识地去散步，好像他直到现在——

他生命的第二十一个年头才靠着优雅稳健的步伐训练自己的四肢。别人在他的身上应该察觉不出任何贫困的迹象，却能察觉出他是一个刚刚结束工作、眼下正在享受晚间散步的年轻人。他的眼睛沉醉般地迷恋着这繁忙流动的街道世界。一对娇贵的马匹迈着舞步拖着马车行驶而过的时候，他用敏锐的眼光打量起它们一路小跑的步姿，对坐在马车里的先生们却不屑一顾，仿佛他只对马匹感兴趣一样，因为他是一个懂马的行家。"这很舒服，"西蒙心想，"人们要学会控制自己的目光，并把它引向充满体面和男子气概的地方。"他用余光扫视很多女人，他注意到这种做法所留下的印象，便情不自禁地在心里偷乐起来。他同时也陷入了幻想，他一直都这样！现在正在幻想的他咬紧牙关，不许自己做出任何懒散或者疲惫的姿势："作为穷鬼的我并不会让别人察觉到这一点，相反，缺钱的窘境从某种程度上来说会让我表现得更加自信。如果我很有钱，我或许还会允许自己这样懒懒散散。但实际上并不会这样，因为人毕竟要去关注平衡问题。我已经累成狗了，但我还是要想：别人也有疲惫的理由。人并不是为了自己而活，而是为了所有的人。接受他人观察的人有义务摆出一副堪称模范的坚强外表，好让勇气不足之人可以将其视为榜样。即便双膝颤抖或者饿到前胸贴后背，人也应当留下无忧无虑的坚强印象。这样的行为能让一个正在成长的男人感到快乐！塔钟还没有为任何人敲响十二点的钟声；因为钟声每一次响起，每一个卧病在床的可怜之人都渴望能够起身。某种感觉告诉我，仅仅一种自由与骄傲的态度就能如同电流一般吸取生活的幸福，事实上，体面地行走的人也会觉得高贵而富有。如果陪同之人是另外一个穿得破破烂烂的穷鬼——就像我们现在这个情况，那么我就有更多的理由抬头挺胸走路。看见举止虽天差地别，但是紧密联系并称兄道弟的两个小伙子在优雅的大街上散步，路人会对此感到惊讶，于是，我就可以因为同伴糟糕的发型和姿态向路人致以温柔而有力的歉意。这样做会赢得尊重，哪怕只是稍纵即逝。想象一下对此不太理解或者将来也不会理解的同伴与自己形成天壤之别，想必也十分刺激吧。顺便说一下，我的同伴是一个上了年纪的不幸之人，他曾经是一个篮筐编织店的店主，形形色色的倒霉事件让他沦落至此，他现在和我一样是靠日薪生活的写字员。唯一不同的是，我看起来并不完全像一个写字员或者日薪工人，反而像一个高雅的英国人，而他看起来就像一个痛苦地怀念过往美好岁月的人。他的步态以及他持续不断、充满爱意且动人的点头用一种下流的语言诉说着他的不幸。他是一个上了年纪的老人，不愿惊艳众人，只想苟且而活。然而他给我留下了深刻的印象；因为我了解他的痛苦，我也知道他承受何种沉重的负担。我自豪能和他一起在如此美丽的街区穿行，我毫不羞耻地紧挨着他，向他展示我对他的廉价西装不知廉耻的喜爱。很多路人都向我投来了惊奇的目光，一双双美丽的眼睛充满疑惑地凝视着我，招致这样或者那样的目光，我觉得十分有趣！我大声说话并加以强调。傍晚是那么合适说话。我工作了一整天。白天工作一整天之后，在夜里感到疲惫并与一切达成和解，这种感觉十分美妙。完全没有烦恼，也几乎没有什么思绪。能够如此放松地散步，没有伤害别人的感觉。四处看一看是否会引起某人的喜欢。现在感受到自己要比之前更值得珍爱、尊重，因为之前的自己是一个游手好闲之徒，而之前的时间也如同坠入深渊，或者如一缕青烟般匆匆逝去。人在这样一个上天馈赠的夜晚可以感受如此之多，如此之多！将夜晚视为一份礼物，因为夜晚是献给那些人的礼物，他们将白昼献给了工作。这样一来，人们既有所给予，也有所收获。"

西蒙愈发觉得这个写字间对他来说就是大千世界之中的一个小型世界。为了十分微不足道的利益，嫉妒与上进、恨与爱、欺骗与真诚、强硬与朴素的本质，这一切都体现在细枝末节之中，就像一切充斥着日常生存斗争的地方那样引人瞩目。任何一种感觉和欲望都能在这里找到印证，哪怕只是小范围意义上的印证。光鲜耀眼的知识在这个写字间的用处并不太大。一个满腹知识的人在这里充其量只能即兴地卖弄他的知识，这或许能帮他赢得威望，但绝对无法帮他购置一身更好的西装。在写字间的写字员中有几个人懂得三门语言，无论口头还是笔头表达都很完美。他们担任翻译的工作，但是他们并不比笨拙的地址书写员以及手稿抄写员赚得要多；因为写字间禁止任何人有晋升的机会，否则就会失去它设立的初衷与意义。它存在的目的仅仅就是为了保障失业人员的基本生活，并非为了支付不知廉耻的高额薪资。谁要是早上八点找到了工作，那他高兴都还来不及。经常会出现这样的情况，主管对一群等待的人发布如下通知："我很抱歉。今天没有什么工作。诸位十点钟再来吧。那时有可能会收到订单。"然后到了十点："诸位最好明天早上再来问问。今天实在没有收到什么订单！"西蒙也不止一次地位列这个遭拒的队伍之中，他们一个紧接着一个缓慢、沮丧地走下楼梯，来到大街上。他们先是围成一个完美的圆圈站在大街上，仿佛他们必须先要思考一番，然后才一个接着一个朝着四面八方疏散开来。身无分文走在大街上闲逛可不是什么乐事，这每个人都心知肚明，其中一人心想："这在冬天里又该是一副怎样的光景啊？"

偶尔也有穿着精致、举止优雅的人来到写字间询问工作事宜。主管经常这样对他们说："我觉得比起这个写字间，世间生活的熙熙攘攘更加适合您。想在这里赚点小钱的人必须成日弯着背脊坐着，努力工作。我之所以这样告诉您，是因为我预感这里的工作并不太适合您。这样一来，您也不会给我留下沮丧、贫乏的潦倒印象。但是，我的义务首先是保障穷人的就业，而所谓的穷人指的就是那些把破烂的补丁衣服作为潦倒凭证的人。相反，您穿得十分华丽，以致我认为给您安排一份这里的工作不失为一种罪过。我建议您挤进那精致的世界之中去吧。您满脸精神地来到这里打听工作，好像您是要去舞厅跳舞一样，您似乎并不清楚写字间的阴暗。这里的人鞠躬时常是笨手笨脚、一股子不服气，或者压根不去鞠躬，可是之前向我鞠躬的您活脱脱地就像一个完美无缺的世间之人。这一点可行不通，我不能聘用您；我既无法为您提供一份满足您的工作，也无法为您提供一个可以让您去适应的世界。如果您的目标并非在城市之中寻求冒险——至少我感觉是这样，那么您随时都可以找到一份销售人员或者酒店秘书的工作。年轻人在我这里只会经历失望，也并没有什么冒险可言。这里的人都知道自己来此的原因，而您似乎却不太清楚。您的整个形象都会冒犯到我这里的员工，如果您稍微瞥一眼这个写字间，您便会承认这一点。您看着我；我也见识过这个世界，认识这个世界所有的大城市，如果不是必须的话，我也不想坐在这里。来这里的人已经承受了不幸与各种各样的厄运。来这里的人都是一些无用之人、乞丐、无赖以及遭遇海难之人，总而言之，他们都是一些不幸之人。我现在问您，您也是这样的人吗？不是的，因此烦请您现在离开这个地方，因为这个地方没有足够让您长时间呼吸的空气。我了解究竟哪些人物才属于这里！足够了解！祝您生活愉快！"

他习惯一边微笑，一边用一个手势把这些不适合留在这个写字间的人打发走。主管既有教养，也有学识，他喜欢顺便将二者一览无余地展示给那些多半是出于好奇，而不是出于需求来到这里吃了闭门羹的访客看。

写字间旁边一条绿色的深深运河静谧地流淌而过，它有一定的岁月，它曾是要塞沟渠，并且起到连接湖泊与湍急河流的作用，人们就以这样的方式陪送湖水奔赴注入遥远湖域的旅程。这是本市最安静的城区，有一种隐居与乡村的意味。这些遭拒之人踏着沉重的步伐走下楼梯之后，喜欢走上运河，在栏杆上面小坐一会儿，乍看上去就像一群迁徙而来的孤独大鸟坐在上面。这个场景饱含哲理，事实上，时不时就会有人俯视着那个死寂的绿色湖水世界，徒劳地思考命运的冷酷无情，就像哲学家在他的研究室里那样。运河有种催人幻想与沉思的东西，对此失业人员拥有无限的时间。

写字间同时也是商人的劳动市场。比方说，有一位先生或者女士来到这里，走进主管的办公室，希望雇上某个人——一个负责打理家务的劳动力——一天或者几天。于是，主管走到门框下面，打量一圈他的员工，一番思考之后他便会大喊某人的名字：这个伙计找到一份为期八天、一天、两天或者十四天的小工。无论听见谁的名字都避免不了引起嫉妒的结果，因为每个人都愿意去外面工作，因为外面的工作薪资比这里高，时长也比这里要短。除此之外，好心的雇主还会给这个幸运儿提供上午的早餐以及下午的点心，而这完全没有瞧不起的意思。于是大家总是争取这样的工作，并且一门心思地想着被点到自己的名字。很多人总是感觉自己遭受了不公平的待遇，而为了争取到那份心心念念的工作，有些人认为应该对主管及其附属百般谄媚、阿谀奉承。这个道理差不多就和一群被人驯服的小狗跟在一个拴在细线之上、不断往上抬起的香肠后面乱蹦乱跳一样，可是就连在这种情况之中，也会有小狗觉得其他小狗并没有权利不说明理由就去抓咬香肠。所以在这里情况也是如此，一个人为了争夺优势而对另一个人咆哮，就像在商业、学者、艺术家和外交官的大世界里一样，那里的情况也没有什么不同，只不过更加磨人，更加崇高，更具有修养一些罢了。

正如写字间里缩略的语言所称呼的那样，西蒙也在"外面"工作了几次，只不过他并没有那么幸运。有一次，他的雇主——一个狡猾、相当凶狠的房地产法定代理人——就如同亲爱的上帝本尊一样出现，把他赶出了家门，只因为西蒙当时在读报纸，而不是拿笔书写；还有一次，他自己把笔扔到他的老板——一个果蔬批发商人——的鼻子前面，只跟他说了一句话："您自己写吧！"批发商人的妻子给西蒙制定了各种各样的规则，于是他便干脆不干了；因为他感觉那个女人只想伤害、羞辱他。最后西蒙觉得完全没有必要给他提供这样的机会了，至少他是这样想的。

第十七章

夏天。借钱。陌生女人。重逢克拉拉。

克拉拉的故事:突厥人;工作;罗萨;穷人的女王;

阿图尔。歌剧剧院。夜间趣事。

这个美好的夏日就这样又过去了几周。西蒙从未觉得哪年夏天同今年的一样美好,这一年里他反反复复地在大街上以找工作为生。即便他尽其努力也一事无成,但是至少这样的生活十分美好。晚间走在树叶晃动、灯火闪耀、朦朦胧胧的现代化大街上的时候,他总是毫无准备地就用愚蠢的话语跟别人搭话,这也仅是为了获悉别人会对此作出何种反应。但所有被搭话的人都只是摆出一副惊讶困惑的神情,只字不说。他们为什么不和这个时而行走、时而驻足的人搭话,也不用低沉的嗓音要求他一起跟着进入一间奇怪的房子去做些只有无所事事之人才会做的事情呢?这些无所事事的人其实是一群像他一样的人,他们对往后的生活缺乏目标,终日观望着白昼的消逝和夜晚的来临,并且期待夜里会有奇迹发生。"我对任何一件可能发生的奇事都做好了准备,哪怕那是一件需要勇气、不容害怕的事情。"西蒙自言自语道。他在长椅上坐了好几个小时,听着从某个高级酒店的花园里传来的音乐,好像夜晚也幻化成了轻柔的声响。游荡在夜间的女人从这个孤独者的身边经过，不过她们需要更加仔细地观察他，才能知道这个年轻男人的经济状况。"我要是能够认识哪怕一个我可以从他身上搞到一笔钱的人就好了，"他心想，"我的哥哥克劳斯？不过这个想法并不光彩；因为我确实能在他那里搞到钱，但同时也会遭到他流露悲伤的轻声责备。有那么一群人，人们无法开口向他们请求，因为他们的想法太过单纯。要是我能认识某个我对他是否重视我这一点完全无所谓的人，那就好了。可是这样的人我一个也不认识。我在乎所有人的重视。看来我只能等了。本来夏天是不需要那么多钱的，可是眼下冬天就要来了。我有一点害怕冬天。这个冬天我肯定会不好过，对此我毫不怀疑。这样下去，我只能在雪地里四处游荡，甚至还会光着脚。原因出在哪儿呢？我会一直走到我的双脚发烫。夏日里这样的休憩——躺在树下的长椅上实在美好。整个夏天就如同一个加了热、芳香四溢的房间。冬天则像撬开窗户，任凭寒风和风暴呼啸一般吹进屋来，这必定会让人动弹起来。我也因此不再懒散。无论发生什么，我都应顺其自然！就像我觉得夏天还很漫长一样。现在我还要在夏天里生活几周时间——这对我而言已经算长了。我觉得人还在思考能够做些什么才能用他的那点钱打发这一整天的时候，时间已经入睡了，并在梦境之中延伸。我也觉得，时间是在夏天入睡并且做梦的。高大的群树之上的叶子越长越大，它们在夜里簌簌作响，而白天里它们就在炎热的阳光底下睡着大觉。比如说我，我都做了些什么呢？没有工作的时候，我整日整夜地待在房间里，躺在床上，百叶窗紧闭，借着蜡烛的微光读书。蜡烛可真好闻，吹灭蜡烛的时候，一股细小、湿润的轻烟便会在黑暗的房间里飞舞，这时的我就如一个复活之人感到一种安宁与新生。我该怎么支付我的房租呢？明天我一定要交房租了。夏天的夜晚实在漫长，因为人们虚度白昼，萎靡不振；只要夜晚来临，一切的嘈杂与混乱又都苏醒过来，重新充满活力。如果我靠睡觉来度过哪怕一个夏夜的话，我都会觉得罪孽深重。反正天气很闷热，而且不容易入睡。夏天的时候双手湿润苍白，好像它们在触碰这个芳香四溢的世界里面的奇珍异宝，而冬天的时候双手又红又肿，好像它们因为寒冷而心生怒气。事实确实如此。冬天会让人气得跺脚，夏天的时候人们根本不知道自己应该为何生气，或许除了在无法支付房租这种境况之外。但这根本与夏天无关。我觉得我也没有生气，我想我失去了让自己生气的天赋。现在正值夜晚，再也没有什么比愤怒更加贴合白昼一般明亮、明火一般通红与炙热的存在了。明天我就去找房东谈一谈。"

第二天早上，他把头探进房东所住的那个房间的房门，故意用尖锐的嗓音试问她是否有时间能够说几句话。

"当然！到底什么事情？"

西蒙说："我无法向您支付这个月的房租了。我甚至不想让您知道我现在有多尴尬。但是在这样的情况之下，任何一个人都有可能这样说。对此我假设，您会相信我能够努力地想出搞到一笔数目可观的钱的方法和门道，来尽可能快地偿还我欠您的债务。如果我愿意的话，我确实认识一些人并且可以从他们那里搞到钱，但是我的自尊心绝不允许自己接受来自我愿与其相干之人的借款。我反倒会接受一个女人的借款，甚至十分乐意；因为在女人面前，我有以另外一种尊严为尺度的完全独特的感受。您愿意借我一点钱吗？我说的就是您——魏斯太太。借我一点钱来支付房租，然后再额外借一小笔用来过冬——您觉得我现在很可耻，对吗？您却摇了摇脑袋。我觉得您是信任我的。您看，这个无理要求竟让我羞愧得涨红了脸，而此刻您不免又有些尴尬地看着我。我通常习惯快速地作出决定，然后立即将其付诸实际，然而这些决定也会让我紧张到肺部收缩。再说，我很愿意接受一个女人的借款，因为在女人面前我根本没有欺骗的能力。只有情况紧迫，我才会毫不怜惜地对男人撒谎，请您相信我。但是对女人我绝对不会。您当真愿意给我这么多的补助吗？我可以靠此活半个月了。过了这段时间，很多事情都会变得比眼下要好。对您我连一句谢谢都不说。您看，我就是这样一个人。有生以来，我几乎很少跟他人表达我感恩的感觉。我是感恩思想上的矮子。但是我现在必须要说的是，我一直以来都鄙视善举。善举！此刻我才真切地感受到了何为善举。我本不该接受这个钱的。"

"没错，您就是这样一个人！"

"我不会改的。不过，您不用担心我不会还您钱。金钱暂时让我变得幸福。金钱是只有笨蛋才会鄙视的对象。"

"您现在又要走了吗？"

西蒙已经走出了房门，回到了自己的房间。继续谈论金钱让他觉得很不舒服，或者说他做出一副不太舒服的样子。毕竟他已经达到目的，当他有求于他人的时候，他并不喜欢一个劲儿地请求他人的原谅或者作出什么承诺。如果换作他是给予帮助的人，他也不会要求对方表示任何歉意或者作出任何承诺；他是绝对不会这样想的。要么心生信任与同情，然后给予帮助，要么就面对哀求冷漠地转过身去，因为哀求之人实在让人讨厌。"她绝对不讨厌我，因为我察觉到她给我钱的时候露出了一闪而过的喜悦。想要达到一切目标的关键完全取决于行为举止。让我对她作出承诺令她十分高兴，因为或许在她眼中我还算得上是个说得过去的人。对于令人讨厌的人，人们并不愿意给予一分一厘，因为根本不愿意和他们产生联系；因为像偿还债务这样的义务会让双方产生联系，发生接触，不断接近彼此，分享信任和亲密感，而这种亲密关系会一直维持下去。拥有令人讨厌的债务人实在不必去羡慕。这样的人死皮赖脸地缠着债主，而债主则希望可以免除他们的债务，以便与其划清界限。能够看见自己如此毫不犹豫、干脆利落地借到钱实在让人着迷，因为这可以很好地证明他的身边还有人觉得他并不让人讨厌。"

他把收到的钱悄悄地塞进背心口袋，走到窗子旁边，注意到楼下拥挤的巷子里有一位身穿黑衣的女士。她似乎在寻找什么，时不时地把头抬起，于是她的眼睛便和西蒙的目光发生了碰撞。那是一双又大又黑的眼睛，真正女人的眼睛，她让西蒙情不自禁地想起了他许久没有见过、几乎已经忘记的克拉拉。但这不是克拉拉。这个身穿优雅高贵的连衣裙出现在这条深巷的美丽身影，与这些漆黑肮脏的墙壁形成鲜明的对比，而她就在墙壁之间慢悠悠地往前走。西蒙本想向她喊话："克拉拉，是你吗？"但是她已经拐过巷角，消失不见了，除了那一抹悲伤的气息之外什么都没有留下，然而美好的事物总是在漆黑的地方留下这样的悲伤。"我要是在她朝上看来的那个时刻就向她扔一枝深红色的大玫瑰花,然后她弯下腰将其拾起,那个场景该有多美啊。她必会面露微笑,也会惊讶于在这样一条贫穷的街巷里竟然可以遇见如此友好的问候。玫瑰与她相配,就如哭闹哀求的孩子之于他的母亲一般。但是刚刚求助于他人善意的我又去何处获取那昂贵的玫瑰呢?我又何以料到,这个上午九点就出现在所有巷子之中最阴森的巷子里的美丽女人的身影,就是我见过的所有女人之中最优雅的那个呢?"

他的思绪还在久久地追随着那个女人,她如此出奇地让他想起那个被他遗忘、消失不见的克拉拉。随后他离开房间,匆忙地下了楼梯,沿着大街走着,无所事事地打发时间。傍晚时分,他置身于距离城区非常远的郊区。工人住在这里相对而言又高大又漂亮的房子里,但如果稍微仔细地观察这些房子,某种光秃秃的破败感便会显得十分显眼。这种破败感爬上房屋的外墙,望向单调冰冷的方形窗户,同时也于屋顶之上歇足。起始于此处的树林与草地所构成的风景与这些高大、寒酸的建筑形成了鲜明的对比,这些房子与其说美化,不如说丑化了这片地区。旁边还能看见一些可爱的低矮旧式乡村房屋,它们处在这片地区,仿佛孩子躺在母亲温暖怀抱之中。这里的土地形成了一座山丘,铁道线穿过杂乱无章的屋群不久,便钻入了山下的隧道。夜晚照亮了草地，人们已经产生置身乡间的感受，城市连同它的嘈杂坐落在其身后。西蒙并不觉得工人房屋有什么不雅之处，因为他感受到了城市和乡村的混合体所带来的美好，它呈现出一幅别致而优美的景象。走在光秃秃的石子路上感到脚边余热未散的草地的时候，他觉得这一切都是那么与众不同，随后他沿着一条狭窄的土路穿过草地——就算知道这是城市而非乡村的土地又有何妨呢。"工人舒适地住在这里，"他想，"他们透过每一扇窗户都能将这布满丛林的绿色风景揽入眼底，他们坐在自家不大的阳台上就能享受质量上乘、香味浓郁的空气，他们在谈笑之间就能环顾周遭的山丘与山间的葡萄园。即便高大的新建房屋威胁旧房屋的存在，并最终将它们从这片土地驱逐出去，我们也不应该忘记，这个世界永远都不会静止不动，而人也一直处在变动之中——哪怕这种改变的形式就目前而言并不太美好。一个地区之所以美丽，是因为它见证了自然与建筑艺术源源不断的活力。在这样一个布满树林、草地的美丽地区建造起房屋原先似乎有一些野蛮，但到了最后，每一个人都会满足于建筑与世界的结合，都会察觉房屋墙体之外各式各样的迷人风景，进而都会忘记那种令人不快的、批判性的消极评价。人不用像建筑学者那样将新旧房屋作一番比较便能在这两种形式——

屈服的旧屋与高傲的新屋——之中找到属于自己的欢乐。如果我看见一座房子立在那里，即便我觉得它不够漂亮，我也一定不会觉得我能够将其吹倒；因为它十分坚强地伫立在那里，为众多拥有情感之人提供住所，它也因此至少是一个令人尊敬的存在，而它的出现则归功于许多勤劳双手的劳作。寻美这件事情本身在这个世界之上做得还不足够，寻美之人应当感受世间万物，因为除了在迷人古董前驻足所收获的幸福感之外，还有其他形式之美。穷人对于平和的追求也可以说是一件有趣的事情，当然我指的是所谓的工人问题，这种追求必然唤醒比'一所伫立在美景之中的房子是否美观'之类的问题更加勇敢的心智。这个世界之上难道只有懒惰散漫、冠冕堂皇的脑袋瓜吗？可以肯定的是：每个会思考的脑袋都很重要，每个问题都很宝贵，但在解决宏大的艺术问题之前首先解决生活问题，对于这些脑袋而言必然更加合理，更加令人尊敬。我现在自然是这样想的，因为对于我而言，继续生存下去才是首要问题，因为我只能靠填写地址赚取一些微薄的日薪，我无法与高贵的艺术产生共鸣，因为目前对于我而言，它是这个世界上最为次要的事情；不过这样想来，艺术就违背了消逝、继而再次苏醒的自然。如果艺术要去描述一棵枝繁叶茂、芳香四溢的大树或者一张人的面孔，它会使用什么样的方式呢？好吧，我现在想，放肆地自上而下，不了吧，最好还是稍微有些愤怒地自下而上吧，就从那个人人缺钱的底层开始吧。总的来说，我有些批判精神，同时也有些悲伤，因为我身无分文。我必须弄到钱，这简直易如反掌。借来的钱并不算钱，人必须自己去挣钱，或者去偷，或者靠别人送。——还有一点要说：晚上！大多数情况下，晚上我总是疲惫而胆怯。"

他一边这样思考着，一边走上了一条相当陡峭但距离不长的大路。现在他站在一栋房子面前，从房子的一间窗户里探出一个女人的脑袋。她正在看着他。西蒙觉得望着这个女人的眼睛就像看着一个遥远、沦陷的世界，而此时一个十分熟悉的声音已经朝着他大喊道："哎呀，西蒙，是你啊！快上来吧！"

这个女人就是克拉拉·阿贾帕伊尔。

他上楼之后，看见她穿着一条厚重的深色连衣裙坐在窗户边上。华丽的衣料只是半遮着她的双臂和胸脯。她的脸色要比他上次看见她的时候更加苍白。她的眼睛里燃烧着一团深沉的火焰，嘴巴却紧紧地闭着。她微笑着并向他伸过手去。她的大腿上摊着一本敞开的书，显然这是一本她刚刚开始读的小说。起先她并不想说话。无论是提问还是说话，似乎都会让她感到害羞与疲惫。要在她曾经的年轻朋友面前摆脱她发自内心的拘谨,似乎让她有一些吃力。一旦她的嘴巴想要张开、变得松弛一些,它似乎就会哭泣。她美丽、修长、丰满的双手似乎承担起言语的功能,至少在她的嘴巴从束缚之中解脱出来之前都是如此。她绝对没有像人们习惯观察长久未见之人那样对西蒙打量一番,她只是看着他的眼睛,眼睛里透露出的那种安静的表达让她觉得很舒服。她再次握起他的手,终于开口说话:

"把你的手递给我,让我靠近你,就像靠近那个懂我的少年那样。他能听见我的长袍发出的声响正从隔壁房间传来,慢慢靠近,他用他的眼神就能领会我的意思,而我什么也不必说,只需对着他的耳朵低声细语,便能让他理解那些秘密。他的静坐、到来、离开、站立以及躺卧,这一切都告诉我他只用一种整体的感受去理解他的母亲。如果他的鞋带松散了,人们便会俯下身子,跪在地上,在他的脚前帮他把鞋子系好;他若勇敢而乖巧,人们便会亲吻他的小脚;人们会对他公开所有的秘密;在他面前,人们不知还能隐藏什么秘密;哪怕他是一个背叛者并且可能忽略了他母亲许久许久,哪怕他已经忘记了自己的母亲——就像你一样,人们还是会对他倾其所有。不,你不会忘记我的。你曾经多次固执地想要摆脱我,但是当你遇到一个和我有一丝相像的女人之时，你觉得你看见并且找到了我。难道这样一种令人迷惑的相遇不会让你因此而浑身颤抖吗？难道不会让你觉得在某一个明亮而壮观的石阶上方正有一扇双开大门为你敞开，以便让你进入一间充满重逢喜悦的屋子吗？重逢是一件多么快乐的事情啊！如果人们在街道上或者乡村里失去彼此，并在一年之后，这样一个钟声向世界敲响重逢预言的夜晚如此轻松、如此安静地重新发现彼此，那么他们一定会握住彼此的双手，不会再去想分离及长久偏离彼此的原因。把你的手递给我吧！你的眼睛还是那么漂亮、美好。你一点也没变。我现在可以跟你说说我的故事。

去年夏天，我们三个人——卡斯帕尔、我和你——无奈离开那座林中屋子之后，你们兄弟二人消失不见了。我不知道该去哪里，于是在山下的城区租了一间雅致的房间，思念你们的我绝望了很长一段时间。为了躲避冬天，我周遭的一切似乎都逃进了红色的灯光里，我忘记了所有，把自己沉浸在娱乐的嘈杂之中；因为我还剩余一小部分资产，就当地标准而言，这份资产还相当可观。我在挥霍它的同时也意识到自己时常需要保持兴奋，才能行走在生活的浪潮之上。我在剧院有一间包厢，但是相比之下，我对舞会更有兴趣，因为我在那里可以向他人展示我的优雅以及美好的心情。年轻的男人簇拥在我的身边,而我也并没有发现禁止我去轻视他们、禁止他们感受我情绪的任何机会。我只是想着你们两个人,在这极度缺少男子气概的簇拥之中,我经常渴望看见你们安静的面孔和大方的言行。曾经有一个皮肤黝黑的男人向我走来,他是工程学院的一名学生,看起来笨重而迟钝,突厥人,长着一对迷人的大眼睛。他和我跳了舞。跳完舞之后,他完全征服了我的心灵和身体,我是属于他的。对于我们女人而言,我们走进娱乐场所的时候,有那么一类男人,他们只能在舞池之中吸引我们。倘若我是在某个场合遇见他,我或许会嘲笑他。从看到他的第一眼起,他在我面前就表现得像是我的主人一般,那时我只知对他的无礼感到惊讶,却不知如何反抗。他命令我这样,或者那样,我也就服从了。如果被其吸引,我们女人能够去服从并做出非同寻常的事情。于是我们接受一切,或许出于耻辱和愤怒;我们希望我们所爱之人比现在更加粗暴。他对我们不够残忍。这个男人把我最后的钱完全当成他自己的,我也是这样,我把钱给了他,我把一切都给了他。某一天,他对我的强迫、压制、榨取以及剥削到达一定程度的时候,他离开了我,返回他的家乡亚美尼亚了。他的女仆,也就是我,并没有尝试阻止他的离开。我觉得他所做的一切都合乎情理。哪怕我不曾像现在这样深爱着他，我也依然会让他离开，因为我的自尊绝不允许我将他挽留。对于他的命令，我只能言听计从，我只能协助他启程：我的真爱愿意去服从。和他——那个几乎没有再看我一眼的他——吻别并没有让我有失身份。他说出了他的愿望，如果情况允许的话，他希望以后把我带去他的家乡，让我成为他的妻子。我觉得那是一个谎言，但是我感受不到任何苦楚。我心中任何一个因他而起的不美好的感觉都是不可能的。我给他生了个孩子——一个女孩，她正在隔壁的房间里睡觉。"

克拉拉停了一会儿，对西蒙笑了笑，然后继续说道：

"我被迫去找工作，在一家摄影馆当起了前台小姐。因为我要和大多数顾客打交道，所以我多次收到别人的追求和求婚，但是我微笑着拒绝了所有人。所有的男人都这样评价我：'她如此温柔，身上有家庭主妇般的气质，她要是我的妻子就好了！'但是我没有成为任何人的妻子！我的工作能保障我相当大的开销，至少我能从我的工作中捞到好处，我能将所有漂亮的衣服据为己有。我的老板是一个能够让我尊重的男人，这让我的工作轻松了不少，于是我工作起来就像置身一个安静而愉快的梦境。我习惯在顾客面前露出清晰明朗的微笑，我也因此备受欢迎，所有人都觉得我和蔼亲切；我吸引顾客前来，于是这也成为老板给我加薪的筹码。那个时候的我几乎是幸福的。可一切都慢慢消失于我美好甜蜜的回忆之中。我感受到了分娩之前的阵痛，这也给我造成了一种既痛苦又幸福的心情。天下起了雪，街道完全被雪花覆盖。夜里我走在铺满积雪的街道上，想起你和卡斯帕尔，我也十分想念海德薇，我在思念的情绪之中对她表达了崇高的敬意。当时我心里想：'我只给她写过唯一一次信，她却没有回信。不过这样也挺好的。'我这样想，连我自己都觉得挺好。我越来越能感受得到那种充实的感觉，我也一直缓慢地走着路，我觉得每一步都是人的一次善举。在这期间，我放弃了位于市中心的那间优雅的房间，在这里租了一间房子，也就是你现在看见的地方。我早晚乘坐电车往返，总是把同行乘客的目光吸引到我的身上来。我身上有着奇怪的东西，我自己也能感觉到。很多人会不自觉地跟我搭话，有些人只跟我说上一两句话，另一些人是想认识我。但是对我而言，认识别人已不再有魅力可言。我觉得自己可以事先看到一切，这给了我一种决定性的拒斥但又温柔的感觉，这感觉让我感到舒服。这些男人啊！他们经常跟我搭话。他们就像好奇的孩子一样想要知道我的工作、我住在何处、我认识谁、我中午吃些什么或者我晚上又习惯做些什么。对我而言，他们就像没有耐心、有些冒冒失失的孩子；我小的时候也是这样。我从来都不会如此无礼地对待一个男人，我觉得这完全没有必要；因为还没有哪个男人在我面前不知廉耻：在他们眼中，我是一位既有魅力又懂分寸的女爵。有一次，一个看起来十分有才华的小女生和我搭话，她叫罗萨，你也认识她的。她向我坦白了她的所有痛苦和生活，于是我们成为了朋友，现在她已经结婚了，即便我劝阻过她。她经常来看我，就是我——穷人的女王！"

克拉拉沉默了片刻，天真快乐地看着西蒙，然后继续说道：

"穷人的女王！是的，就是我。你难道没有看见你的克拉拉盛装打扮、一副王爵风范吗？这是一件我参加舞会的礼服，后边露肩的那种！为了我的女爵身份，我必须做些什么了。我的臣民们也愿意看见我这样，他们对高贵有鉴赏力，华丽的舞会礼服会在那些穷苦女人所穿的充满斑点的灰暗长裙之中显得独一无二。亲爱的西蒙，人要想有影响力，就必须鹤立鸡群，你还是安静地往下听吧。你真是一个轻松的、让人感到舒适的聆听者。你知道如何去聆听一个人，而不像其他人那样！这是你的一个长处！我如此缓慢、美好地和你讲述：当我搬来这个偏远城区之时，我慢慢地，但是也逐渐加速地学会去爱穷人，他们是活在世界黑暗的另一边的被压迫者，就像'流氓'这个称谓一样，人们也是这样称呼这个充满渴望和苦难的世界的。我发现我在这里是必不可少的，在没有强迫以及不引起注意的情况之下，我让自己变得必不可少。如果今天我离开了他们，这些人便会因此而悲伤，这些人包括女人、孩子和男人。一开始时我对他们的脏乱感到厌恶和恶心，但是我发现这种脏乱在近处完全不像从僵硬而浮夸的远处那样看起来令人作呕。我教会我的双手——甚至我的嘴唇——如何去触摸那些脸蛋并不是最干净的孩子。我习惯去握工人以及日工粗糙的双手，那些人伸出手的时候我迅速地察觉出了一种温柔。我在这个世界发现很多可以让我想起你们——你和卡斯帕尔——的事物。吸引我并把我变成这一群人的主人兼监护人的绝对是一种十足的谨慎与神秘。这件事既容易也困难。难就难在那群女人身上！为了让她们认清自己的弱点以及可恶的过错，并让她们逐渐提起兴致从耻辱之中解脱自己，我究竟花了多少努力啊。我让她们了解保持清洁的好处和乐趣所在，我发现她们在长时间充满不信任的迟疑之后终于感受到了其中的快乐。男人也变得更加容易管教；因为我很漂亮，所以他们更加服从于我，也在领会我如此简单的教学的过程中变得更加有天赋。西蒙！成为这群穷人的心灵导师让我觉得十分开心，如果你也知道的话就好了！人们究竟需要掌握多少知识，才能找到知识更加贫瘠的人并加以引导。不，仅靠科学知识是绝对行不通的。此处还需要精力充沛地接管这个位置的勇气和兴趣，保障自己位置的尊严和宽容，以及从事自己职责的热情。我掌握了一种说话方式，通过它，我可以解释我所掌握以及能够分享的所有学识，而且是以一种为备受屈辱的底层人民所青睐的表达方式。通过适应他们的想法和感受——即便这时常违背自己的品位，我成为了他们的女主人。不过，这也逐渐地成为了我的品位。一个具有影响力的人同时拥有天赋，让自己被其所影响的对象不知不觉地影响。心灵和习惯很容易关注到这一点。某天我躺在床上，带着疼痛等待着我正在熟睡的孩子的降临，她们——那群妇女和女孩——来到我的身边，看护我，照顾我，替我做事，一直到我能够重新起床。卧床期间，她们的丈夫十分担心地询问我的情况，再次看见我的时候显得十分开心，觉得我比以前更加漂亮。他们就是这样尊敬他们的女爵的。那时正值春天。产后依旧有些虚弱的我坐在房间里，四周摆满了花，因为他们给我带来了他们能够带来的所有鲜花。邻居一个富有的年轻男人经常来看望我，他坐在我脚边时，我十分痛苦；因为我从中感受到了一股敬意，而且他是那么温柔。有一天他向我求婚了，问我是否愿意成为他的妻子。我指了指孩子，但是这反而鼓舞了他在接下来的那几天里重新向我提出那并没有让我怦然心动的求婚。他向我讲述了他四处漂泊的空洞生活之全部，于是我对他心生同情并承诺成为他的妻子。他对我的每一次眨眼、每一个目光都感到满足，他是那么爱我，我每分每秒都能感受得到。如果我告诉他：'阿图尔，这不可能。'他的脸色会变得苍白，而我等来的一定将是不幸。他以一种无法比拟的绝望姿态站在我面前，我没有力气让他变得不幸。何况他很有钱，为了我的人民，我需要钱，他也会为此献出自己的钱财。他做一切我想做的事情。他不允许我请求，却请求我去命令他。他就是这样。现在他马上就要回来了，我会把他介绍给你。还是你想走了？你摆出一副想要离开的样子。那么你走吧！或许这样更好。没错，这样更好。否则他会怀疑的。他的疑心病十分可怕。如果他看见我身边有个年轻的男人，他很有可能会把自己的脑袋在墙上撞到出血。此外，如果你在这里，我也不希望你看见我身边有其他任何人。也就是说，如果有别人在，你最好就别在。我只想你一人，完全一人在我身边。我还有很多事情必须告诉你，告诉你这一切发生的经过。我们说了太多的话，但是都是些实话。——现在快走吧。我知道你很快还会回来的。我会给你写信的。把你的地址留给我吧。那么，再会！"

西蒙下楼的时候遇见了一个飞速走过的黑色身影。"想必这就是那个阿图尔了吧。"他一边想，一边继续往下走去。外面已经入夜了。他走上一条窄小的田间道路，走了几步之后便又转身返回了。这时窗户已经紧锁，窗户后面已经拉上了深红色的窗帘，窗帘在刚刚点亮的灯光之下闪烁着昏暗的微光。一个影子在窗帘后面移动，那是克拉拉的影子。西蒙又离开了，慢慢地陷入沉思。他完全不必慌忙赶往城区。因为那里没有人在等他。明天他想回写字间去工作。现在终于到了应该绷紧神经努力工作、去赚点钱的时候了。或许他最终能够再次获得一个岗位。想到"岗位"这个词的时候，他笑了。他抵达城区时，天色已经非常晚了。他走进一家还在营业的歌剧院解闷，但是并没有欣赏到许多精彩的演出。一个滑稽演员登场，西蒙希望看见他作为一个普通人消失于观众席，因为他的表演实际上足以为他赢得一记耳光。不要吧！西蒙很快就对这个可怜虫产生了感同身受式的同情，他必须扭曲自己的双腿、双臂、鼻子、嘴巴、眼睛以及那皮包骨头的可怜脸颊，而在历经这些痛苦之后，他却没有一次达到他的目的——滑稽！西蒙本来想朝着他喊"丢脸"，但只是遗憾地叹了一声"哎"！只要看看这个男人，你就能清楚看出他是一个诚实、得体，而且并不特别狡猾的人；这样一来，他在舞台上的表演就显得更加令人讨厌了，这样的表演只适合那些想要呈现一个完整协调、讨人喜欢的画面的人，而这些人必须既矫健又放荡。有一种感觉告诉西蒙，这个滑稽演员不久之前或许还在从事一份安静、稳定的工作，因为疏忽或者犯了某个错误而无奈离职。他觉得这个男人一整个人都十分讨厌与恶心。随后，一个身材娇小的年轻女歌者登上了舞台，她穿着紧身连体的轻骑兵军官服装。这场表演要好一点儿，因为这个姑娘的表演接近艺术。之后还有一个杂技演员现身舞台，但是比起他那极其幼稚以及无品的用鼻尖平衡瓶子的把戏，或许把软木塞从瓶子里拔出来他可能会表演得更加精彩吧。他把一盏点亮的灯放置在自己平坦的脑袋上面，要求观众把它当作一件艺术作品去加以理解。西蒙还听了一个男孩的歌唱表演，他很喜欢这首歌，随即便带着良好的印象离开了这个地方。他再一次回到大街上。

街上只剩下零星几个人还在晃荡。侧巷一处似乎发生了争吵，事实上，西蒙走近时确实看见了不雅的一幕：两个姑娘正在打架——其中一个攥着拳头，另外一个则拿着一把红色的遮阳伞朝对方抢去。一盏孤独而忧郁的灯笼照亮了打斗现场，也让她们的脸变得部分清晰可见。姑娘们的衣服和帽子被撕扯成了碎片，她们朝着对方大声喊叫，与其说出于怒气，不如说是因为疼痛；也就是说，并不是因为殴打，而是因为看见自己如动物一般可怜的行为而产生的久久没有退去的耻辱之感。这是一次可怕、短暂的打斗，一个出现在现场的警察终止了这场打斗。他押走了这两位姑娘和一个穿着优雅的男人，后者似乎是这场打斗的原因所在。一个邮差举报了她们，此时他正在现场摆架子。于是两位姑娘把所有的怒气都转向这个邮差，他马上悄悄溜走了。

西蒙回到了家。但是，在到达家里那条巷子的时候，他发现一群人正在大笑、喊叫，确切地说是一个女人，她把夜不归宿的怪人的注意力全部都吸引到了自己身上。她正在用鞭子抽打一个酩酊大醉的男人，这个男人很可能就是她刚从某个小酒馆里硬拽回来的丈夫。她不停地喊叫着，西蒙走近的时候，她声嘶力竭地用巨大声音抱怨着她的丈夫，怒斥他是一个无赖。人群所在的那栋楼的高处突然倾倒下一盆水，就这样以一种恶毒的方式打湿了站在楼下之人的脑袋和衣服。往这些制造噪声的夜不归宿之人身上倒水是这个老城街区的习惯。这个习惯可能已经有值得尊敬的神圣年岁了吧，但是对于受害者而言，这简直就是一件全新的、令人惊掉下巴的事情。所有人都朝那个穿着白色睡衣的女人破口大骂，而站在上面窗台旁边的女人就像一个心怀恶意的邪恶鬼魂般俯视着大家。西蒙先于众人朝着楼上喊道:"楼上的人,您是怎么想的啊,站在窗子旁边的人到底是男的还是女的啊?如果您自家水多,就往您自己的脑袋上浇吧,不要往其他人脑袋上倒。或许您的脑袋更加需要用水。大半夜把街道洒湿,阴险地给大家连着衣服洗个大澡,这是多么无礼的行为。要不是您身在上面,我在下面,我一定会狂咬您的苹果脑袋,直到您的嘴巴流出水来。如果在上帝那里有公正可言的话,我的肩膀上面每滴下一滴水,您就必须支付我十个塔勒。那我便会猜想,这样的玩笑一定会扫了您的雅兴吧。上面的野鬼,您最好回您的房间,或者您让我爬上屋墙一探究竟,看看您到底是长着女人还是男人的头发。因为这喷溅的水而生的怒气可能立即让人变成魔鬼。"

西蒙沉浸在自己糟糕的废话之中。能够大声呵斥以及破口大骂让他觉得十分痛快。再过上一会儿他就要躺在床上睡大觉了。总是做着同样的事情实在无聊。从明天起,他必须下定决心成为一个不一样的人。第二天,坐在写字间的他满脑子都想着克拉拉,于是犯了很多粗心大意的错误,以致写字间的秘书——部门前总管——都感觉有必要批评他了,并且威胁他说,如果他再不认真一点儿,继续像这样三心二意地干事情的话,那么就不会给他分配其他工作了。

第十八章

秋天与克劳斯。冬天与一则童话。林中疗养院。女主管的几番搭话。唐纳一家与节日之城。

秋天来了。西蒙还时常在夜间热气腾腾的街巷里晃荡,比如此刻他就还身在大街之上。但是,眼下这个季节已变得更加萧条了。即便大家不用出门亲眼目睹秋叶飘零的场景,也知道外面的草地上堆满了从万木之上落下的残叶。身处深巷也会有此感受。某个晴朗的秋日,克劳斯前来这片地区,他因科学工作之故需要在这里停留一天。他们一起外出前往那块位于高处的山丘一般的田野,那里绝美的日光让他们如痴如醉。二人有些沉默,并且尽量避免谈及过于私密的话题。他们沿着小路穿过树林,来到一块狭长的草地上,克劳斯惊叹那里新生的嫩绿小草,还有正在那里吃草的棕色斑点母牛。对于西蒙而言,此情此景虽然让人有些忧思焦虑,但总归是妙不可言的:没有太多对话和搅扰,与克劳斯一起在这个入秋的低地之中郊游,听着牛铃声,随便说上几句话;但比起说话,他们主要还是眺望远方。随后,他们缓慢悠闲地登上一座长满植被的山丘,因为克劳斯想要亲切地观察一切事物——每一节树枝以及每一粒浆果。后来他们登上了最高点,那是树林某个风景绝佳的边缘地带；在那里，傍晚时分的秋日以一种无法言说的温柔与爱抚迎接他们的到来。他们的视野也重新变得宽广起来，脚下的山谷尽收眼底。一条闪烁着白光的山溪在山谷金黄的树冠与向外突起的树群之间蜿蜒向前。长满葡萄的棕色土丘的正中间坐落着一座风姿绰约的红瓦村庄。这一切简直就是大自然随心所欲完成的杰作。他们躺在草地上，久久沉默、一言不发；他们的眼睛迷恋于这块向远方无限延伸的地方，耳朵则陶醉于塔钟发出的绝响。他们发现，即便没有听见此刻的钟声，他们也总是能在某个地方以某种方式捕捉到大自然的声响。他们之间的对话是无声的，只可意会、不可言传，这样的对话无法用文字记录；它的发生除了表示友好之外并无其他目的，它也并不旨在诉说什么，只有它的气氛、语气和意图令人铭记于心。克劳斯说："当然，如果我还能认为你一切都好的话，我将重新获得更多快乐的勇气。每当想到你可能变成一个有用、功利且心满意足的人，我的心里总是会涌起一阵不适。你和其他任何人一样十分享受别人的尊重，但有别于他人的是，你拥有一些别人所没有的品质：充满激情、热心，甚至激情、热心得过了头。你不必什么都想拥有，也不必为了增加魅力而过分要求自己。相信我，这样有害于你，它会抹去真实的你，最终把你变成一个冷漠的人。即使你碰巧发现并非世界上的每一件小事都符合自己的喜好，这也不应该成为你心怀怨恨的理由。其他的意见和倾向也完全在理，过好的意图往往比它的对立面更加毒害人心，而后者显然有害无益。在我看来，你马不停蹄的前进动力过于旺盛。气喘吁吁地奔向你设定的目标会让你无比满足。可是这样并不好。让每一天都处在它自身安静自然的氛围之中吧，为你自己能把日子过得舒坦一些而感到骄傲吧，毕竟这是人的本性。我们有责任为他人树立榜样，让他们知道如何有尊严地过上轻松的生活，并有一定的庄重感，因为我们生活在安静、忧郁的文化忧虑中，与混战者和争斗者的愤激气息相去甚远。我必须向你坦白，你的身上有一股野性，但你转眼之间又可以完成转变，展现出一种温柔；为了能够存留下去，这种温柔会过度地向他人索求更多的温柔。很多本会伤害你的事物绝对不会伤害到你，反而是那些显而易见、从世界与生活的土壤之中生长出来的事物才会伤害你。你要尝试成为人中之人，这样你一定会过得好；因为在满足一切要求的过程之中，你不知疲惫，一旦你赢得了众人的爱，你便希望向他们展示你值得拥有这份爱。以你现在的样子——在街角闲逛，在多愁善感的渴求中沉沦——实在不配被视为一个公民，一个人类，以及最重要的，是一个男人。我曾经想过你可以做很多事情来巩固自身,但是到最后我只能放任你自己去塑造生活;因为建议很少具备效果。"随后西蒙说道:"你为什么要在一个如此美好的日子里忧心忡忡呢?在这样的日子里眺望远方本来是可以让人融化在幸福之中的。"

之后,他们闲聊起了自然,忘记了沉重。

第二天克劳斯便离开了。

冬天快要来了。说来奇怪,时间径直越过所有美好的意图,正如它越过一个人尚未克服的不良品质一样,二者如出一辙。时间在流逝之中蕴藏着美好、接纳与宽恕。它忽视乞丐就像忽视共和国的总统一般,对女罪人和体面的妇女也是一视同仁。它让很多事物显得渺小,而且没有意义,因为只有它才能描绘出高贵与伟大。生活中的喧嚣和骚动,所有这些骚动和努力,与这种崇高相比,能有什么意义呢?这种崇高并不在意一个人是变成了人还是傻瓜,而一个人是否渴望正确和美好的东西,对它来说也是无所谓的事情。西蒙喜欢这个季节在他头顶之上的呼啸之声。某一天雪花飘进了漆黑阴森的小巷,他对这永恒、温暖的大自然前进的步伐感到欣喜。"大自然下起了雪,这便意味着冬天的到来,我这个笨蛋竟然曾经认为自己不可能再经历一个冬天了。"他心想。他觉得这一切犹如童话一般:

"雪花飘向大地，因为它们不知道还可以做些什么比这更加美好的事情。许多雪花飘向田野，停留在那里；一些则落在屋顶之上歇息；还有一些则坠向匆匆赶路的行人，一直贴附在他们的帽子或帽兜之上，直到被如数抖落；拴着绳子的马匹站在小车前面，些许的雪花飘向马匹那真诚、可爱的面庞，轻落在它修长的睫毛之上；一片雪花飘进了一扇窗户，至于它在那里做了什么，无人知晓，不过它势必会停留在那里。街巷里面下着雪，树林里亦是如此，噢，现在树林里的景色一定十分优美。人们可以去那里看看。但愿这雪能一直下到灯火通明的夜晚。曾经有一个浑身漆黑的男人想要洗澡，可是他没有肥皂水。有一次他看见下雪了，于是走到大街上用雪水清洗身体，他的脸也因此变得如雪花一样洁白。但是他患上了咳嗽，现在还咳个不停。这个可怜的男人只能整年地咳嗽，一直咳到来年冬天。他爬山爬到出汗，可还是一直咳嗽。咳嗽根本没有停止的意思。有一个小孩来到他的身边，那是一个行乞的孩子，他的手中有一片雪花，看起来就像一朵温柔的小花。'把雪花吃了。'孩子说道。这个高大的男人吃掉了这片雪花，咳疾也便消失了。太阳下山之后，一切变得漆黑起来。行乞的孩子坐在雪地之中，但是完全不觉寒冷。他在家挨了打，不过连他自己也不知道原因。他毕竟还只是一个小孩，什么也不知道。他的小脚也不觉得冻，即便他赤裸着双脚。孩子的眼中闪烁着一滴泪花，但是这还不足以判断他是否在哭。或许这个孩子会在夜里冻死，但是他没有感觉，他什么也感觉不到，他还太小，无法感受。上帝看见了这个孩子，但是这个场景却未能触动他，因为上帝高高在上，无法感受任何事情。"

即便冬日的寒冷笼罩着西蒙的房间，即便他没有什么正经事情可做，他在这段时间里还是激励自己早点起床。他就在那里干站着，牙齿紧咬，一个寒噤自然是无法避免的。总归是有事情可以做的。比如他可以靠搓手或者挠背来打发时间，或者尝试在地上倒立行走。他必须一直进行某种意志的训练，哪怕这项训练可笑至极，因为这有助于排除焦虑，磨炼、激励身体。他每天早上都会用冷水洗澡，从头到脚，直到浑身发热，他外出时也不屑于披上一件外套。如今他想教自己在这个季节里学会挣扎与反抗。坐在桌子旁边读书的时候，他把大衣当作裹脚布来用。他给自己购置了一双军队新兵穿的那种宽大笨重的鞋子，以便可以随时跋涉积雪盈尺的大山。这或许能够教他对讲究的鞋子重视起来。穿着这样一双结实的鞋子，人可以随时随地稳稳地立于世界之上。现在到了该昂首挺胸、安稳度日的时候了。只要他不低下自己的头颅，那么他能够采取的行动一定会主动出现在他的面前。然后重新从头开始，如果他无所谓，别说五十次，无论多少次都无妨。唯有时刻保持目光与感官高度紧张的状态，他一直以来在寻觅的事情才会到来。

这段时间，他就像一个丢了钱财并打算投入全部意志将其寻回的人。但是为了重新找回他丢失的钱财，除了投入意志之外，他什么也没有做。

大约圣诞节期间，他去攀爬那座大山。傍晚时分，天气极其寒冷。刺骨的寒风在行人的耳鼻旁呼啸，把它们冻得通红，以致感染发炎。西蒙不由自主地选择了曾经通往克拉拉林中屋子的那条路，如今它被修缮得更加通畅无阻，随处可见人为改造的痕迹。他看见他的身前出现了一座高大——或者说算不上矮小——的房子，它就坐落在之前他经常出入的那间木屋所在的位置。他来投奔的那个友好、奇怪的女人曾经就住在这里，当时卡斯帕尔也在这里作画。如今这里被改造成了当地居民的疗养院，穿着体面的访客络绎不绝地出入这里。西蒙思考了片刻，不知是否应该跟进去，剧烈的寒冷不禁让他想起挤满人的温暖大厅的舒适。于是，他走了进去。一股温暖刺鼻的杉树枝的气味扑面而来，这个宽敞明亮的房间——实际上是一个大厅——都被杉树所装扮、填充，就连地毯也不例外。只有写在白色墙体上的格言幸免于难，依旧可以清晰地认读。所有的桌子旁边都坐着活泼或严肃的人，其中有很多女人，但是也有男人和孩子。他们或只身独坐在某张小圆桌边，或成群结队地坐在某张长桌边。饮料与食物的气味与杉树的圣诞气氛混合在一起。穿着漂亮的姑娘四处走动，以友好且十分放松的状态服务客人，这种状态使得她们身上完全体现不出任何女服务员的气质。这些可爱的姑娘看起来就好像只是在这里上演一场微笑服务游戏，或者说，好像她们只是在为自己的父母、亲戚、兄弟姐妹或者她们的孩子提供服务：既充满父母般的呵护，同时也不失孩童般的天真。大厅的另一头有一座同样为杉树枝装饰的小型舞台，可能是用来上演某出圣诞剧目或者其他内容可爱的剧目的。这无疑是一间温暖、友好而且好客的屋子，孤身一人的西蒙在一张小圆桌边坐了下来，他在等待是否会有某个姑娘朝他走来并询问他想要点些什么。但是目前并没有任何人来。于是，他安静地在桌子旁边坐了很长时间，就像男人习以为常地那样把下巴撑在手上。突然有一个苗条的姑娘朝他走来，微笑着向他点头，随即又转向另外一个姑娘喊着问道，怎么可以让这个年轻的男人等这么久都没人服务。与其说这个批评是严肃的，不如说是带着说笑意味且充满爱意的；但是可以确定的是，这个女人是这里的一个领导，或者主管，或者什么类似的称谓。

"十分抱歉，让您久等了。"她既而又转向西蒙说道。

"噢，我不知道您有什么可以抱歉的。需要抱歉的反倒是我，因为我的缘故，您还得批评其中某个姑娘。话说回来，我喜欢坐在这里，不受他人的关注；因为坦白来说，我要点的餐食少得可怜，根本就不值得劳烦服务。"

"您想吃多少就吃多少，您想喝多少酒喝多少。您一分钱都不用付。"这位女士说道。

"就我可以这样还是大家都可以这样？"

"当然只有您一个人可以这样，因此我也会向我的员工发出相关指令，不允许向您索取任何费用。"

她挨着他坐在那张棕色的小桌旁边，并说道：

"我现在还有一点儿时间可以和您闲聊一会儿，我不理解我不去这样做的理由。您的眼睛告诉我，您似乎是一个孤独的年轻男人，它们还清楚地告诉我，拥有这双眼睛的主人希望与他人发生接触。我不清楚我为何会情不自禁地把您当成一个受过良好教育的人。我看见您的时候就已经迫切想和您交谈了。如果我戴着度数很高的长柄眼镜来观察您的话，我或许会发现，您看起来相当堕落，但是谁愿意戴起眼镜来认识别人呢？作为这间屋子的主管，我有兴趣尽可能准确地获悉所有客人的情况。我习惯根据人的行为动作，而非一顶破旧的毡帽去评判客人，因为人的行为动作能比或好或差的衣物更好地解释人的本质。日复一日，我发现我用的方法是准确无误的。如果上帝替我着想的话，他就应当阻止我变得自负而傲慢。一个不善识人的女生意人一直做着差劲的生意，那么日益增长的识人知识又究竟在教些什么呢？这个世界上最简单的道理：友好待人！生活在这个孤独、无望的星球之上的我们难道不都是兄弟姐妹吗？兄弟和姐妹？兄弟与姐妹的关系，姐妹与姐妹的关系，以及姐妹与兄妹的关系，这样的关系必定十分温暖，也必须一直维系下去，尤其是在思想层面！但是这种关系也必须随之加强并体现于行动之中。如果遇见一个野蛮的男人或者一个单纯的女人，我又能做些什么呢？我必须立即感到害怕或者浑身不适吗？当然不会这样！我会接着往下想：不，这个人不会让我觉得特别舒服，他让我厌恶，他没有教养，而且高傲自大，但是我绝对不会让他以及我自己以完全不加掩饰的方式注意到这一点。我必须伪装一下自己，他或许也会，尽管只是出于懒惰或者愚蠢。考虑后果是一件多么可爱的事情。我的内心虔诚无比，心怀炙热地坚信这份可爱，不过关于这一点我也不知道还能继续往下说些什么。或者还能补充一点：所谓的兄弟不必属于这个世界之上最精致、最高贵的那一群人，存在一定阶级差距的人——我们这样表述——反倒可能成为兄弟。我将其作为自己的法则，并且严格遵守。原先对我耸肩摆臭脸的很多人都会慢慢喜欢上我。考虑到练习关爱以及观察耐力这个准则如此迷人，我为什么不去做一个小小的基督徒呢？或许现在我们所有人比以往任何时候都更加需要基督教，但是这样的表述又很愚蠢。您笑了，而且我十分清楚知道您为什么会笑。您是对的，我为何要提及基督教呢，这只不过是一个有关简单明智的友善性的问题罢了。您怎么想？我经常思考：基督教徒的义务在我们如今的日常生活中逐渐变得模糊，几乎已不知不觉地让位于人类义务了，毕竟后者更加简单，更加容易执行。我要去干活了。有人喊我了。您坐着别动，我一会儿就回来。"

她说着这话就走开了。

几分钟之后，她又走了回来，在距离西蒙几步远的地方重新开启了如下对话。她叫喊道："这里的一切都换了新样子。您看一看四周，一切都是崭新、整洁的，就如新生一般。完全没有陈旧的痕迹！通常情况下，每座房子或者每个家庭中都会摆放一件人们依旧深爱、尊重的陈旧家具，那是过往岁月的气息与片段，人们觉得它十分美好，就像某个告别的场景或者充满忧愁的落日那样美好。您注意到这里有类似的东西吗？哪怕仅仅只是某种对此的暗示。我感觉它就像是一座虚幻、轻飘的拱桥,通往那个暂时还无法解释的未来。噢,展望未来要比梦回过往更加美好。思考未来的时候也会幻想。难道这不美妙吗?对于精密思考的人而言,把他们的温暖与感受献给即将到来的岁月难道不比献给过往更加明智吗?未来的岁月对我们而言就像孩子,它们要比逝者的坟墓更加需要关注,而我们或许只需要用一种夸张的爱——过往的岁月!——去装饰这些坟墓。画家现在应该为未来之人草拟服装,而他们会足够优雅、带着体面与自由穿上这些衣服;让诗人为强大的、不受任何欲望所侵蚀的人谱写道德的诗章,也让建筑大师尽其所能地发明出能使石头和建筑物更加相得益彰的建筑形式。让他走进树林,看看破土而出的杉树长得多么高大且高贵,让他将它们用作未来建筑的材料典范;让人们在预测未来的事物时,能抛开那些普通、卑鄙和无用的东西,当妻子来向他索吻时,他会尽可能清晰地将自己的想法耳语给她听,而她听了会微笑。我们懂得如何用一个微笑去鞭策你们男人做事,我们认为,当我们成功地将你自身的义务生动而愉快地呈现在你的感官面前之时,我们就已经完成了我们的工作。比起自己完成的工作,你们的成就更让我们开心。我们阅读你们写的书,并陷入沉思:要是他们能少写一些东西,多做一点儿事情就好了。通常情况下，我们不知道还有什么比服从你们更加有用的事情了。我们还能做些什么其他事情呢！再者我们也十分乐意这样做。哦，我忘了谈及未来，那座横架在乌泱泱水面之上的线条分明的拱桥，那片长满树木的树林，那个眼睛明亮的孩子，还有那个无法言说却总是吸引人用话语之陷阱去捕捉它的东西。我觉得，当下就是未来。难道您不觉得，围绕着我们的一切都在散发当下的气息吗？"

"是的。"西蒙说道。

"现在外面是极其凛冽的寒冬，屋里却这么温暖，如此适合人们聊天。坐在您这样一个似乎有些堕落的年轻人的身边，我终归还是没有履行我的义务。您的行为举止有些束缚，您自己知道吗？神秘的怒气使然，我想立马扇您一记耳光，因为您虽憨头憨脑地坐在那里，却能以一种特别的方式引诱我把宝贵的时间浪费在您这样一位偶然出现的客人身上。您知道吗？即便如此，您还能继续在这里坐上一会儿。我过一会儿还要和您聊天。现在我有其他事情要去做了。"

她离开了。

这位女士不在期间，西蒙观察着他的周遭。灯火闪烁着明亮温暖的光。客人无拘无束地彼此闲谈。已经入夜了，孤身前来的人现在准备离开了，因为他们还要下山回到城里。两个上了年纪的男人舒适地坐在一张桌子旁,他们的安静引起西蒙的注意。两个人都蓄着白色的胡子,长着干净的面孔,正在抽烟斗,这一切都赋予了他们一种古老的气质。他们彼此没有交谈,仿佛觉得谈话十分多余。他们的目光偶尔相撞,然后动动烟斗和嘴角相互示意,但十分小声,或者完全是出于习惯的缘故。他们似乎都是游手好闲之人,但是他们精于算计、深思熟虑并且高人一等,因为他们是由于生活富裕才无所事事的。他们显然彼此结伴,仅是因为他们拥有相同的习惯:抽烟斗,散步,偏爱微风、天气与大自然,热爱健康,以及比起闲谈他们更加青睐的沉默,最后,还有年纪这个最具特质的因素。西蒙觉得这两个人并非没有威望可言。看见他们有所思量的精致表情时,人们定会微微露出笑容,可是这种表情并没有破坏人们对他们的敬畏感,因为年纪本身就摆在那里。他们的面部表情诉说着某种目标明确、业已完成的状态,以及他们不再接受任何的挑战。比起享受不确定性,这两位老者肯定更喜欢自己所选择的道路,即使那是他们错误选择的路。但是究竟什么才算错误呢?如果一个人到了六七十岁还选择错误来作为人生的指引,那么这一定是一件不可侵犯的事情,年轻人需要对它表示恭敬。这两个怪人肯定拥有一种方法或者一套系统,并且发誓遵循它活到生命的尽头；因为他们看起来就是这样，仿佛他们已经找到了某种东西，这种东西为他们服务并鼓励他们平静地面对生命的尽头。"我们发现了你们的秘密。"他们的表情和举止似乎在这样表达着。观察他们并且努力猜测他们的想法十分有趣，令人感动，它们毫无疑问值得思考。此外，只要稍微观察他们，就能立即看出，这两个人可以被当作一个整体加以看待，而不应以其他方式或者单独看待，必须一起看待！一直都要如此！这是你能从他们花白的脑袋里截取出来的主要思想。两人共同经历生活，甚至可能的话共同走向死亡的深渊：这似乎就是他们的原则。要是夏天来临，就能看见他们坐在阳台的阴凉之处，同样神秘地将烟斗塞满烟草，在聊天和沉默之间更青睐后者。他们离开的时候，总是两个人一起离开，而不是一个先走：这似乎有一点儿无法想象。没错，他们看起来十分舒坦，西蒙不得不承认：舒坦而固执己见，他想。继而他又把目光从他们身上移开，转向了别处。

他的目光在不同人的身上扫过，发现一个奇怪的英国家庭。这家的男人中有些似乎是学者，而另一些，只能勉强地猜测他们所在的机构或者从事的职业种类；他还看见长着白色头发的女人以及同未婚夫结伴的姑娘。西蒙注意到他观察的那些人在这里似乎并不太舒服，同时也发现了一些人感觉像和家人坐在家里一样。但是，大厅慢慢空了。冬天在屋外呼啸，可以听见杉树相互抱怨的嘎吱声音。树林离这间屋子仅十步之遥，这一点西蒙以往就再清楚不过。

他沉浸在这些想法之中时，女主管再次出现了。

她坐在他的身边。

她的身上似乎悄悄发生了一些变化。她抓住西蒙的手，这是有些出乎意料的。她低声地说着，以免被他人听见或察觉：

"现在几乎没有人可以打扰我，让我没法坐在您身边了，大家都陆续离开了。请您告诉我，您是谁，您叫什么名字，您从哪里来？您的样子看起来好像我非得过问不可似的。您的身上散发出一种疑问以及一种赞叹，但这不是您自身发出的赞叹，而是坐在您面前观察您的人会发出的那种赞叹。人们询问自己，并对您赞叹不已，然后就会心生一种与您交谈的渴望，他们认为那必定是某种从您身上散发出来的东西。人们情不自禁地为您感到苦恼。人们离开您，干起自己的工作，但一想起您，就会突然对您心生怜悯。这不是同情，因为同情是您绝对不会激发出的东西；严格来说的话，其实也不是怜悯。我不知道这究竟是何种感觉：或许是好奇？一种想要了解您的渴求，哪怕仅仅是关于您的一件小事、某种声响或者一个声响。人们觉得自己已经认识您了,认为您没有那么有趣,但还是不停地倾听、倾听,以防错过你说的某些或许有价值的、值得被再次聆听的东西。只要人们自上而下对您大致打量一番,就会很容易地对您产生怜悯之心。您身上一定拥有某种深沉,但别人可能无法发现它,因为您从来不愿意耗费半点力气去凸显它。我想听您讲故事。您的父母还健在吗?您有兄弟姐妹吗?人们看着您,就会忍不住推断:您的兄弟姐妹肯定都是些重要人物。然而您自己一定不属于这一行列。怎么会这样呢?在您面前,人们会轻易地发觉自己高您一等。但只要和您打过一会儿交道,人们就会发现自己错了;这个错误之所以会出现,是因为他们是在和一个性情如此平和的人打交道,这个人耻于博取关注,也不想让自己看起来比别人更好或者更危险,他只想维持现状。您看起来并没有那么有趣,更谈不上危险了,女人是一种要求温柔以及渴望纯粹危险的混合体,然而这种渴望本身又会持续不断地威胁着女人。您自然不会反感我刚对您所说的话,因为您对什么都不会反感。我还不知道以何种关系与您相处。您现在想和我讲述您的故事了吗?我十分期待!您知道吗?我很想成为您信任的人——哪怕仅仅一个小时,哪怕是在我想象之中我也不在乎。我刚才在楼上的时候就有一种要赶紧来您身边的强烈渴望，仿佛您是一个在任何情况之下都不能久等的重要名人；站在您的庇佑与些许居高临下的敬意的光环之下，好像人们一定会感到开心一样。我刚才走过来的时候，看见那里坐着一个人，他已经喝得涨红了脸。太混乱了，但是这难道不奇怪吗？好吧，现在我想安静地坐在这里听您来说。"

西蒙讲道：

"我叫西蒙，西蒙·唐纳，我有四个兄弟姐妹，我是年纪最小的，同时也是最没有前途的那一个。其中一个哥哥是画家，住在巴黎，他在那里深居简出，比在乡下过得还要清静；因为他要作画。不过现在他可能做出一些改变了吧，距离上一次见他已经一年多了；但是我觉得，如果您遇到他的话，他会给您留下深刻的自我封闭的印象。和他打交道并不是没有风险，他只要小施伎俩，人们便会为他而犯傻。他是一个不折不扣的艺术家，作为他兄弟的我如果对艺术也略知一二的话，那绝对是他的责任，而不是由于我对艺术的理解，因为我对艺术的理解是在他的吸引之下才有了发展的可能。我想他现在留着长长的鬈发，鬈发十分适合他，就像剪短头发的脑袋适合军官一样，但别人觉得这样太过普通。他消失在人群之中，不过为了更好地创作，他也渴望消失在人群之中。之前他在一封信中给我描述了一只老鹰的形象，它在岩石之上感受到了羽翼的宽阔，在深渊之上感觉无比舒适。还有一次他写道，作为艺术家的人必须像马匹一样工作，就算累倒也没什么，因为他一定会累倒，但是他之后必须立马站起身来，继续创作。当时的他还只是少年，如今却已经开始作画了。如果他不能继续作画，那他也几乎无法生存下去。他叫卡斯帕尔，他在学校是一名学生，但在父母眼中他却一直是一个懒鬼，请您相信，他之所以这样，只是因为他的整个气质都是那么地自在和温柔。他很早就退学了——因为他的学业并不优秀，只能靠搬一些盒盒罐罐维生，后来他离开了家乡，在异乡学习如何赢得来自他人的尊重。这是我的兄弟之一。我还有一个哥哥叫克劳斯。克劳斯是我最年长的哥哥，我将他视作这个世界上最好、最深思熟虑的人。他的双眼之中透露出宽容忍耐、深思熟虑、反省思考。他是一个有本事的人，就连他那些水平稍逊的能力，别人也只能望尘莫及。作为兄长的他看着我们长大，看着我们沉湎于我们的渴望与激情之中，对此他一言未发，一直都在等待，只是偶尔说出一句担心或者建议的话；但是他逐渐发现，每一个人都有自己的路要去走。他只是找出我们身上的缺点并让我们加以预防，而且总是以独特的眼光发现我们身上的优点。我的这个兄弟为我默默操心，这一点我十分清楚；因为他深爱着我，他以爱待人，十分谨慎地呵护别人，这是我们这些弟弟妹妹身上所没有的特质。即便他在学界已然担任要职，我也依旧坚信，总是与他的腼腆性格紧密关联的责任之心是他没有担任更高级别职务的唯一原因；因为他值得最高并且责任最多的职位。我还有一个三哥，除了用'不幸'来描述他之外，我就不知道说些什么了，只有回忆他过去的岁月才能告诉您他的状况。他在精神病院。——或许我本不该在您面前坦白这件事情。但是您对此一定感兴趣，因为您已经坐在这里，竖起耳朵认真地听着我的故事，想必是想获悉一切真相，否则还不如不听，不是嘛！您点了点头，这让我知道我已经很了解您了，不揣冒昧，我猜测您一定是个勇敢、心肠很好的女人。您接着往下听吧。我可以毫不犹豫地说，我这个不幸的哥哥曾经是年轻漂亮男人的典范，比起我们这个充满诸多艰难而枯燥的时代，他所秉持的天赋或许更加适应骑士般华丽的十八世纪。请您允许我对他的不幸经历保持沉默吧，因为第一，我会因此坏了您的兴致；第二以及第三，据我所知甚至还有第六，铺展不幸的纹理，剔除所有的庆典、所有可爱的被掩藏起来的哀伤，我觉得这显得不太合适——后者只有在人们对不幸保持缄默的情况下才能存在。我只是大致跟您介绍了一下我的三个兄弟，现在出场的是一个姑娘———一个藏身在小村庄茅房屋里的孤独女教师,她是我的姐姐海德薇。您想认识她吗?凭借您丰富的感情,您是会在这个姑娘身上收获快乐的。这个世界上没有比她更加值得骄傲的存在了。我曾以一个游手好闲者的身份在她所在的村庄住了整整三个月,我到达的时候,她落泪了,而在我手里拿着旅行箱想要温柔告别之际,她却嘲笑了我。她赶走了我,同时也亲吻了我。她告诉我,她对我只持有一种轻微的、不容反驳的鄙视态度,但是她说得很好听,以致我一时觉得自己受到了她的抚慰。您想想,我去她那里的时候,她要对我百般忍耐,我表现得比一个纠缠不休的流浪汉还要可怜、还要讨厌,而这个可怜的流浪汉只有一次想起过他的姐姐,因为他心想:'在你独立之前,你一直要去那里找她。'———但是,那三个月我们就像是在一座美丽的布满林荫小道的贵族公园里面度过一样。这样的体验我永远都不会忘记。当我出门在林中散步,出于懒惰,竟不知该给下巴还是耳背挠痒时,我会想着她———只想着她一人,把她当成那个近在咫尺同时又远在天边的存在。出于恐惧,她离我很远;但出于爱,她又离我很近。您可知道,她是那么骄傲,她从来都没有让我感受到我在她眼中是那么不堪。她只是高兴我能在她那里感到舒适,并且还住了下来。这份喜悦一直持续到我离开的最后一刻,她提前我一步说出了再见,好像预感到了我会说些什么伤人或愚蠢的话出来。我离开之后,回首身后的那座山丘,看见她正和我挥手,那么友好,那么纯粹,仿佛我只是去一趟邻村的鞋匠铺,一小时后还会重新返回一样。她知道她即将回到那种孤独的状态之中,适应没有陪伴的生活这项任务还在等待着她,毕竟这还算得上是一项任务——一项内心的任务。晚上我们坐在一起讲述各自的生活,我们再次听见童年振翅的声响,就像母亲走向孩子之时裙摆在房间地板上发出的声音一样。我的母亲和我的姐姐海德薇总是以一种内心关联并且相互交织的画面出现在我的脑海之中。母亲生病的时候,海德薇就像照顾小孩子一样关心她、照顾她。您想象一下,孩子看见自己的母亲变成了孩子,自己却成为母亲身边的母亲,这是一种多么特别的情感互置啊。我的母亲是一个十分受人尊重的女人,别人对她的尊重十分纯粹,完全发自内心。她总是给人留下一种乡村式同时又不失优雅的印象。她知道如何谦逊而坚决地遏制任何一种不顺从、不友爱的行为。她的面部神情同时表达着请求和命令。我们城里的女人都把目光集聚在她身上,她散步的时候,很多男人都会在她面前摘下帽子。后来她生病了,变得开始健忘,成为焦虑与羞耻的对象。人们会因抱病在身的家人而感到羞耻,只要想起那些随处可见身体健康之人以及受人敬仰之人的日子,几乎会因此而生气。她在离世前不久的某个早上写了一封信,当时我才十四岁:"我亲爱的儿子!"您觉得她在写完这个称呼之后会用她那奇怪而消瘦的字体继续往下写些什么吗?并没有,她疲倦而困惑地露出微笑,嘴里嘟囔着什么,然后无奈地放下了钢笔。她坐在那里,那里还摆放着那封尚未开写的致儿子的信,还有那支钢笔,外面太阳高照,而我正观察着这一切。某天晚上,海德薇敲响了我的房门,她说我该起床了,因为母亲去世了!我猛地从床上起了身,一束微弱的灯光穿过门缝照进我的房间。母亲还是姑娘家时便十分不幸,没有受到很好的照顾。她从偏远的山区进城投奔姐姐——也就是我的姨妈,她在那里几乎只能做一些女仆的工作。小的时候,她走过有深深积雪覆盖的宽敞大路才能到达学校,她在一间小屋子里一盏微弱的台灯旁边写作业,也因此伤了眼睛,因为她几乎看不清书本里面的字母。她的父母对她不好,所以她很早就与忧愁结识。某天,还是小女孩的她倚靠在桥栏边站着,思考投河自尽究竟是不是一个更好的选择。人们一定忽视过她,反复地推脱过她,并以这种方式虐待她。小时候第一次听说她童年的悲惨遭遇时,我的愤怒便瞬间上头,我气得发抖,从那时起我就对从未谋面的外祖父母深恶痛绝。母亲还未生病的时候,对我们孩子而言,她几乎就是神圣庄严的存在,我们在她面前只有害怕和畏惧;后来她的精神出了问题,我们便开始同情她。从谨小慎微、充满神秘的恐惧到同情,这几乎是一次疯狂的跨越。二者的中间则是对她的温柔与信任,而这些对于我们而言却是陌生的。就这样,我们的同情与一种对从未感受之物无法言说的惋惜水乳交融地混合在了一起,这才让我们更加发自内心地同情她。我的脑海里面再次浮现出所有的野蛮粗暴、一切无礼的行径以及母亲的声音,还在远处的她就已经用声音开始了惩罚,以致那紧随其后的用手实施的真实惩罚反而成为甘甜而可笑的糖饴。她知道如何用这样的声音说话,它能让人瞬间对自己犯下错误感到后悔,并希望尽可能快地看见被狠狠受伤之人恢复平静。对于我们而言,她的温柔蕴含极其柔软的力量,那是一份馈赠;因为我们很少能体会到她的温柔。我的母亲总是神经紧张,过于敏感。我们所有孩子不像害怕母亲那样害怕父亲,但是我们总是害怕父亲可能因为说了或者做了什么事情而引起母亲的愤怒。父亲在母亲面前弱小无权,这是他的天性——这种天性比起精力充沛更加青睐舒适自在。他愿意成为一个轻松的伴侣,繁重的工作他就不太情愿去做。他现在八十岁了,如果他离开人世,那么城市的一段历史也会随他而去；如果其他上了年纪的老人再也看不见这个老人如往常一般踩着矫健的步伐经营商店，一定会非常疑惑，非常疲倦地摇头惋惜。他年少的时候曾是一个相当粗犷的小伙子，但是城市生活逐渐磨掉了这份粗犷，引诱他过上了舒适的生活。父母均从荒凉僻静的山区搬来市区，这座城市当时就因为它的气派和生活乐趣在整个国家享有褒贬不一的名声。当时的工业如同火苗一样发展起来，并允许轻浮、毫无思想的生活存在，当时钱赚得多，花得也快。一周工作五六天便被视为努力的体现。如果工人没有什么要紧事情去做的话，就成天坐在阳光明媚的河岸边钓鱼。只有急着用钱生活，他们才会去做上几天零工，因为赚得很多，所以足以继续无所事事地闲逛。手工业者则从工人那里赚钱，因为如果穷人有钱的话，那么富人就更不可能缺钱了。城里一到夜里似乎就会多出数以万计的居民，所有的人都从周围的村子拥入城里，挤进已经占用或者住人的房子里面，只要这些房子外部看起来已经竣工就行，也顾不得内部的潮湿与邋遢了。房地产商遇上了黄金时代，他们只需要不断地建造房屋，事实上从一开始他们便毫无节制了。工厂厂长骑着马，他们的夫人驾着轻便的四轮马车，然而没落的城市贵族却只能对此嗤之以鼻。没有其他城市会像这座城市一样以节日而闻名，这座城市在节日里开展一切可以提供的活动，以向外界彰显作为最佳节日城市的地位。商人绝对不会在这样的情况下有所抱怨，学生同样如此，只有一些理智的人没有勇气在这飘忽不定、撒满玫瑰的娱乐与表象的大地之上一起庆祝。我的父母也融入了这样环境之中，母亲带着敏感的神经和对单纯优雅的感知，而父亲则带着对一切既存事物的适应能力。对于孩子而言，任何一个地方都可爱迷人、充满魅力，但是对于那些想把诸如岩石、洞穴、河岸、草坪、低地、沟壑以及树桩当作游戏时藏身之处的孩子而言，这些地方就好像是为他们量身定做的。放学归来的孩子用游戏或者发明游戏来享受整片地区。母亲去世之后，我被送到一家银行去当学徒。第一年，我觉得自己能力突出；因为我在这个世界上遇到的新奇事物总是引起我的恐惧和胆怯。第二年，我被当成了模范学徒，但是到第三年，行长就有把我扫地出门的意思了，但是他考虑到他与我父亲已经相识七年之久，便碍于情面把我留了下来。我变得不愿意去做任何工作，对那些我认为不足以命令我的规定也爱理不理。那是我如今都无法理解的行为。我意识到了包括家具、物品以及词语的一切事物都让我隐隐作痛。我变得那么担惊受怕，以致到了要把我送走的地步，他们确实也送走了我。为了摆脱什么都做不了的我，他们在一座偏远的城市给我找了一份工作。我就这样走了。但是，现在我并不想回想过往的一切，也不想再去提及。摆脱年少时光才算得上美妙，因为年少不仅仅意味着美好、甜美与轻松；比起某些上了年纪的人的生活，它经常显得更加沉重，充满更多的焦虑。人活得越久，活得就会越轻松。在青年时期艰难地活过，往后的日子里可能只会偶尔——最好永远都不要再艰难地去活。我想如果我们这些孩子注定一个接着一个经历错误以及那突如其来的感受，并且这个世界上所有的孩子都注定在青年时代会体会到如此众多的危险，那么我便不会如此草率地把童年当作甜美的对象加以歌颂，因为童年毕竟是一份宝贵的回忆。担任保护这一角色的完美父母，对于他们而言，这是一份多么沉重的任务啊；而成为一个乖巧听话的孩子，对于大多数孩子而言，也只是一句廉价而不切实际的空话吧。这一点您能更好地体会，因为您是一个女人。至于我，我到今天为止还是所有人当中最没有作为的那一个。我连一套合身的西装都没有，至少它可以证明我能把生活打理得还算不错。您在我身上看不见任何可以暗示我的生活所选择的东西。我还站在生活的大门之外，还在不停地敲门，甚至有些许急躁，激动地偷听是否有人走来为我拉开门闩。这个门闩非常沉重，如果有人感觉站在门外敲门的人是一个乞丐的话，那么他是不会愿意过来开门的。除了偷听者和等待者的身份之外，我什么也不是，可是这样的身份却又很完美，因为在等待之时我学会了如何去幻想。它们手挽着手行走，十分融洽，而我也表现得十分体面。我已经不再去提是否选错了职业这样的问题了，这个问题只有年轻人才会提，而男人就不会。我本来能把任何一份工作都做好的，就像我现在这样。这和我有什么关系呢！我清楚我的品格和缺陷，以防吹嘘自己的品格或缺陷。如果有人需要的话，我会向他提供我的知识、力气、思想、成绩以及我的关爱。那个伸出手指并朝我眨眼的人或许就是在这样的情况中跟跄前行的人，但是您会看见我像大风呼啸一般一跃而出，我将漫不经心地踩着所有的记忆，只为能够更加畅通无阻地奔跑。整个世界一起发出声响，整个生命！这样太美好了。只有这样才美好！这个世界没有任何事情属于我，但是我什么也都不再渴望了。我不再懂得何为渴望。当我依旧心怀渴望的那个时候，人对我而言无关紧要，甚至碍手碍脚，当时我十分憎恶他们，现在我却深爱着他们，因为我需要他们，因为我可以为他们所用。这就是生而为人的目的。某一个人走过来并说道：'嗨，你！过来！我需要你。我可以给你一份工作！'那么，他便会让我觉得幸福。那时我会明白何为幸福！幸福和痛苦完全发生了改变，它们变得更加清晰可见，它们向我表白并且允许我以爱、以痛和它们相拥，并以此将它们追求。如果我需要向某人提交求职信的话，我总是会提及我的哥哥们——我会指出，事实证明他们是有工作能力的有用之人，因此我或许也值得一用；但是这每次都让我笑出声来。我绝对不是害怕自己成不了才，我只是想尽可能地大器晚成。因此最好顺其自然，不受人为的干扰。我给自己临时定制了一双粗糙、宽大的鞋子，以便能够更加坚定地出现在别人面前，能用自己的脚步向别人表明我是一个愿意并且或许能够做些什么事的人。为人检验对我而言是一种乐趣！我几乎不知道还有比这更加高级的乐趣了。目前的我一贫如洗，可是这能说明什么呢？什么也说明不了，它只是外部构图的一点失真，可以用一些精力充沛的笔触进行补救。它最多让一个健康之人陷入窘境，或许也会陷入一种苦恼，但他不会激动混乱。您在笑。没有吗？您或许没有笑？那倒是有些可惜；因为您的笑十分美好。有一段时间，我总是有去参军的想法，但是我已不再相信这种浪漫的想法了。为什么不待在自己所在的地方呢？如果我想拥有走向毁灭的机会，难道这个国家不会给我提供这样的机会吗？我可以在这里找到一次更加隆重的契机，将我的健康、力气以及生活的乐趣置于危险的境地。首先我对我的健康状况感到高兴，我能随心所欲地支配我的双腿和手臂；其次是我时刻保持着清醒的头脑；最后才是激励人心的意识，我作为一个债台高筑之人面对这个世界，为了能在这个世界的关爱之中迎难而上，我有充足的理由竭尽全力地去呼吸。我喜欢当一个债务人！如果偏要我说有人伤害了我，那么这对我而言才是绝望至极的，那么我一定会在沉闷、厌恶与苦涩之中僵化。不，事情的发展不应如此，它应走向辉煌——一种无法代表成长之人的辉煌：我才是冒犯了这个世界的人。这个世界就像被激怒、被冒犯的母亲一样站在我的面前，她那奇妙的面孔——要求赎罪的大地母亲的面孔让我着迷！我将为我所忽视、失去、虚度、耽误的事情以及犯下的错误付出代价。我将尽力安抚受到冒犯之人，并在一个美好而悲伤的夜晚，向我的兄弟姐妹坦白我的所作所为，坦白我为何高傲地抬起头颅。这一天或许需要数年之久，但是如果一个任务需要更加长久的时间、更加沉重的压力，那么它就更加吸引我。现在您大概对我有所了解了。"

这位女士亲吻了他。

"不会的，"她说道，"您不会消沉下去的。要是真的发生了，对您来说实在是太遗憾了。您绝对不能再如此残忍下去，如此罪恶地判断自己。您太低估自己、太高估别人了。我要阻止您对自己过度严格。您知道您缺什么吗？过段时间一切都会好起来的。您需要学会在一个人的耳边低语，答复所获的温情。否则您会变得太过脆弱。我想要教您，教您一切在您身上缺失的东西。您跟我来。让我们走进冬天的夜晚，走进呼啸的树林。我有很多话要和您说。您是否知道，我是您既可怜又幸福的俘虏？不说了，不说了。您来吧。"

附 录

西蒙：一则爱情故事

［本文发表于《圣殿》杂志（*Die Freistatt*），1904年4月版。收录于《罗伯特·瓦尔泽全集》，第2卷，第15—22页。］

西蒙二十岁了。某天晚上，他躺在柔软碧绿的青苔路上，继续游荡并且成为一个仆人的想法浮现在他的脑海之中。他朝着空中的杉树树顶十分大声地说出了这个想法，我并不知道这究竟是真实的还是捏造的，它那极不真实的树须摇晃起来，并发出一阵类似撬开松果般低沉的笑声。这阵笑声让我们的主人公站起身来，并且促使他立即成为被一种无法抗拒的欲望所驱使的模样。现在他站起身来，朝着那个蓝色或者绿色的世界前进，完全没有顾及东西南北。让我们看一眼他的外表吧！他有两条大长腿，不过对于一个初出茅庐、不断进取的仆人来说，他的腿太长了，以致他的步态徒增了一丝蠢意。他的鞋子坏了，他的裤子完全撕扯破了，他的上衣布满污渍，他的脸不太温柔；为了够到最高之处，他的帽子逐渐变成了某个形状，不过粗糙的加工和少得可怜的材料必定会随着时间的推移把它变成这个形状。他——帽子——立在它——脑袋——上面，就像一个推开的棺材盖儿，或者像盖在陈旧生锈的煎锅上的铁盖。说真的，他的脑袋几乎是赤铜色的，它绝不会对上述煎锅比喻提出任何异议的。西蒙的背上（我们和这则故事，现在一直跟在他的后面）挂着一把又旧又丑的曼陀林琴，我们看见他把琴拿在手里，然后开始拨弄。噢，神奇！这个古老而瘦小的乐器竟发出如此清脆的声响。难道这个场景不像可爱的白色天使演奏金色的小提琴吗？树林如同教堂，响起的音乐则如同年迈、令人心生敬意的意大利大师的演奏。他的演奏如此温柔，他的歌唱如此柔和，这个未经雕琢的年轻人！说实话，如果他一时半会儿不停下来，我们是会爱上他的。他停了下来，我们有时间想着换口气呼吸呼吸了。

西蒙从树林里走了出来，不一会儿又走进另外一个树林，他心想这个世界已经没有仆人了，实在是奇怪。难道已没有又大又美的女人房间了吗？应该是没有，因为我想起我们那座城市的女诗人——就是我把诗作寄过去的那个女诗人，她不仅肥胖，而且行动迟钝，也有足够的威严，完全需要一个行动敏捷的仆人。她现在在做些什么呢？她还能想起曾经仰慕她的我吗？沉浸在这样的想法和感受之中,他继续走了一段路程。当他再次从树林里走出来的时候,草地像抖落的黄金一样闪烁着光,草地上面的树木绿中透白,而且十分茂盛,西蒙情不自禁地大笑起来。云朵懒散地铺散在天际,就像伸开四肢的小猫。西蒙想象自己正在抚摸着它们彩色柔软的毛发。毛发之间藏着神奇的新鲜与湿润的蔚蓝。鸟儿啼鸣,空气颤抖,苍穹散发出香味,远方静卧着多岩的群山,我们的主人公正朝着那个方向走去。路途开始变陡,天色也开始变暗了。西蒙再次伸手去拿那个能让他摇身一变成为魔术师的曼陀林琴。故事再一次坐在后面的石头上,目瞪口呆地听起他的弹奏。这时,本文的作者也有了休息的时间。

讲故事是一件十分吃力的工作。要一直跟在这个长着长腿、弹奏曼陀林琴的浪漫家伙后面聆听他的所唱、所思、所感与所言。这个无赖的仆人一直在走,我们必须跟在他的身后,好像我们就是这个仆人的仆人一般。耐心的读者,如果你们的耳朵还在的话,就继续往下听吧,因为现在过不了多久就会出现不同的人对他佩服得五体投地。那个场景一定会十分有趣。一座城堡出现在他的眼前;对于这个寻找古堡旧址的仆人来说,这是何等的发现啊。现在展示你的艺术吧,孩子,还是说你已经迷失了。他展示了他的艺术。他对出现在二楼阳台的女人唱歌,而这位女人的心也必然为之感动了。我们拥有一座黑暗、童话般的城堡,我们拥有岩石、杉树和仆人,哦对了,只有一个仆人,没错,就是我们的西蒙,此刻他将这个世界上所有迷人的仆人都集于他那个可爱、上文已然描述过的人格之上。我们拥有颂歌和曼陀林的琴声,我们拥有男孩知道如何引诱乐器奏出的甜美。已经入夜了,群星微闪,明月当空,晚风四处亲吻,我们拥有我们必须拥有的对象,一个性情温和、皮肤白皙、正在微笑的女主人,她正在招手示意。这首歌曲在女主人的心中占了一席之地,因为这是一首简单、亲切、甜美的歌曲。"快上来,你这个亲切、甜美、帅气、充满感情的小男孩!"我们还听到一阵欢呼之声,还有一阵喜极而泣之声,它瞬间从这个幸福至极的男孩嗓子眼里传出,穿透整个夜晚;我们看见他的影子消失了,现在外面的一切只剩下寂静和阴影。

现在作者凭借他痛苦的想象力去冥想他眼睛无法看见的东西。想象力拥有透视的双眼。无论是十米高墙,还是如此漆黑刺目的阴影都无法阻挡它的视线,在它面前,高墙和阴影如同漏网一般可以望穿。这个仆人沿着宽敞、铺着地毯的楼梯飞奔而上,他到楼上的时候,一位身穿雪白裙子的仁慈的女主人正站在入口处,她用手拉着西蒙进去,正是西蒙留下温热的呼吸的那只手。描述一切从现在起出现的吻手动作，我们因此而被赦免。美丽的双臂、双手、手指以及指甲，没有一处不愿意为贪婪的红唇所亲吻，做起这种献媚的活儿，双唇总是噘得很高。所以，现在我们发现，仆人总是有如同书本里翻开的两页纸一样的嘴唇。让我们安静地阅读，一探言语接下来都会讲述些什么吧。

女人制止男孩之后，以一种亲密的方式——就像跟一只聪明、亲密而且忠诚的家犬说话一样——向他说道，她十分孤独，总是在夜里站在阳台上面，对无法用言语表达的事物的向往让她没能度过一个舒适、无忧无虑的时刻。她把西蒙额头前面那粗糙的头发拨向一旁，触碰了他的嘴唇，用手指摸起他发热的脸颊，一遍接着一遍地说道："我亲爱的好男孩！没错，你应该成为我的仆人、我的奴隶、我的侍童。你歌唱得那么好。你的眼睛看起来那么忠诚。你的嘴笑得那么美。啊，我已经期待很久能有一个这样的男孩来打发时间了。你应该像一只小鹿一样在我身边跳来跳去，我的手也应该轻轻地抚摸这只娇小无辜的小鹿。我疲惫的时候，我会坐在你棕色的身躯上。啊……"此时，这个高贵的女人羞愧得红了脸，长时间一言不发地望着房间一处黑暗的角落，这个房间看起来十分豪华。然后，这个女人大方地笑着站起身来，好像正以这种方式让自己镇静下来，她把西蒙的双手放在自己美丽双手的某一只之中。"明天我给你穿上仆人的衣服，亲爱的仆人。你累了，是吗？"她微笑着，亲吻他并道了晚安。她带他上楼，那是位于看起来十分高的塔楼里的一间又小又干净的房间。她在那里亲吻了他并说道："我孤身一人。这里只住着我们两个人。晚安！"她便消失了。

第二天早上西蒙下楼的时候，这个穿着白色裙子的女人就站在门口，好像她已经耐心地等待了许久。她向他伸出手，把嘴唇凑近并说道："我爱你。我叫克拉拉。如果你也爱慕我，就这样叫我吧！"他们走进一间昂贵、铺满地毯的房间，从房间里可以看见一处深绿色的杉树树林。一把雕刻精美的椅子靠背上放着丝制的黑色仆人服装。"现在快穿上吧！"——天呐，现在我们的卡斯帕尔、彼得或者西蒙一定作出一副表面傻乎乎快乐、实则兴奋不已的表情！她示意他换上衣服，然后走了出去，十分钟之后又笑着走了回来。她把西蒙当作穿着黑丝丝绸的仆人，就像她在梦里想象的那样。西蒙穿着这身衣服看起来十分漂亮，他细长的身材与仆人服饰严格的束缚完美匹配。他的行为举止也立即变得如同仆人一般；他害羞地、但下意识地依偎在女主人的身边。"我喜欢你，"她低声说道，"来吧，来吧！"

现在，他们日复一日地扮演着女主和仆人的角色，同时也乐在其中。西蒙对此十分上心。他觉得他找到了他的本职工作，而且他感到十分惬意。他一刻都未曾想过他仁慈的女主人是否认真对待她的仁慈，对此他也感到十分惬意。他忙着服侍她娇艳的身体之时，他便称呼她"克拉拉"。他平常什么也不问，因为幸福——噢，读者朋友——没有时间长久地询问。她让他如同一个孩子般安静地亲吻她。有一次她告诉他："你听着，我已经结婚了，我的丈夫叫阿贾帕伊尔。魔鬼一般的名字，不是吗？他不久之后就要回家了。天呐，我真害怕！他非常有钱。这座城堡、树林、群山、空气、云朵和天空全都属于他。不要忘记这个名字。他叫什么来着？"西蒙结结巴巴地说道："阿卡……阿卡……""阿贾帕伊尔，我亲爱的孩子。你该睡醒了吧！这个名字不是魔鬼。"她一边说着，一边流下了眼泪。

时间又过去了几天。过了一周还是两周的时间，某天晚上天色开始变黑的时候，他们——女主人和仆人——坐在城堡的阳台上。群星如同骑士一样把微光洒向这对奇怪的人儿：穿着现代服饰的女主人和西班牙式装扮的仆人。他拨动曼陀林琴的琴弦，他习惯每天晚上都要弹琴，此时故事和我发生了争执，究竟是这灵活手指的演奏，还是安静地注视着演奏者的女人眼睛更加可爱呢？夜晚如同觅食的鸟儿四处飘荡。天色越来越黑，他们二人听见树林里传来了一声射击声。"他回来了，魔鬼阿贾帕伊尔就在附近。孩子，保持冷静！我要把你介绍给他。你什么都不要害怕！"她说这些话的时候皱起了眉头，她的双手颤抖，她叹了一口气，把一阵短暂的笑声融入这如潮水般袭来的害怕之中，即便她正在努力地隐藏这种害怕。西蒙安静地观察着她。楼下有人喊道：克拉拉！她用听起来十分悦耳但音调特别高的声音回了一句"在呢"。楼下的声音回答并问道："你在上面和谁在一起呢？""是我的小鹿，小鹿。"西蒙听见这番话后跳起身来，抱住这个浑身颤抖的女人并朝楼下喊道："是我，西蒙！最多就需要两个可怜之人向你这个站在楼下的混蛋证明我是一个不允许别人拿我开玩笑的小伙子。上楼来吧，我要向你介绍我深爱的女主人！"魔鬼阿贾帕伊尔发现此刻他是一个愚蠢、被人追赶、被人嘲笑的魔鬼，他站在楼下，似乎正在考虑是否要在他所在的危险处境中所要求的那样发动进攻。"上面是一个目中无人、冷漠、耸肩示威的混蛋。我还不够确定。我必须考虑、考虑、考虑。"就连夜晚、这个女人奇怪的举止、楼上那个家伙的声音以及魔鬼都找不出词语来形容的神秘的事物，这一切都叫魔鬼盲目地进行思考。再考虑会儿吧，星星啜泣着,再考虑会儿吧,夜鸟啼啭地哀求,再考虑会儿吧,杉树尖表意不明,但是目的足够明显地晃动……

"他在考虑。"仆人用胜利般喜悦的清脆嗓音歌唱着。他今天还要继续思考,这个可怜的黑色魔鬼阿贾帕伊尔。他被考虑牢牢地困住了。西蒙和克拉拉变成了男人和女人。怎么说?这个故事之后自会讲述,只是它现在气喘吁吁,急需休息。

西蒙·唐纳的来信

［本文发表于《简易日历》杂志（*Simplicissimus Kalender*），1912年版。收录于《罗伯特·瓦尔泽全集》，第3卷，第7—11页。］

我现在于此处写下的一切全都是为了您，亲爱的女士。我看到有那么多的时间摆在我的面前，除了进行这种人为的游戏之外，我不知道还可以用它来干些什么其他事情。面对这一大把、一大堆的时间，我替自己能够找到这种消遣时间的方式打心底感到高兴。人们不想也无法使我忙碌起来，他们不需要我，我置身于任何一种需求之外，那好吧，那么我就自己需要自己。我给自己选定一个目标，坚信自己足够优秀，可以完成任何一项哪怕最为特别以及最没有价值的工作。我的准备充分，我的感情强烈而充沛。尽管目前我在这条名曰"镜巷"①的街巷里处境可能十分悲惨，但是我感觉我出奇地自由和勇敢，我的心灵

---

① 又译"施皮格尔巷"。

在愉快的思绪之中那么轻盈、那么具有想象力。只是有时候,为了将其坦白地表达出来,我会陷入悲伤和绝望。我想起我的未来,就像想起某些遗失的与黑暗的东西,不过这些只是暂时的,并不会持续下去。

我给您写信,因为您是一个美丽善良的女人,因为我的意识必须背负某一个人,这样我才能生动而坦诚地书写,因为在这个世界上我总是爱着"切近者"(das Nächste),而您就是我的那个"切近者",我在这里呼吸、生活,然而一堵不太厚实的愚蠢房间墙壁却将我和您隔离开来。我在其间发现了美好,这种美好对我而言承载着某种令人陶醉、充满神秘以及意味深长的东西。不知是纯属偶然还是突然兴起,或许也是因为某个古怪的念头作祟,我在一个炎热的日子里来到您的跟前,这您也是知道的,就在太阳炙烤街巷的那个地方,因为我认为这条巷子里的房间必定特别黑暗、无光、阴凉、狭窄,也很……廉价。您站在楼梯门口,您用相当具有穿透力的眼神注视着我,我必须承认,您的目光让我害怕得有些发抖,因为我觉得自己就像一个求助者或者乞讨者,而且我口袋里的钱也少得可怜,所以我觉得您一定是这样看我的。众所周知,乞丐总是显得缺乏自信。您带我看了房间,我不知道是何种骄傲的感觉使然,让我把囊中最后的几枚硬币硬塞到了您的手中；您满意地点了点头，这桩交易就这样完成了。从那以后，我就再也没有和您说过话了，差不多过去一个多月的时间了吧，我猜想您觉得我是一个骄傲自大的人。能够做出这样的猜想，甚至觉得您完全不敢和我搭话，拥有这样的猜测让我觉得十分高兴，不过您要是真的和他〔指西蒙〕搭话的话，他会很幸福的。不过现在我也很幸福。我知道，我给您留下了值得称赞的印象，我的沉默强迫引起了您的注意，因为通常情况下，乞丐总是喋喋不休。您认为我一贫如洗，您已经开始同情我了，您一定害怕月末的时候我无法支付租金。您遇见我的时候，请您不要轻易地靠近，也不要说话，您只要一直面露尊重和善意就好，因为在您的面部表情之中，我可以看见一种受到充分压制的说话的渴望。当您对我的追求着实感到害怕的时候，您要对我更加友好，并且对我献上一些微不足道的殷勤。假如这些殷勤都是一些无声的行为，那么您就在我的房间里放上一块地毯和一面镜子，并且允许我在晚上您睡觉的时候把正在休息的您惊醒，而且您还要放我进屋，原谅我的所作所为，哪怕我一次也不道歉，您也要原谅我。总的来说，您看见我身上的奇特之处，或许您觉得我是深陷困难的善良之人，您坚信我的父母曾经是或者说现在还是德高望重的人物，您器重我，因此并不希望伤害我；出于这一切我想利用并且我看得十分透彻的理由,现在我决定在这个月结束的时候迅速地走到您的跟前,或许脸上还会露出一丝害羞,或许声音之中还会夹杂一些稍作故意的温暖,然后向您坦白——毫不羞耻地向您坦白我没有能力支付租金这个事实,那时您会盯着我看,究竟是怎么样一个盯法我也不知,但是想必十分迷人。我知道我一定会获胜,而且这次胜利也不会是一次友好的胜利,亲爱的女士!我多么爱您啊,这一切我都知道得如此清楚。您了解我,我也了解您,我觉得这十分美好、十分暖心。只要我待在您这里,我就不可能过得不好。没错,绝对不可能!

难道我之前没有说过吗?您当时没有时间安慰我,也没有跟我保证我不必因此有任何的担心,因为我迅速跑着离开了。我只是把脑袋和四分之一的身体探进房间的大门,十分流利而冷静地提出了自己的想法,然后就消失了,完全不想听见您会对此说些什么。您坐在沙发上做着手头的工作,感到十分震惊,不过没过一会儿就又不以为然了。您甚至笑了,仿佛那一刻您显得无忧无虑。我的行为虽然有些冷血,但是或许也正是因此而让您喜欢。我出现得十分及时,一种刻意的及时,这一点倒是不假:我是您的债务人;在您的眼中,我似乎是一个热爱秩序的男人,一个懂得期限的男人,一个脑子里装着准确的三十天日历的男人。我知道我从哪天起开始欠债，一共欠了多少，这一点给您留下了一个极好的印象。我喜欢欠着您钱，我期待某一天——就像这次一样——可以快速而轻率地出现在您的面前来偿还我欠下的债务。到时候，您很有可能对我感恩戴德，而且以一种过度夸张的方式，这一定会让我笑出声来。我十分喜欢对这样的事情嘲笑一番，但我最好还是远离这样的事情。现在我靠给基督教的报刊寄一些我自己写的文章赚一些钱。此外，我还给信件填写地址、做一些账务，这样一来，我希望不久之后就能让您满意。要是您知道为您节俭让我无比快乐的话就好了！不过之前无法向您支付租金倒是一件好事，因为现在我可以为您做一些什么事情了，我工作的时候，我便觉得您的形象十分友好，可以说我是为了您才工作的，由于您的原因并且是在您的影响之下我才工作的。哦，不，我永远都不想无忧无虑。必须拥有忧虑，这才会让生活更加精致，才会给日子增添真挚的一笔——哪怕这一笔又细又短。这也一样是不错的。

唐纳兄妹

[本文发表于《新水星》杂志（*Der Neue Merkur*），1914年5月版。收录于《罗伯特·瓦尔泽全集》，第4卷，第127—129页。]

帝国都城昏暗街道上的迷人光景、灯火、人群和兄长。我在兄长的住所里。我不会忘记这个拥有三个房间的简陋住所。我总是觉得，这间住所里有一片点缀星辰、月亮和云朵的天空。美妙的浪漫，甜美的预感！哥哥每一天都在他做布景工作的剧院里待到很晚，凌晨三点或者四点才回家，那个时候我还坐在那里，沉浸在所有的思绪、所有在我脑海里回放的美丽画作之中；好像我再也不需要睡眠，好像思考、写作与醒着就是令我重获精力的美好睡眠，好像坐在写字台旁数小时之久的写作就是我的世界，我的享受、休息与平静。这张深色的写字台那么古老，好像它就是一个古老的魔术师。我想象着，当我拉开它那精心制作的小抽屉时，句子、词语和格言都会从中飞跃而出。思绪万千、漫长黑夜里的雪白窗帘、歌唱的煤气灯、狭长阴暗的屋子、夜猫，还有海面的风平浪静。我也时不时去女性酒馆找清醒的姑娘，这也属于黑夜。再提一下夜猫：它总是坐在置于一旁写满字迹的纸张之上，用它不可思议的黄色眼睛奇怪地注视着我，充满疑惑。它的在场如同一个奇特、沉默不语的仙女的在场。或许我得十分感谢这只可爱而安静的动物。我能知道些什么呢？我写得越多，就越感觉我像是在被这个善良的存在所守护、所保护。一层温柔、柔软的巨大面纱围绕着我。当然此处还需要提及放在五斗橱柜上面的利口酒。我尽情地享用着它，仿佛这是我的权利和能力。围绕在我身边的一切都精力充沛、活力无限。某种状态、关系以及范围在此处出现，它们出现的目的就是为了不再出现，或者再次出现，不过这一点至少需要人的预设。难道条件和假设不都是邪恶、无耻和粗鲁的吗？诗人必须漫步，必须勇敢地迷失，必须再一次对一切事物重拾勇气，必须希望，只能，也只能希望罢了。——我记得我是用绝望的词语游戏、各种各样毫无意义的符号和乱涂乱写来开始这本书的书写的。——我从来都不曾希望我可以写下什么严肃、美好或者规矩的东西。——更好的思想、与之相关的创作勇气也只是从自我轻视、轻率怀疑的深渊之中缓慢地浮现，而它的目的也只是让其自身更加充满神秘感。——它就如同清晨升起的太阳。夜晚与清晨，过去与将来，以及这迷人的现在仿佛就在我的脚边，我觉得我眼前的这块地方变得生动起来，我似乎可以用我的双手抓住人类的活动以及整个人类的生活，我觉得这一切都如此活泼而生动。——画面一幅接着一幅，思绪如同幸福、轻快以及乖巧的孩童一样相互嬉戏。我完全沉醉在这快乐的主导思想之中，我只有努力地继续往下写，才能找到其间的关联。

《唐纳兄妹》——罗伯特·瓦尔泽的小说
（约瑟夫·维德曼，1907年）

年轻的瑞士诗人罗伯特·瓦尔泽对于我们《联邦周报》早期版本的读者来说应该并不陌生。他用他首部体量较大的统一作品创作了一本书，我愿称之为一种启示，因为它以亲身经历的状况与命运的回忆之力美好而又快乐地宣扬诗人所领悟的真正的人生价值，顺便说一句，这种宣扬毫无贪欲，而这种价值也与大家通常所追求的大为不同。这本书必将以不可抑制的生命勇气之号角的姿态响彻在年轻的心灵之中，主要是因为它驱赶了那个让一向勇敢的心灵变得胆小的恶魔——对贫穷的惧怕。不必去隐瞒缺钱偶尔会让人陷入困境的现实，这本书也能坚定读者的信念：健康的青春朝气有心灵之纯洁作伴，配备接收伟大而壮丽之世界图景的清晰视野，在这面前，如此的困境就几乎或完全说明不了什么了。这是一本不用敌意的尖锐，只用胜利的微笑与我们身上所有的庸俗主义作斗争的书。歌德一首著名的格言诗这样写道：何为庸人？一根空空肠子，充满希望与恐惧，乞求上帝的怜悯！① 将人从这种介

---

① 出自歌德的格言诗《温和的赠辞》（*Zahme Xenien*）。

于恐惧和希望的摇摆之中、对未来痛苦的担忧之中解救出来并不是本书的目的,而是它的影响力。因为一本纯粹诗学的忏悔之书并没有说教的意图。即便书中传达了生活的智慧,但它与蔷薇、树林里的百鸟、太阳和群星的说教并不一致。它甚至向步入暮年之人传达对美好天才的快乐信仰,它称天才始终与我们同在——他们不是神秘的存在,纯粹只是自然之中赋予力量的生命之力,他们让所有的存在变得要比人迄今为止所想象的更加美好,更加值得信赖。

瓦尔泽在其小说中令之震颤得如此美好的那根音弦在德语文学中并非首次响起。它歌唱并响彻浪漫派的诸多作品,在贝蒂娜①那里发出深沉而美好之音,而与它最为接近的则要属艾兴多夫的那本全新之书《一个无用之人的生涯》。艾兴多夫笔下年轻的主人公和瓦尔泽小说中的西蒙·唐纳一样,觉得持续不断地、全身心地投入散发新鲜之气的当下,不受追名逐利之努力的自我干扰,才是唯一真正的幸福,因此也是最高的生活智慧,所以文学史家可能会将瓦尔泽笔下的西蒙·唐纳归入"无用之人之再生"(Taugenichts redivivus)的行列。但除了现代诗人和

---

① 贝蒂娜·冯·阿尔尼姆(Bettina von Arnim,1785—1859),德国浪漫派作家。主要作品有《歌德和一个孩子的通信集》等。

古代浪漫主义诗人这种思想上的亲缘关系之外，二者之间的巨大区别也不容忽视，而这个区别也让瓦尔泽的小说成为一部无可比拟的全新作品。小说的故事并不像那本可爱的《无用之人》一样建构在以冒险与想象所装饰的世界之中，而是基于我们当今社会的现实世界。主人公每一次快乐地陶醉在迷人的诗学美梦时，都能如此认真地领会现实的状况，以致无时无刻都能感觉到社会道德的基础就是脚下坚实的土地，而没有这一基础，这样一部作品如今也只是痴人说梦，也无法激发我们浓厚的兴趣。一位女士雇他为仆人的时候，小说里的西蒙·唐纳向这位女士做了如下陈述：

> 我的父母给我留下了一小笔财产，我花到一分钱都不剩。我当时觉得没有工作的必要，也打不起兴趣去学习一门手艺。我觉得日子已经太过美好，根本提不起兴致用工作亵渎于它。您是知道的，日常的工作会让我们失去很多。我没有能力掌握一门科学知识，但也不会因此失去看到太阳和月亮的权利。我需要数小时的时间去观察夜幕之下的风景，我坐在草地上度过了一个又一个夜晚，而不是坐在写字台旁或者实验室里；小溪从我的脚边流过，月亮则透过树枝观望着

这一切。你可能会对这样的表述流露出吃惊的不屑，但我难道应该向您讲述一些并非真实的事情吗？①

诚然，它的本质与艾兴多夫《无用之人》的基调一致。但罗伯特·瓦尔泽向我们描述了一个拥有如此人生观的年轻人是如何与我们当今的现实社会相处的。书中没有意大利的城堡，没有出现伯爵夫人与女仆发生混淆的滑稽场景，也没有化装舞会，但我们认出了德语区瑞士的风景，我们认出了苏黎世，我们从头到尾都能看见，我们所有人的生活所处的层层关系都在作品的考虑范围之内。穷人的用餐场所，为失业人员而设的写字间，郊区住着工人的最后几座房屋以及出租房——所有这一切确实与浪漫主义的传统概念不太相符的地点往往就是故事情节的发生场所。但是诗人的力量就展现于此，他也会用诗意来装饰所有类似的生活散文，就像太阳也能照进贫苦之窗一样。

根据小说的主要内容及标题可知，瓦尔泽的这部小说是关于兄妹四人和一群高雅、感情细腻且极具天赋的特殊之人的青春故事。兄妹四人之中有画家卡斯帕尔和无所事事的西蒙，他们以一种特别悠闲的方式任凭生活自由发

---

① 详见小说第十一章。

展,而长兄克劳斯则勤奋地投身于科学研究之中,姐姐海德薇本来没有打算选择教师一职,但还是选择了接受。如果我们把无所事事的西蒙与本书的作者等同起来——然而这本小说的整体描写也确实给了读者这样的权利——就自然会意识到,对于这种梦幻一般的无所事事而言,看到一团在天际飘浮的卷云或偶然看到一个美丽女孩脸上细密眉毛要比任何一种为了必要生计而付出的努力更加重要,然而对于这个初出茅庐的诗人来说,这种无所事事从根本上来说绝对不是无所事事,更多的是此刻发展势头正好的一种成果缓慢而静谧的成熟过程。小说中所呈现的生活智慧当然也表现出一种局限性,凡事都不能一概而论——我们这样表述吧,作者本人也无异议,比如书中某些地方提出要对任何一种不同的人生观点表示理解并给予包容。不应去强迫任何一个人相信诗人眼中最为美好的幸福,瓦尔泽的书中没有狂热偏激。每一位读者都能在其中尽情地享受自己认为舒服的自由和青春的勇气。但我相信这种启示对所有人都有好处,每一个人的眼睛都可以看见无限美好的世界,而不总是只把目光聚焦在所要承担的义务之书中。我也相信就这层关系而言,瓦尔泽的书对于当今社会的精神治愈也意义重大。比如,我引用以下的段落作为例子:

另外，我完全没有要干出一番事业的渴望。对别人而言最重要的事对我来说是最不重要的。我无法以上帝的名义珍视事业狂的野心。我想生活，不想一头钻进职业生涯之中。职业生涯应该算是一件大事吧，可与这件大事相伴的都有些什么呢：在低矮的办公桌前弯腰工作导致的年纪轻轻的驼背，皲裂的双手，苍白的脸色，破烂不堪的工裤，不停发抖的双腿，肥大的肚腩，脑袋上的秃头，狰狞、狂躁、黯淡、无精打采、皮革般粗糙的眼睛，布满皱纹的额头，还有成为一个尽职尽责的傻瓜的意识。谢天谢地！我情愿虽然贫穷一点，但至少健康；如果一个廉价的房间朝向黑暗的巷子，我愿意为了它放弃一套豪宅；我情愿生活在缺钱的困境之中，也不愿意为每年夏天要选哪个地方去恢复受损的健康而头疼不已；可以肯定的是，我如今只享受来自一个人的尊敬，那个人就是我自己，但是此人的尊重，对我而言意义重大；我是自由的，如果有必要的话，我会出卖自由换取一些以后能重获自由的时间。为了自由留在这里清贫度日是值得的……①

---

① 详见小说第十五章。

然而，瓦尔泽的作品之美并不在于对生活观的这种高谈阔论之上，主要在于那股充满爱意的暖流，它贯穿作品的始末，并在提及偏爱的兄妹交往的地方以及对其兄弟、姐姐进行人物刻画的地方达到高潮。此处简短的摘录没有任何意义，如果读者想要发掘这本书携来的细腻情感和爱意这些宝藏的话，需要他们自己去钻研它。

至于形式——事件的叙述与详细的对话、极具抒情诗特点的独白相互交替。作者陪伴他的主人公西蒙经历每一个事件，并对其影响做最为详尽的描述。后者总是在真正滔滔不绝的话语中表达自我，然而这种滔滔不绝本身是那么有价值，所以它并不让人感觉累赘。但是对此也可以进行批评，小说其他人物中的大多数，他们的说话方式和西蒙的太过相似，也就是说，小说没有进行个性化处理。读者感觉到作者本人就在这一切的身后。我还没有教条到要去怨恨一个放任自己如此饱满而丰富的内心的作者，但这毕竟不是戏剧，全体人物拥有如此统一的语言风格就算在戏剧中也不失为一个重大错误。相反，瓦尔泽偶尔会用胡闹的拙劣风格调侃，比如：很多人认真地听他说，但很多人睡着了，因为他们睡着了，所以他们什么都没听见。

很多关于真正地领悟生活的段落十分精彩，在这个如

此年轻的作者这里实属意外。比如我们可以读到:

> 摆脱年少时光才算得上美妙,因为年少不仅仅意味着美好、甜美与轻松;比起某些上了年纪的人的生活,它经常显得更加沉重,充满更多的焦虑。人活得越久,活得就会越轻松。在青年时期艰难地活过,往后的日子里可能只会偶尔——最好永远都不要再艰难地去活。我想如果我们这些孩子注定一个接着一个经历错误以及那突如其来的感受,并且这个世界上所有的孩子都注定在青年时代会体会到如此众多的危险,那么我便不会如此草率地把童年当作甜美的对象加以歌颂,因为童年毕竟是一份宝贵的回忆。①

另外一处这样写道:

> 那些拥有财富并且想要忽视穷人的人实在耻辱。更好的解决办法就是折磨他们,迫使他们劳役,让他们尝尝压力与鞭打的滋味,这样一来便会产生一种联系——愤怒和心悸,不过这也不失为一种关联。但

---

① 详见小说第十八章。

是，即便压迫者蜷缩在精致的房子里，或者躲在花园涂着金漆的栅栏后面，或者出于害怕而一动不动，那些苦苦哀求的被压迫者依然能够察觉到他们的存在。压迫者虽然压迫，但是没有勇气证明自己是这样的人：一个害怕被压迫者的压迫者，他既不想独自享有自己的财富，也不想让它为他人所霸占；一个从不使用罪恶武器的压迫者，因为武器无法体现真正的反抗与男人一般的勇气；一个只拥有金钱的压迫者，仅仅是金钱，并没有金钱所带来的荣光。这就是城市当前的图景，我觉得这是一幅不够美好甚至需要改善的图景。①

作者经常十分感人地提及孩子。此处也有一例：

西蒙尝试去入睡。但是，其他与夜晚有关的想法又接踵而来：他想起不敢踏进漆黑房间的小孩，想起无法在黑暗里入睡的小孩。父母给孩子留下十分惧怕黑暗的烙印，然后把不听话的孩子关进安静而漆黑的屋子作为惩罚。孩子在深沉的黑暗之中摸索，却只能

---

① 详见小说第八章。

撞见黑暗。孩子的恐惧与黑暗可以和谐相处，但这孩子与恐惧却不会。孩子害怕的能力天赋异禀，导致恐惧也不断地增大。恐惧侵袭着弱小的孩子，因为恐惧是巨大、浓密以及令人窒息的存在；比如说孩子可能想要叫喊，却又不敢。这种不敢继而又放大了他的恐惧；因为面对恐惧时如果不通过叫喊发泄，恐惧便会一直停留在那里。孩子相信有人在黑暗中偷听。这样去想象一个可怜的孩子该多么让人郁闷啊。那些可怜的小耳朵又该耗费多少力气才能偷听到动静呢？听到的也不过只言片语罢了。但凡站在黑暗之中偷听过的人便会知道，什么都听不见要比听见什么可怕多了。总的来说就是：偷听本身以及几乎听见自己偷听的声音。孩子无法停止去听（hören）。有的时候是偷听（horchen），有的时候则是无意听到（hören），因为孩子在他无名的恐惧之中知道如何辨别二者。如果你说 hören，事实上你已经听到些什么了，但如果说 horchen，结果总是徒劳的，因为其实什么也听不见，只是人喜欢偷听而已。偷听是因不听话而被关在小黑屋里受罚的孩子的专属之事。现在想象一下，有个人正朝你走来，静悄悄地，静得可怕。不，最好还是不要想了。最好不要这么去想。谁要是这么想，一定会和孩子一样吓得半死。孩子有着如此温柔的心灵——专门为恐惧而准备的心灵。为人父母的人啊,在你们的孩子学会热爱面对黑暗之时的恐惧并且学会接受可爱的黑暗之前,请不要把你们不听话的孩子关进黑屋。①

在说完这一切以及对本书的节选之后,现在我们的读者就大概对我们这个年轻同胞的这本小说的价值有所了解了。海德薇——西蒙的姐姐曾经对他说:

> 你总是不会给人留下聪明的印象,反而留下一种充满爱意的印象。你是知道别人大概如何评价这种感觉的。我不相信你会凭借你的行为或者奋斗在人群之中脱颖而出并取得成功,但是你自己也绝对不会因此而感到苦恼,以我对你的了解,这根本不是你的作风。②

如果我们可以在西蒙·唐纳身上读出罗伯特·瓦尔泽自己的影子,那他姐姐口中的这种年轻的美好虽然对他

---

① 详见小说第三章。
② 详见小说第十章。

做出了正确的判断,但是但愿她对"无法成功"的预言是错误的。在柏林画家卡尔·瓦尔泽①用亲密的心境艺术(Stimmungskunst)收获巨大认可,和他一样,《唐纳兄妹》这本大放异彩之书的作者也不会缺乏成功,只不过这个成功既不是急来的,也不是设法弄来的,而是需要安静等来,因此它也必将称之为更加美好的成功。

---

① 卡尔·瓦尔泽(Karl Walser,1877—1943),瑞士画家、舞台设计师以及插画家。他是罗伯特·瓦尔泽的兄长之一。他也是《唐纳兄妹》1907年首版封面插画的作者以及小说中人物风景画家卡斯帕尔的原型。

论罗伯特·瓦尔泽

（汉斯·贝特格，1910年）

罗伯特·瓦尔泽是诗人。在艺术实践的方式上，他与他的兄长①极为相像。他出版了一本名为《诗歌集》（*Gedichte*）的单薄册子，该诗集由其兄长所作的十六幅蚀刻版画所装饰：一本无论内外都很迷人的书籍。这些精美而小巧的版画散落地分布在整个文本的页面中，或者单篇诗歌的正中央，但凡浏览过它们，就一定能感受到它们与诗歌传递的情感发生的亲密碰撞。这一对来自瑞士的兄弟用他们的诗韵以及刻下的笔触表明他们同样也是精神上的兄弟。一个为二者所持有的抒情诗一般的、可爱而天真的特质将他们紧密地联系在一起，梦幻一般的东西和一种甜美的迷醉从他们的诗歌和版画之中绽放而出。陋室以及风景中一种静谧的忧愁；诗人把双手插在裤兜里，放任自由地在雾霭茫茫的田野上的丛林间漫步，或者在一个不见阳光的日子里懒洋洋地倚坐在家中的沙发上。

罗伯特·瓦尔泽喜欢在他的诗歌中运用简单，但是不够严谨的韵脚；他唾弃外部的音律，于是他的抒情小诗之

---

① 指卡尔·瓦尔泽。

内在生命力就显得更加重要。他偶尔也会蹩手蹩脚，不够灵活；但我认为，他是有意而为之的，他的目的就是为了避免灵活。他是纯粹的抒情诗人。我们来品读他的一首转向内部的，但并非罕见的讽刺诗，它令人着迷。没错，这些温存优柔的诗歌有其内在的形式以及内部的抒情光泽。请允许我引用一小段诗《晨星》：我推开窗户，/晨光依旧泛黑。/雪已消停，/一颗巨大的晨星出现。/晨星啊，晨星啊，/美妙极了。/积雪之白是遥远，积雪之白是高度。/这世间/神圣而清新的晨之静谧。/每一阵声响都清晰落下：/屋顶光亮如孩童的餐桌。/如此安静，如此洁白：/一块巨大的美丽荒野，它寒冷的孤寂/干扰所有的表达；而我内心却如火在焚。

除了他的诗集之外，罗伯特·瓦尔泽至今为止还给我们提供了几卷叙事作品。就连这些作品也充斥着诗意的情感；它们没有束缚于饶有趣味的事件之纠结，它们反而是非叙事作品。它们的魅力完全在于对个别紧密关联的故事进行叙述，而且这种叙述亲密无间、风格稳定、尽显风采。不顾前因后果，我们就能接受瓦尔泽书中的若干段落，并能收获一种完善的享受，于是关联也就不重要了。书中没有什么特别的事情发生。然而此处重要的是，日常的事物是以何种方式进入观察领域的。这种明朗、可爱、温柔并且具有诗意一般轻快的,但本质上显然有少许矫揉造作的观察以及描述的方式本身不无诱惑力。瓦尔特的处女作小书题为《弗里茨·考赫作文集》(*Fritz Kochers Aufsätze*,下文简称《作文集》),它出版于莱比锡岛屿出版社,而这位诗人的其他作品则均在柏林的布鲁诺·卡西尔出版社付梓。这本小册子十分神秘:瓦尔泽佯装成一位早年离世的少年发表了他的作文;但实际上,这些表面天真浪漫,实则成熟老练的作文确实出自瓦尔泽本人之手,他在这本书中向我们讲述了美好的事物。这本书已经具有典型的瓦尔泽风格:它精巧、十分大胆并且尽显有意识的简朴。书中的简短作文描绘了树林、画家、小职员、诗人、年市、职业、祖国以及其他种种。瓦尔泽欢快地闲聊上述所有的事物,并以真正的乐观主义者的身份将它们置于洋溢幸福的光线之中,然而他偶尔会无意地用轻巧而温柔的诗人之手照亮事物的深渊,也让我们窥见存在之面纱的背后。读者一定会挚爱这本小书,因为它是那么清楚,同时又那么神秘,因为它明白如何在简单之中提取万千美好,也同样因为它知晓如何把生活的现象置于如此独特的光束之下。简而言之:因为这本书是一位诗人写的。这本册子由卡尔·瓦尔泽所作的十一幅钢笔画所装饰：质朴的画作，它们就如同赋予作文生命力的情感完成的一次变成线条的直接转换。在这些画作中，我们可以看见一个在雨中漫步的年轻画家或者一位抱病的年轻诗人——他坐在窗边，悲伤地望向杉树林——或者一间坐满孩子的教室——它们悲喜交加的背影轮廓也尽收眼底。每一个对象中都存在一种简朴，这种简朴要比事物的简化意味深长，前者面露微笑地置身在这些事物之上并俯视于它们，好像它们是奇特而神秘的，同时严肃又滑稽地存在。

罗伯特·瓦尔泽有一本日记，名曰《雅各布·冯·贡滕》(*Jakob von Gunten*)，它是一个年轻人的手记，他用自己平凡的经历描述在大城市的一家教育机构虚度的岁月。这本书有诸多迷人之处，但作为一个整体，它又略显单调。小说《助手》(*Der Gehülfe*)也很冗长繁琐。一名技术助手在一位男人的公司和家庭中度过了一段时间，后者可谓愚蠢至极，他想要通过各式各样的稀奇发明之物来实现自己的幸福——后来助手离开了他的雇主，这就是整个故事的始末。充满诗意与沉思的元素在书中蔓延丛生，书中尽是一通天花乱坠的漫谈，但光是纯素材的内容又无法满足这本书的篇幅要求，因为没有素材是行不通的。瓦尔泽必须避免夸大渲染自己如此亲切的闲聊语气。他必须注意，他的漫谈风格不应落败于矫饰派的阻碍。从他的第一本小书起，他的风格就已经如此个性鲜明、精心设计了，但它也孕育着危机，即朝着装腔作势、矫揉造作的方向败坏下去。而我认为，栖于诗人身上的优良文化会让他免于偏离正轨。他最为重要的，也是内容最为厚实、最为丰富的作品就是小说《唐纳兄妹》(*Geschwister Tanner*)。这是一本优美的现代浪漫主义之书，一本青春和单纯的思想之书，它洋溢温暖的生活，完全沉浸在诗意的情感和甜美的气息之中。小说讲述的是唐纳兄妹的故事，但主要的叙述对象是西蒙·唐纳——一个亲切的无所事事之人，他在与人的一次谈话中曾这样描述自己：

> 我的父母给我留下了一小笔财产，我花到一分钱都不剩。我当时觉得没有工作的必要，也提不起兴趣去学习一门手艺。我觉得日子已经太过美好，根本提不起兴致用工作去亵渎它。您是知道的，日常的工作会让我们失去很多。我没有能力掌握一门科学知识，但也不会因此失去看到太阳和月亮的权利。我需要数小时的时间去观察夜幕之下的风景，我坐在草地上度过了一个又一个夜晚，而不是坐在写字台旁或者实验室里；小溪从我的脚边流过，月亮则透过树枝观望着

这一切。①

于是，一种隐蔽的诗人形象就跃然出现在眼前，我们用最为活跃的情感跟随他一起踏上他多姿多彩的旅途和漫游。他的生活并不安稳，但轻松愉快。他成夜成夜地奔走在孤僻的乡村大道上。他时而成为售书员，时而当起仆人，时而又变身为写字员。然后他又变得无所事事，但是他能在任何情况中找到最让人舒适的方面。他是一个值得羡慕的人——阳光直射他内心之中，他是一个对一切事物都嗤之以鼻的人，一个真正瓦尔泽意义上的无所事事之人——他知道如何极尽全部的爱意编织如植物或者植被一般快乐的天性。

这本书带我们领略他的风采，他的温柔与诗歌，以及他不断变化的故事财产。和瓦尔泽所有叙事作品一样，这也完全是本"后来之书"（Buch des Nacheinander）。到目前为止，这本充满年少欢乐且感动内心的浪漫小说与这部诗集是瓦尔泽献给我们最美的两部作品。我们希望，还有诸如此类风格的作品能够相继出版。

---

① 详见小说第十一章。

论罗伯特·瓦尔泽

(赫尔曼·黑塞,1909 年)

近几年来出现一种青年瑞士文学,它与迄今为止的文学似乎没有任何共通之处。无论是从褒义还是贬义的意义上来说,它都无法享誉"家乡艺术"(Heimatkunst)这样的美名,或者说没有必要。出现了一个新群体,他们拥有全新的习惯与面孔,他们是一群独特而亲切的青年人。然而,立马贴标签并且混为一谈的这种做法或许十分愚蠢,而且不够公正。即便他们的个性千差万别,但这些新型的瑞士诗人毕竟也有诸多显著的共同之处。他们都十分现代;比起上一代的最后那批人,他们似乎还要更反感人文学以及学院派美学;他们对可见的世界秉持独特的爱意;以及,他们是城市人。也就是说,比起大城市和现代生活构成的世界,他们对以前被人青睐的村庄与木屋组成的世界的热爱、了解以及描绘都相去甚远;他们的瑞士特色不是以刻意且强调的方式显露出来的,而是一种无意的表达,从部分思维方式或部分的选词与句法来看就可见一斑了。罗伯特·瓦尔泽也属于这群瑞士青年人的行列,然而这群人当中,只有雅各布·沙夫纳[①] 和阿尔贝特·史蒂

[①] 雅各布·沙夫纳(Jakob Schaffner,1875—1944),瑞士作家。

芬①二人拥有过短暂的声名。

罗伯特·瓦尔泽的第一本小书问世于五年之前,那是一个过于追求精致的玩意儿,还配了兄长卡尔·瓦尔泽有趣的画作。当时我是因为它可观而独特的封面将它买入的,并在一次短途旅行中阅读了它。它就是《弗里茨·考赫作文集》(下文简称《作文集》)。这些半稚嫩半成熟的奇怪作文乍看上去仿佛出自一位具有雄辩才能的年轻讽刺家之手,它们就像他游戏般的文章和文体习作。它们的引人以及迷人之处在于:漫不经心且滔滔不绝的讲述,对简单、亲切且可爱的句子或句子成分——德语作家认为它们极为奇怪——随意摆放的快乐。其中也有一些关于语言方面的言论。比如在一篇非常有趣的关于小职员的作文中就有如下句子:准备动笔的时候,一个能干的小职员犹豫了片刻,好像是为了集中注意力,或者是为了像经验丰富的猎人一样瞄准目标。然后他开始射击,于是字母、词语以及句子如同飞向一块天堂般的田野上,每一个句子都有道尽千言万语的美好品质。小职员在通信的把戏中是一个真正的无赖。他迅速地发明出可能会让众多知识渊博的教授都感到惊愕的句子构成。但除了这种空谈和滔滔不绝的兴

---

① 阿尔贝特·史蒂芬(Albert Steffen,1884—1963),瑞士诗人、小说家。

致之外，他的第一本小书中也会偶尔闪现一股爱意，那是对事物的爱意，人类以及艺术家对一切存在表现出的温暖而美好的爱意，而这股爱意的闪现也将真正的诗歌温暖亲切的光芒洒向演讲体散文轻薄而淡雅的纸张。

在此期间，那本精致的小书就立在书柜里，逐渐被我遗忘。两年之后，我在苏黎世听见年轻人正热火朝天地谈论一本新书，他们对此满怀热情，但同时又心怀恶意，于是，我便出于好奇地买了接下来这一本书。它就是瓦尔泽的《唐纳兄妹》。当时我已经记不起作者的名字了，但是在我读完那引人入胜的前几页之后，那本作文小书便又立刻浮现在我的脑海中，二者果真出自同一诗人之手。《作文集》中所有让我喜欢以及反感的地方都在这本新书——一本可观的小说中——进行了更加强烈、更加生动的表达。这一次我是心怀热忱参与阅读的，不再单纯地关注文体风格，我被诗人自身的气质所吸引，它时而在俯仰之间散发出灵魂之光，时而半遮半掩地用冷静的姿态藏身。我再一次享受到了散文静谧而自然的流淌——那是大多数德语作家所不齿的；我再一次发现迷人的快乐之物与真挚的感人共存，但是那种无忧无虑和狂妄放肆也再一次让我无比生气。就连观察事物本身也时而流露出狂妄的天真，时而表现出语言的拖沓。顺便说一句，这本书温柔地讲述了一则简单的青年故事；和《作文集》一样，这本书处理的并不是某一特定"题材"，作者除了表达自身和找寻内心姿态的方式之外，别无他求。我慢慢地爱上了这本书，以至于我对它的优点和错误进行了大量的思考，尤其是对错误的思考，或者那是我认为的错误，直到最后，就连我自己也都无法确定我是否可能真的错会了这些"错误"。

瓦尔泽正是凭借《唐纳兄妹》这本书获得文学上的声望以及平平无奇的文学成就的，哪怕他的作品并未真正地走进读者的视野，他的文学成就也从那时起就开始蓄力。

尽管《作文集》表现出了明显的流动性和艺术的客观性，但是他的第二本书还是把诗人自己抒情和主观的形象展现出来，诗人力求介绍以及表达的对象主要就是自己，而且他的介绍以及想法并不愿意脱离自己的经历和回忆的保护区所在的范围。小学生考赫作文中的"小职员"就是这一象征，他是《唐纳兄妹》一书的主角，也同样出现在瓦尔泽的下一部小说《助手》之中。

这位助手是否要比唐纳兄妹更加优秀、更加成熟，或者是否只是我内心深处对诗人那一层无声的关系从彼时起得以加固和澄清，我也不知如何表述。不管怎样我都已经放弃去研究这些作品的"错误"了，哪怕其中的一些依旧能让我光火。但是这种偶尔的恼火不失为一种爱意的对立面及其必要的补充,除此之外,别无其他。如果读者愿意阅读瓦尔泽的作品并且坚持下去的话,就一定会对它们青睐有加。在《助手》一书中,我们数月之久地观望一个职员身份的可怜家伙,而他对世界的爱意以及他的赤子之心却朝着处境与焦虑的诱人渺小放声大笑。

然而,故事本身以大师的无声之姿温柔而轻快地行走。在阅读过程中,我们只注意到断片、优美的段落和细节,直到后来,整体就会以一座巨大建筑的形象出现在我们眼前。这个时候,我们会为之惊奇、为之欣喜:书中的普通以及日常之人能够赢得我们的喜欢和重视。于是我们在诗人面前脱帽致敬,因为我们在阅读中就时常想要像拍拍职员肩膀一样拍拍诗人。啊,这位神秘抒情诗人灵活生动的生活感受是如何发光、转换以及呼吸的啊!他对于表达、色彩、四季的气味、白昼以及时间简直是了然于心!他把日子区分得那么细致,他对待每一个夏天以及每一场初雪都是那么公正!如果一个人的心中没有对理所应当之物的惊奇,没有这种对自然之物的惊叹,没有这种在蓝色或者灰白、炎热或者湿冷中全心地畅游与呼吸,恐怕他对一个教授都说不清、道不明:过往的生命岁月是如何嗅着一堵潮湿的古老墙壁散发的味道涌上心头并停留在那里,悠长而丰富的思绪之链又是如何蹒跚而来、重获生命并且诉求它们的权利，罗伯特·瓦尔泽对此的认识以及理解十分通透，也正是这一点才能使他成为一位重要的诗人，而不是他一成不变的风格，也不是可以学习或者抄袭而来的其他任何表象之物。但是这位助手的理解、热爱和共情能力并不停留在风景、季节以及天气情况等，它也同样包括他周围的人，他不痛恨他们中的任何一员，他们中的每个人对他而言都值得注意，都十分风趣，也都友好亲切。就这个层面来说，我认为这个助手与他酩酊大醉并且深陷贫困的上任①之间展开的对话就当真亲切了。

《作文集》一书中就已经装饰了诗人兄长卡尔·瓦尔泽的画作了。那是一些无忧无虑、轻松快乐的新鲜出炉的原稿。它们整体的样式与这本书十分相配。人们可以清楚地感觉到他们出身同一家庭。二人也都如梦一般飘逸，同时喜欢嘲讽，也对独特的姿态保持感觉，并且身怀某一种不急不躁的优雅。这位兄长给瓦尔泽的诗歌创作了大量小型的蚀刻版画。它们被轮廓分明地印在文本之中，由此形成一本美观、有趣而又精致的四开小书，可谓是书籍爱好者和收藏家的一大快乐。这本书的奇特以及真正美好之处

---

① 指小说《助手》中维尔希这一角色，他是主人公约瑟夫·马尔蒂上任之前的助手。但维尔希终日烂醉，最终被雇主托普勒先生扫地出门，于是才有后来助手约瑟夫的故事。

在于，文本与这些图画的匹配程度不仅可以让人忍受——不过偶尔也有无法忍受的情况发生，它们反倒证实并考验了他们的兄弟情谊，而且图文也相得益彰。如此一来，读者才会收获快乐，才能在他的诗歌中重新快乐地发现尽显本质的诗人。要不然所说之事就寥寥无几了。他的诗歌是独一无二的感受和体验，但是它们并不理想。若要做诗，就做好诗。光就书中这一迅速写作的小职员原型还远远不够。我并不是说这本书中没有优秀的诗歌。若是有的话，也寥寥无几。如果这一小堆诗没有配上图片就直接印在八开本上，可以设想的是，这简直就是一种残忍行为，而这些诗歌也只会留下略显贫瘠的印象。就连这个男人的散文也如此诗情画意，所以他的诗行绝不是以轻浮或强迫的方式涌上心头的。我们感受到了它们真实的节奏，而事物看起来就像一边闲逛，一边轻声哼唱。在第一页，我们以微微一笑就再次遇见那位熟悉的小职员，然而他的第一诗节听起来就有弗里茨·考赫的意味了。他写道：月亮望向我们/把我视为可怜的职员/遭罪于老板严厉的目光之下/而我尴尬地撅耳挠腮。

这一诗节既滑稽又亲切，在他无拘无束的天真或者天真的姿态之下就显得太瓦尔泽式了。

瓦尔泽的新书《雅各布·冯·贡滕》也在近期出版

了。他携来的故事却老生常谈,雅各布就是考赫,是唐纳,就是助手马尔蒂,也就是罗伯特·瓦尔泽本人,就连口吻也一成不变。反思地观察这世界,同时感受到这一行为的多余与奢侈,于是又见那种因此而发出的狡黠快乐。又见诗人那种真实的惊讶——惊讶于这个世界如此奇怪地观望我们,惊讶于前者的表达为何如此变化多端、如此意味深长,惊讶存于世间的充满善意的可理解之物与可怕的无法想象之物如何静谧地彼此相依。这一切在他早期部分作品中听起来既美好又亲切,而如今却变得深切而又苦涩,人们眼中的我们显得十分扭曲,但又极其地真实,我们就像过近距离拍摄的照片中的人物,因为在照片中,面部在抽搐的一瞬之间所形成的褶皱又深又重,但也意义深远。日记体形式迎合了诗人忏悔的需求,他对重复和对污点近乎犯罪的迂回轮转时常让人想起库努特·汉姆生[1]。

在大多情况下,一个诗人身上不言而喻的东西其实都没有被人理解,表达的原创性以及个人行为的率真,这一些瓦尔泽都具备。除此之外,尽管他放肆一般地漫不经心,他却充满敬畏地对待语言,就像对待一位德高望重且

---

[1] 库努特·汉姆生(Knut Hamsun,1859—1952),挪威作家,1920年诺贝尔文学奖获得者。主要作品有《大地的成长》《神秘的人》《饥饿》和《在蔓草丛生中的小径》等。

亲密无间的朋友。忽视他这种事想必是不会长久的。我们可以喜欢他、嘲笑他，甚至对他生气，然后又可以与他重归于好。敢问在我们熟知的诗人当中，又有多少可以这样呢？

致艾斯纳经理[①]的信

（弗朗茨·卡夫卡，约 1909 年）

亲爱的艾斯纳先生：

感谢您的来信，我的专业培训反正是没有什么进展了。瓦尔泽认识我？我不认识他，但我知道《雅各布·冯·贡滕》，那是一本好书。他的其他书我没有读过，这一部分是您的过错，因为您并没有听取我的建议去买《唐纳兄妹》。我相信西蒙就是那群兄妹中的一员吧。他是不是四处游荡，快乐至极啊？但最终他一事无成，只换来读者一悦。这是十分糟糕的经历，但是唯有糟糕的经历才能给予这个世界以光亮，而这正是一位虽不完美，但堪称优秀的作家想要创造的，可惜他要付出一切代价。当然，从表面上来看，这样的人也都是要四处游荡的，我能向您列举出一些人来，我也毫无疑问地名列其中，但除了相当优秀的小说中的那种光照效应之外，他们没有获得其他任

[①] 指保尔·艾斯纳（Paul Eisner，1889—1958），又名帕维尔·艾斯纳（Pavel Eisner），捷克语言学家、翻译家和作家，他曾领导布拉格捷克工商会的翻译部门，并在其通讯部门担任编辑。他与众多布拉格德语、捷克语作家交好，其中包括弗朗茨·卡夫卡、马克斯·布洛德以及奥托卡尔·费舍尔等。

何称赞了。可以说，他们是从上一代人中缓慢走来的那一群人，所以不能要求所有人都以同样规律的跳跃跟随时代规律的跳跃。但是若有人在行进中落伍，那他可能永远也赶不上大部队了，这是毋庸置疑的，但落伍的步子也会产生一种假象，以至于人们想要打赌，赌这并非人的步子，但打赌人是会输的。您设想一下在跑道中飞驰的马匹的目光，如果人们凝视它的双眼，就会发现一匹跨越障碍的马匹它的目光所显露的无疑是出色、现实并且真实的竞赛本质。看台的一致，有生命的观众的一致，周围环境在某一个特定季节的一致，等等，还有乐队演奏的最后那支华尔兹——人们如今是那么喜欢演奏它。但是如果我的马匹掉头，不想跳跃，绕过障碍或者突围逃走，在场地里撒欢或者将我甩下，那么这种整体的观察就似乎大获全胜了。观众席中出现了缺口，有的飞腾而起，有的坠落而下，双手来来回回地舞动，如同微风的吹拂，一阵瞬息万变的关系之雨落在我的身上，一些观众也察觉到它并对我表示同意，这很有可能，而我却像一只蠕虫躺在草地上。这总能证明点什么吧？